Alessandro Baricco
Oceano Mare

SERIE PIPER

Zu diesem Buch

Der einsame Maler Plasson, der mit Meerwasser täglich das Meer neu zu malen beginnt. Professor Bartleboom, ein skurriler Wissenschaftler, der für eine Enzyklopädie die Grenzen des Ozeans festlegen will. Die schöne Madame Deverià, die in der Abgeschiedenheit des Strandes von der Liebe genesen will. Sie alle gehören zur illustren Gästeschar, die Baricco in der Pension Almayer irgendwo am Meer und außerhalb jeder Zeit versammelt hat. Die philosophisch anregenden Gespräche der hier Gestrandeten und die geheimnisvolle Atmosphäre dieses symbolträchtigen Mikrokosmos üben auf den Leser eine magische Anziehungskraft aus. »Oceano Mare« ist ein Buch voller Poesie und Weisheit, über die Sehnsucht nach Erkenntnis und Wahrheit, Erfüllung und Vollkommenheit. Ein Buch über Genies, Träumer und Sinnsucher.

Alessandro Baricco, geboren 1958 in Turin, studierte Philosophie und Musikwissenschaft. Seit den sensationellen Erfolgen seiner Bücher »Seide«, »Land aus Glas«, »Novecento« und »Oceano Mare« gehört Baricco zu den großen europäischen Autoren. In Italien wurde er außerdem berühmt durch eine erfolgreiche Fernseh-Literatursendung und die von ihm gegründete Schule für Kreatives Schreiben in Turin.

Alessandro Baricco
Oceano Mare

Das Märchen vom Wesen des Meeres

Aus dem Italienischen von
Karin Krieger

Piper München Zürich

Von Alessandro Baricco liegen in der Serie Piper vor:
Seide (2822, 3520)
Land aus Glas (2930)
Novecento (3085, 3522)
Oceano Mare (3322, 3521)
Novecento / Oceano Mare (Doppelband; 4025)

Ungekürzte Taschenbuchausgabe
1. Auflage Juni 2001
3. Auflage Januar 2004

Titel der italienischen Originalausgabe:
»Oceano Mare«

Umschlag: Büro Hamburg
Isabel Bünermann, Meike Teubner
Foto Umschlagvorderseite: Clarkson Potter Publishers, New York
Foto Umschlagrückseite: Roberto Koch, Agentur Focus
Satz: Uwe Steffen, München
Druck und Bindung: Clausen & Bosse, Leck
Printed in Germany ISBN 3-492-23521-2

www.piper.de

Für Molli, meine geliebte Freundin

Erstes Buch

Pension Almayer

I

Sand so weit das Auge reicht zwischen den letzten Hügeln und dem Meer – *dem Meer* – in der kalten Luft eines Nachmittags, der fast vergangen ist und gesegnet vom Wind, der stets von Norden bläst.

Der Strand. Und das Meer.

Es könnte die Vollkommenheit sein – Bild für göttliche Augen – Welt, die sich ereignet und nichts weiter, das stumme Sein von Wasser und Erde, abgeschlossenes und exaktes Werk, Wahrheit – *Wahrheit* – doch wieder einmal ist es das rettende Körnchen des Menschen, das den Mechanismus dieses Paradieses verklemmt, eine Kleinigkeit, die allein genügt, die ganze große Maschinerie unerbittlicher Wahrheit zum Stillstand zu bringen, ein Nichts, aber in den Sand gepflanzt, unmerklicher Riß auf der Oberfläche dieser heiligen Ikone, winzige Ausnahme, auf die Vollkommenheit des unermeßlichen Strandes gesetzt. Von weitem betrachtet wäre er nur ein schwarzer Punkt – im Nirgendwo das Nichts eines Menschen und einer Staffelei.

Die Staffelei ist an dünnen Seilen mit vier Steinen im Sand verankert. Sie schwankt unmerklich im Wind, der stets von Norden bläst. Der Mann trägt hohe Stiefel und eine weite Seemannsjacke. Er steht vor dem Meer und dreht einen dünnen Pinsel zwischen den Fingern.

Auf der Staffelei eine Leinwand. Er ist wie ein Wachposten – das *muß* man verstehen –, er steht da, um dieses Stück Welt vor der stillen Invasion der Vollkommenheit zu schützen, ein kleiner Sprung, der diese großartige Kulisse des Seins zersplittert. Denn so ist es immer, es genügt der Schatten eines Menschen, um den Frieden dessen zu zerschlitzen, was im nächsten Augenblick hätte *Wahrheit* werden können und statt dessen unvermittelt Erwartung und Frage wird durch die schlichte und unendliche Macht dieses Menschen, der Schlitz und Spalt ist, eine kleine Pforte, durch die in Strömen Geschichten zurückkehren und der riesige Vorrat dessen, was sein *könnte*, unendlicher Riß, wunderbare Wunde, Weg tausendfacher Schritte, wo künftig nichts mehr wahr sein kann, aber alles *sein* wird – gerade so, wie die Schritte jener Frau *sind*, die in einen violetten Mantel gehüllt und mit bedecktem Kopf langsam über den Strand kommt, an der Brandung des Meeres entlang, und die die nunmehr verlorene Vollkommenheit des großen Gemäldes von rechts nach links durchkreuzt, während sie die Entfernung, die sie von dem Mann und seiner Staffelei trennt, verkürzt, bis sie auf wenige Schritte an ihn herangekommen ist und dann direkt neben ihm steht, wo sie ein winziges Anhalten wird – und schweigend ein Schauen.

Der Mann dreht sich nicht einmal um. Er sieht weiter unverwandt auf das Meer. Stille. Von Zeit zu Zeit taucht er den Pinsel in eine Kupferschale und deutet auf der Leinwand ein paar leichte Striche an. Die Borsten des Pinsels hinterlassen den Hauch eines sehr blassen Schattens, den der Wind augenblicklich trocknet, so daß er das vorherige Weiß wieder zutage treten läßt.

Wasser. In der Kupferschale ist nur Wasser. Und auf der Leinwand nichts. Nichts, was man *sehen* kann.

Wie immer bläst der Wind von Norden, und die Frau wickelt sich fest in ihren violetten Mantel.

»Plasson, seit etlichen Tagen schon arbeiten Sie hier draußen. Warum nur schleppen Sie all diese Farben mit sich herum, wenn Sie nicht den Mut haben, sie zu verwenden?«

Das scheint ihn aufzurütteln. Das hat gesessen. Er dreht sich um und betrachtet das Gesicht der Frau. Doch als er spricht, tut er es nicht, um zu antworten:

»Bitte, bewegen Sie sich nicht.«

Dann führt er den Pinsel zum Gesicht der Frau, zögert einen Augenblick, setzt ihn an ihre Lippen und läßt ihn langsam von einem Mundwinkel zum anderen gleiten. Die Borsten färben sich karminrot. Er sieht sie an, taucht sie kurz ins Wasser und schaut wieder auf das Meer. Auf den Lippen der Frau bleibt die Spur eines Geschmacks zurück, der sie unwillkürlich denken läßt: »Meerwasser, dieser Mann malt das Meer mit dem Meer.« – Es ist ein Gedanke, der ein Frösteln verursacht.

Sie hat sich längst umgedreht und geht mit der präzisen Kette ihrer Schritte schon wieder über den unermeßlichen Strand, als der Wind über die Leinwand fährt, um einen Tupfen aus rosarotem Licht zu trocknen, der nackt auf dem Weiß schwimmt. Man könnte stundenlang dastehen und dieses Meer betrachten und diesen Himmel und überhaupt alles, doch von dieser Farbe würde man nichts finden. Nichts, was man *sehen* kann.

In dieser Gegend kommt die Flut, bevor es dunkel

wird. Kurz davor. Das Wasser umschließt den Mann und seine Staffelei, es packt sie sanft, aber mit Bestimmtheit, sie harren aus, alle beide, unerschütterlich, wie eine Insel im Kleinformat oder wie ein Wrack mit zwei Köpfen.

Plasson, der Maler.

Jeden Abend kurz vor Sonnenuntergang, wenn ihm das Wasser schon bis zum Herzen steht, holt ihn ein kleines Boot ab. So will er es. Er steigt ins Boot, legt die Staffelei und alles hinein und läßt sich nach Hause bringen.

Der Wachposten zieht ab. Seine Pflicht ist getan. Die Gefahr gebannt. Mit dem Sonnenuntergang verlischt die Ikone, der es wieder einmal nicht gelungen ist, heilig zu werden. Alles wegen dieses Männchens und seiner Pinsel. Und jetzt, da es fort ist, bleibt keine Zeit mehr. Das Dunkel stoppt alles. Es gibt nichts, was im Dunkeln *wahr* werden kann.

2

... nur selten, und so, daß manche sich bei ihrem Anblick in diesen Momenten leise sagen hörten:

»Sie wird daran sterben«

oder:

»Sie wird daran sterben«

oder auch:

»Sie wird daran sterben«

und sogar:

»Sie wird daran sterben.«

Ringsumher Hügel.

Mein Land, dachte der Baron von Carewall.

Es ist nicht direkt eine Krankheit, es könnte eine sein, doch es ist etwas Schwächeres, wenn es einen Namen hat, muß er hauchzart sein, man spricht ihn aus, und schon ist er verflogen.

»Als sie ein kleines Mädchen war, kommt eines Tages ein Bettler vorbei und stimmt ein Klagelied an, das Klagelied erschreckt eine Amsel, die auffliegt ...«

»... erschreckt eine Taube, die auffliegt, und es ist das Schwirren der Flügel ...«

»... die schwirrenden Flügel, ein belangloses Geräusch ...«

»... es wird zehn Jahre her sein ...«

»... die Taube fliegt an ihrem Fenster vorbei, nur kurz, einfach so, und sie schaut von ihren Spielen auf, und ich weiß nicht, sie war von Entsetzen gepackt, von einem blanken Entsetzen, ich meine, sie war nicht wie jemand, der Angst hat, sie war wie jemand, der im Begriff ist zu sterben ...«

»... das Schwirren der Flügel ...«

»... jemand, der ihr die Seele raubte ...«

»... glaubst du mir?«

Sie glaubten, daß sie heranwachsen und alles vorbeigehen würde. Doch inzwischen legten sie den ganzen Palast mit Teppichen aus, weil sie natürlich vor ihren eigenen Schritten erschrak, weiße Teppiche überall, eine Farbe, die nicht weh tat, geräuschlose Schritte und blinde Farben. Die Wege im Park waren kreisrund, mit der einzigen kühnen Ausnahme einiger Alleen, die sich in weichen gleichmäßigen Kurven dahinschlängelten – Psalmen –, und das ist schon klüger, denn man braucht wahrlich nicht viel Feingefühl, um zu verstehen, daß jeder tote Winkel ein möglicher Hinterhalt ist und zwei sich kreuzende Straßen eine perfekte geometrische Grausamkeit, die ausreicht, um jeden zu erschrecken, der wirklich empfindsam ist, und erst recht sie, die *eigentlich* keine empfindsame Seele besaß, sondern genaugenommen von der Empfindsamkeit einer unkontrollierbaren Seele *besessen* war, die in irgendeinem Augenblick ihres heimlichen Lebens – eines winzigen Lebens, denn sie war ja klein – für immer ausgebrochen war und dann auf unsichtbaren Wegen wieder in ihr Herz, in ihre Augen, in ihre Hände und alles zurückgekehrt war wie eine Krankheit, die eine Krankheit nicht war, sondern etwas Schwächeres, wenn es einen Namen hat, muß er hauchzart sein, man spricht ihn aus, und schon ist er verflogen.

Darum waren die Wege im Park kreisrund.

Auch die Geschichte von Edel Trut soll nicht vergessen werden, von Edel Trut, die in der Seidenweberei im ganzen Land nicht ihresgleichen hatte und deshalb vom Baron gerufen worden war, an einem Wintertag, da der Schnee kindshoch lag, bei einer Kälte wie aus dem Jenseits, dort hinzugelangen war die Hölle, das Pferd dampfte, die Hufe aufs Geratewohl im Schnee, und hinten der Schlitten kurz vor dem Abdriften, wenn ich in zehn Minuten nicht da bin, sterbe ich vielleicht, so wahr ich Edel heiße, ich sterbe, und noch dazu ohne je zu erfahren, was zum Teufel mir der Baron denn so Wichtiges zeigen muß ...

»Was siehst du, Edel?«

Der Baron steht vor der langen fensterlosen Wand im Zimmer der Tochter und spricht leise, mit altertümlicher Sanftheit.

»Was siehst du?«

Stoffe aus Burgund, hochwertige Sachen, und Landschaften, wie es viele gibt, eine gute Arbeit.

»Das sind nicht irgendwelche Landschaften, Edel. Oder sie sind es zumindest nicht für meine Tochter.«

Seine Tochter.

»Es ist so etwas wie ein Rätsel, aber man muß versuchen, zu verstehen, indem man mit Einfallsreichtum ans Werk geht, und vergessen, was man weiß, so daß der Phantasie keine Grenzen gesetzt sind, während sie weit in die Dinge vordringt, bis zu erkennen ist, daß die Seele nicht immer ein Diamant ist, sondern manchmal ein Seidentuch – das kann ich verstehen –, denk dir ein durchsichtiges Seidentuch, ein Nichts könnte es zerreißen, sogar ein Blick, und denk dir die Hand, die es aufnimmt, eine Frauenhand – ja –, sie bewegt sich langsam und hält es mit den Fingern fest, aber festhalten ist schon zuviel, sie hebt es auf, als sei sie keine Hand, sondern ein Windstoß, und sie umschließt es mit den Fingern, als seien es keine Finger, sondern ... – als seien es keine Finger, sondern Gedanken. Einfach so. Dieses Zimmer ist jene Hand, und meine Tochter ist ein Seidentuch.«

Ja, ich verstehe.

»Ich will keine Wasserfälle, Edel, sondern den Frieden eines Sees, ich will keine Eichen, sondern Birken, und diese Berge dort hinten müssen Hügel werden und der Tag ein Sonnenuntergang, der Wind eine Brise, die Städte Dörfer, die Schlösser Gärten. Und wenn schon Falken darauf sein müssen, sollen sie wenigstens fliegen, und weit in der Ferne.«

Ja, ich habe verstanden. Nur eines noch: Was ist mit den Menschen?

Der Baron schweigt. Er betrachtet nacheinander alle Figuren auf dem riesigen Gobelin, als wollte er ihre Meinung dazu hören. Er geht von einer Wand zur anderen, doch niemand sagt etwas. Das war zu erwarten.

»Edel, gibt es eine Möglichkeit, Menschen zu machen, die nichts Böses tun?«

Das muß sich im entscheidenden Augenblick auch Gott gefragt haben.

»Ich weiß nicht. Aber ich werde es versuchen.«

Monatelang wurde in Edel Truts Werkstatt mit den Kilometern von Seidengarn gearbeitet, die der Baron kommen ließ. Sie arbeiteten in aller Stille, weil, wie Edel sagte, die Stille in das Motiv des Gewebes einfließen sollte. Es war ein Garn wie jedes andere, nur daß man es nicht sehen konnte, aber es war da. So arbeiteten sie in aller Stille.

Monatelang.

Dann, eines Tages, hielt ein Karren vor dem Palast des Barons, und auf dem Karren lag Edels Meisterwerk. Drei riesige Stoffballen, die so schwer wogen wie die Kreuze bei einer Prozession. Sie trugen sie die Freitreppe hinauf und dann die Flure entlang und von Tür zu Tür bis tief ins Innere des Palastes, in das Zimmer, das sie erwartete. Einen Augenblick, bevor sie ausgerollt wurden, flüsterte der Baron:

»Und die Menschen?«

Edel lächelte.

»Wenn schon Menschen darauf sein müssen, sollen sie wenigstens fliegen, und weit in der Ferne.«

Der Baron wählte das Licht des Sonnenuntergangs, um seine Tochter an die Hand zu nehmen und sie in ihr neues Zimmer zu führen. Edel sagt, sie trat ein und errötete sofort vor Erstaunen, und der Baron fürchtete einen Augenblick, die Überraschung könnte zu heftig sein, doch nur einen Augenblick, denn sogleich machte sich die unwiderstehliche Stille jener Seidenwelt bemerkbar, in der ein mildes Land lieblich ruhte und kleine in der Luft schwebende Menschen mit gemächlichen Schritten das Blaßblau des Himmels durchmaßen.

Edel sagt – und das wird sie nie vergessen können –, daß sie sich lange umschaute und dann, als sie sich umdrehte, *lächelte.*

Sie hieß Elisewin.

Sie hatte eine wunderschöne Stimme – samtig –, und wenn sie ging, schien es, als glitte sie durch die Luft, so daß man den Blick nicht von ihr wenden konnte. Bisweilen gefiel es ihr, einfach loszulaufen, einem unbekannten Ziel auf diesen entsetzlichen weißen Teppichen entgegen, sie hörte auf, der Schatten zu sein, der sie war, und lief los, aber nur selten, und so, daß manche sich bei ihrem Anblick in diesen Momenten leise sagen hörten …

3

Zur Pension Almayer gelangte man zu Fuß, wenn man den Weg bergab von der Kapelle Saint Amand nahm, aber auch in der Kutsche auf der Straße von Quartel oder mit dem Fährboot, das flußabwärts fuhr. Professor Bartleboom gelangte durch Zufall dorthin.

»Ist das die Pension Frieden?«

»Nein.«

»Die Pension Saint Amand?«

»Nein.«

»Der Gasthof zur Post?«

»Nein.«

»Der Goldene Hering?«

»Nein.«

»Gut. Haben Sie ein Zimmer frei?«

»Ja.«

»Ich nehme es.«

Das große Buch mit den Unterschriften der Gäste lag aufgeschlagen auf einem Holzpult bereit. Ein frisch gemachtes Bett aus Papier, das auf die Träume fremder Namen wartete. Die Feder des Professors glitt genüßlich zwischen die Laken.

Ismael Adelante Ismael Prof. Bartleboom

Mit Schnörkeln und allen Schikanen. Eine runde Sache.

»Der erste Ismael ist mein Vater, der zweite mein Großvater.«

»Und der hier?«

»Adelante?«

»Nein, der nicht ... dieser hier.«

»Prof.?«

»Ja.«

»Professor? Das heißt *Professor.*«

»Was für ein blöder Name.«

»Das ist kein Name ... Ich *bin* Professor, ich unterrichte, verstehen Sie? Ich gehe durch die Straße, und die Leute sagen Guten Tag, Professor Bartleboom, Guten Abend, Professor Bartleboom, aber es ist kein Name, es ist das, was ich tue, ich unterrichte ...«

»Es ist kein Name.«

»Nein.«

»Gut. Ich heiße Dira.«

»Dira.«

»Ja. Ich gehe durch die Straße, und die Leute sagen Guten Tag, Dira, Gute Nacht, Dira, wie schön du heute bist, Dira, was für ein schönes Kleid du hast, Dira, Hast du nicht zufällig Bartleboom gesehen, nein, er ist in seinem Zimmer, erster Stock, das letzte am Ende des Korridors, hier sind die Handtücher, bitte, man hat einen Blick aufs Meer, ich hoffe, das stört Sie nicht.«

Professor Bartleboom – von diesem Augenblick an einfach Bartleboom – nahm die Handtücher.

»Fräulein Dira ...«

»Ja?«

»Gestatten Sie mir eine Frage?«

»Und die wäre?«

»Wie alt sind Sie eigentlich?«

»Zehn.«

»Ah ja.«

Bartleboom – seit kurzem Exprofessor Bartleboom – nahm seine Koffer und wandte sich zur Treppe.

»Bartleboom ...«

»Ja?«

»Man fragt ein junges Mädchen nicht nach seinem Alter.«

»Das stimmt, entschuldigen Sie.«

»Erster Stock. Das letzte am Ende des Korridors.«

Im Zimmer am Ende des Korridors (erster Stock) gab es ein Bett, einen Schrank, zwei Stühle, einen Ofen, einen kleinen Schreibtisch, einen Teppich (blau), zwei vollkommen gleiche Bilder, einen Waschtisch mit Spiegel, eine Truhe und ein Kind: auf dem Sims am (offenen) Fenster sitzend, mit dem Rücken zum Zimmer und im Leeren baumelnden Beinen.

Bartleboom machte sich mit einem dezenten Hüsteln bemerkbar, nur so, um einen Laut von sich zu geben.

Nichts.

Er trat ins Zimmer, stellte die Koffer ab, ging an die Bilder heran, um sie sich anzuschauen (beide vollkommen gleich, unglaublich), setzte sich auf das Bett, zog sich mit offenkundiger Erleichterung die Schuhe aus, stand wieder auf, betrachtete sich im Spiegel, stellte fest, daß er immer noch er war (man kann nie wissen), warf einen Blick in den Schrank, hängte seinen Mantel hinein und ging dann zum Fenster.

»Gehörst du zum Mobiliar, oder bist du nur zufällig hier?«

Der Junge rührte sich keinen Millimeter vom Fleck. Aber er antwortete.

»Mobiliar.«

»Aha.«

Bartleboom kehrte zum Bett zurück, band seine Krawatte auf und legte sich hin. Wasserflecke an der Decke wie in Schwarzweiß gemalte Tropenblumen. Er schloß die Augen und schlief ein. Er träumte, daß man ihn holte, weil er für das Riesenweib im Zirkus Bosendorf einspringen sollte, und als er in die Arena trat, erkannte er in der ersten Reihe seine Tante Adelaide, eine vornehme Frau von allerdings zweifelhaften Sitten, die zuerst einen Piraten küßte, dann eine Frau, die ihr Ebenbild war, und schließlich die hölzerne Statue eines Heiligen, der aber so sehr Statue nicht war, da er plötzlich loslief und direkt auf ihn, Bartleboom, zukam, wobei er etwas schrie, was nicht gut zu verstehen war, was aber gleichwohl den Unwillen des ganzen Publikums heraufbeschwor, so daß er, Bartleboom, gezwungen war, Reißaus zu nehmen, und überdies auf den mit dem Zirkusdirektor vereinbarten hochheiligen Lohn verzichten mußte, 128 Heller, um genau zu sein. Er erwachte, und der Junge war immer noch da. Er hatte sich allerdings umgedreht und sah ihn an. Ja, er sprach sogar mit ihm.

»Sind Sie jemals dort gewesen, im Zirkus Bosendorf?«

»Wie bitte?«

»Ich habe Sie gefragt, ob Sie jemals im Zirkus Bosendorf waren.«

Bartleboom setzte sich kerzengerade im Bett auf.

»Was weißt du denn vom Zirkus Bosendorf?«

»Nichts. Nur daß ich ihn gesehen habe, er ist letztes Jahr hier durchgekommen. Mit Tieren und allem. Das Riesenweib war auch dabei.«

Bartleboom überlegte, ob es angebracht sei, ihn nach Tante Adelaide zu fragen. Sie war zwar schon seit Jahren tot, doch dieser Junge schien es faustdick hinter den Ohren zu haben. Zu guter Letzt beschränkte er sich lieber darauf, aufzustehen und ans Fenster zu treten.

»Wenn es dir nichts ausmacht, ich brauche ein bißchen frische Luft.«

Der Junge auf dem Fensterbrett rückte ein wenig beiseite. Kühle Luft und Nordwind. Vorn, bis ins Unendliche, das Meer.

»Was machst du die ganze Zeit hier oben?«

»Ich halte Ausschau.«

»Da gibt es nicht viel zu sehen ...«

»Soll das ein Witz sein?«

»Na gut, da ist das Meer, einverstanden, aber das Meer ist doch immer so, immer gleich, Meer bis zum Horizont, wenn man Glück hat, kommt ein Schiff vorbei, es ist ja nicht das Ende der Welt.«

Der Junge schaute auf das Meer, schaute wieder zu Bartleboom, schaute erneut auf das Meer, schaute wieder zu Bartleboom.

»Wie lange bleiben Sie hier?« erkundigte er sich.

»Ich weiß nicht. Ein paar Tage.«

Der Junge kletterte vom Fensterbrett, ging zur Tür, blieb auf der Schwelle stehen und sah Bartleboom eine Weile unverwandt an.

»Sie sind sympathisch. Wenn Sie abreisen, sind Sie vielleicht ein bißchen weniger dumm.«

In Bartleboom wuchs die Neugier, zu erfahren, wer diese Kinder erzogen hatte. Ein Phänomen, ganz offenbar.

Abend. Pension Almayer. Das Zimmer im ersten Stock am Ende des Korridors. Schreibtisch, Petroleumlampe, Stille. Eine graue Weste mit Bartleboom darin. Zwei graue Pantoffeln mit seinen Füßen darin. Ein weißes Blatt auf dem Schreibtisch, Feder und Tinte. Er schreibt. Bartleboom. Er schreibt.

Meine Angebetete,

ich bin endlich am Meer. Ich verschone Sie mit den Strapazen und Mühen meiner Reise. Was zählt, ist, daß ich jetzt hier bin. Die Pension ist gastlich – einfach, aber gastlich. Sie liegt auf einem kleinen Hügel direkt am Strand. Abends kommt die Flut, und das Wasser reicht fast bis an mein Fenster. Es ist wie auf einem Schiff. Es würde Ihnen gefallen.

Ich war noch nie auf einem Schiff.

Morgen beginne ich mit meinen Studien. Der Platz scheint mir ideal zu sein. Ich mache mir keine Illusionen über die Schwierigkeit meines Vorhabens, doch Sie, Sie allein auf der Welt, wissen, wie entschlossen ich bin, das Werk zu vollenden, das zu planen und zu beginnen an einem Glückstag vor zwölf Jahren mein Ehrgeiz war. Es wird mir ein Trost sein, Sie in Gedanken gesund und fröhlich vor mir zu sehen.

Ich habe tatsächlich nie zuvor darüber nachgedacht, aber ich war wirklich noch nie auf einem Schiff.

In der Einsamkeit dieses abgeschiedenen Ortes begleitet mich die Gewißheit, daß Sie in der Ferne nicht die Erinnerung an den aus dem Gedächtnis verlieren, der Sie liebt und für immer bleibt Ihr

Ismael A. Ismael Bartleboom

Er legt die Feder aus der Hand, faltet das Blatt zusammen und steckt es in einen Umschlag. Er steht auf, nimmt eine Mahagonischatulle aus seinem Koffer, klappt den Deckel auf und läßt den Brief hineinfallen, offen und ohne Anschrift. In der Schatulle liegen Hunderte gleicher Kuverts. Offen und ohne Anschrift.

Er ist achtunddreißig Jahre alt. Bartleboom. Er denkt, daß er eines Tages irgendwo auf der Welt einer Frau begegnen wird, die seit jeher *seine* Frau ist. Zuweilen bedauert er, daß das Schicksal darauf besteht, ihn mit soviel rücksichtsloser Hartnäckigkeit warten zu lassen, doch mit der Zeit hat er gelernt, die Dinge mit großer Seelenruhe zu betrachten. Fast jeden Tag seit nunmehr vielen Jahren nimmt er die Feder zur Hand und schreibt an sie. Er hat keine Namen und keine Adressen für die Kuverts, doch er hat ein Leben zu erzählen. Und wem, wenn nicht ihr? Er denkt, daß es schön sein wird, wenn sie sich begegnen und er ihr eine Mahagonischatulle voller Briefe in den Schoß stellen und sagen wird:

»Ich habe auf dich gewartet.«

Sie wird die Schatulle öffnen und vielleicht einen Brief nach dem anderen langsam durchlesen, und während sie einen kilometerlangen Faden blauer Tinte zurückverfolgt, wird sie die Jahre – die Tage, die Augenblicke – an sich nehmen, die dieser Mann ihr bereits geschenkt hat, noch bevor er sie kannte. Oder sie wird die Schatulle ganz einfach ausschütten und angesichts dieser wunderlichen Lawine von Briefen erstaunt und lächelnd zu diesem Mann sagen:

»Du bist verrückt.«

Und sie wird ihn für immer lieben.

4

»Pater Pluche …«

»Ja, Baron.«

»Meine Tochter wird morgen fünfzehn Jahre alt.«

»…«

»Es ist jetzt acht Jahre her, seit ich sie in Ihre Obhut gegeben habe.«

»…«

»Sie haben sie nicht geheilt.«

»Nein.«

»Sie muß heiraten.«

»…«

»Sie muß aus diesem Schloß heraus und die Welt sehen.«

»…«

»Sie muß Kinder bekommen und …«

»…«

»Kurz, sie muß doch endlich einmal zu leben beginnen.«

»…«

»…«

»…«

»Pater Pluche, meine Tochter muß gesund werden.«

»Ja.«

»Finden Sie jemand, der sie heilen kann! Und bringen Sie ihn her!«

Der berühmteste Arzt des Landes hieß Atterdel. Viele hatten gesehen, wie er Tote auferweckte, Leute, die in der Tat mehr tot als lebendig waren, mit einem Bein schon im Grab und endgültig aufgegeben, und er hatte sie aus der Hölle zurückgeholt und sie dem Leben wiedergegeben, was, wenn man so will, auch eine heikle und manchmal sogar unangebrachte Geschichte war, doch man muß einsehen, daß dies sein Beruf war, und niemand verstand soviel davon wie er, weshalb jene also wiederauferstanden, mit dem Segen aller Freunde und Verwandten, die nun gezwungen waren, mit allem wieder von vorn zu beginnen und Tränen und Erbschaften auf einen günstigeren Zeitpunkt zu verschieben, beim nächsten Mal denken sie vielleicht beizeiten daran und wenden sich an einen normalen Doktor, an einen von denen, der sie umbringt und basta, nicht wie dieser hier, der sie wieder auf die Beine bringt, nur weil er der berühmteste Arzt im ganzen Land ist. Und der teuerste obendrein.

So dachte Pater Pluche über Doktor Atterdel. Nicht, daß er viel Vertrauen zu Ärzten gehabt hätte, das nicht, doch bei allem, was Elisewin betraf, war er verpflichtet, mit dem Kopf des Barons zu denken und nicht mit seinem eigenen. Und der Kopf des Barons dachte, daß, wo Gott versagt, die Wissenschaft Erfolg haben könnte. Gott hatte versagt. Jetzt war Atterdel an der Reihe.

Er kam mit einer schwarzglänzenden Kutsche ins Schloß, was etwas trübselig, doch auch sehr effektvoll war. Mit schnellen Schritten stieg er die Freitreppe hinauf und fragte, als er bei Pater Pluche angekommen war, beinahe ohne ihn anzusehen:

»Sind Sie der Baron?«

»Warum nicht.«

Das war typisch für Pater Pluche. Es gelang ihm nicht, sich zu beherrschen. Nie sagte er, was er hätte sagen sollen. Vorher fiel ihm immer etwas anderes ein. Nur einen Augenblick vorher. Aber das war mehr als genug.

»Dann sind Sie also Pater Pluche.«

»Genau.«

»Sie waren es, der mir geschrieben hat.«

»Ja.«

»Nun, Sie haben eine merkwürdige Art zu schreiben.«

»Inwiefern?«

»Es war nicht nötig, alles in Reimen zu schreiben. Ich wäre auch so gekommen.«

»Sind Sie sicher?«

Hier, beispielsweise, wäre es angebracht gewesen, zu antworten:

»Entschuldigen Sie, es war ein dummes Spiel«, und tatsächlich kam dieser Satz wunderbar ausformuliert in Pater Pluches Kopf, schön geradlinig und sauber, aber einen Augenblick zu spät, jene Winzigkeit, die genügte, um sich von tief unten eine dumme Bö von Worten entschlüpfen zu lassen, die sich, kaum daß sie an die Oberfläche der Stille gelangt war, im unbestreitbaren Glanz einer Frage kristallisierte, die vollkommen fehl am Platze war.

»Sind Sie sicher?«

Atterdels Blick wanderte hoch zu Pater Pluche. Es

war mehr als ein Blick. Es war eine medizinische Untersuchung.

»Ich bin sicher.«

Das ist das Gute an den Wissenschaftlern: Sie sind sich sicher.

»Wo ist dieses Mädchen?«

»Ja… Elisewin… So heiße ich. Elisewin.«

»Ja, Herr Doktor.«

»Nein, wirklich, ich habe keine Angst. Ich spreche immer so. Meine Stimme ist so. Pater Pluche sagt, daß…«

»Danke.«

»Ich weiß nicht. Die merkwürdigsten Dinge. Aber es ist keine Angst, keine richtige *Angst*… es ist ein bißchen anders… die Angst kommt von außen, das habe ich begriffen, du bist da, und die Angst kommt *über* dich, es gibt dich, und es gibt sie… so ist das… sie ist da, und ich bin auch da, aber was mit mir geschieht, ist, daß *ich plötzlich nicht mehr da bin*, nur sie ist noch da… die aber keine Angst ist… ich weiß nicht, was es ist, wissen Sie es?«

»Ja, mein Herr.«

»Ja, mein Herr.«

»Es ist ein bißchen wie das Gefühl zu sterben. Oder zu verschwinden. Das ist es: *zu verschwinden.* Es ist, als würden dir die Augen aus dem Gesicht gleiten und deine Hände die Hände eines anderen werden, und dann denkst du, was ist mit mir?, und dabei klopft dein Herz zum Zerspringen, es läßt dir keine Ruhe… und überall an deinem Körper scheinen sich Teile abzulösen, du spürst sie nicht mehr… kurz, du bist im Begriff zu vergehen, und dann sage ich mir, du mußt etwas denken, du mußt dich an einen Gedanken klammern, wenn ich es schaffe, mich in diesen Gedanken hineinzuducken, dann geht alles vorbei, man muß nur aushalten, aber das Problem ist, daß... und das ist wirklich entsetzlich... das Problem ist, daß *da keine Gedanken mehr sind,* nirgendwo in dir, kein einziger Gedanke mehr, sondern nur noch *Gefühle*, verstehen Sie?, Gefühle... und das stärkste von allen ist ein höllisches Fieber, ist ein unerträglicher Modergestank, der Geschmack des Todes hier in der Kehle, ein Fieber, und ein Würgegriff, etwas Beklemmendes, ein Dämon, der dich packt und dich in Stücke reißt, eine...«

»Entschuldigen Sie.«

»Ja, manchmal ist es viel... leichter, ich meine, ich fühle zwar, wie ich verschwinde, aber sanft, ganz sacht... das sind die Gefühle, Pater Pluche sagt, das sind die *Gefühle*, er sagt, ich habe nichts, was mich vor den Gefühlen schützt, und so ist es, als würden die Dinge direkt in meine Augen dringen und in meine...«

»In meine Augen, ja.«

»Nein, daran erinnere ich mich nicht. Ich weiß, daß es mir nicht gutgeht, aber... Manchmal gibt es Dinge, die mich nicht erschrecken, ich meine, es ist nicht immer so, neulich nacht war ein entsetzliches Gewitter, Blitze, Sturm... doch ich war ruhig, wirklich, ich hatte weder Angst noch sonst etwas... Dann wieder genügt eine Farbe, jawohl, oder die Form eines Gegenstandes, oder... oder das Gesicht eines Menschen, der vorbeigeht, das ist es, die Gesichter... Gesichter können fürchterlich sein, nicht wahr?, es gibt bisweilen so *wahre* Gesichter, es kommt mir vor, als würden sie mich anspringen, es sind Gesichter, die *schreien*, verstehen Sie, was ich meine?, sie schreien dich an, es ist entsetzlich, es gibt keine Möglichkeit, sich zu schützen, es gibt keine … Möglichkeit …«

»Die *Liebe*?«

»Pater Pluche liest mir manchmal Bücher vor. Die tun mir nicht weh. Mein Vater möchte das zwar nicht, aber … nun ja, es sind auch … *aufregende* Geschichten dabei, verstehen Sie?, mit Leuten, die töten, die sterben … aber ich könnte mir alles anhören, solange es nur aus einem Buch stammt, das ist seltsam, ich kann sogar *weinen*, und es ist angenehm, dieser Todesgestank ist nicht im Weg, ich *weine*, das ist alles, und Pater Pluche liest weiter, und es ist sehr schön, aber das darf mein Vater nicht wissen, er weiß es nicht, und vielleicht ist es besser, wenn …«

»Natürlich liebe ich meinen Vater. Warum?«

»Die weißen Teppiche?«

»Ich weiß nicht.«

»Ich habe meinen Vater einmal im Schlaf gesehen. Ich ging in sein Zimmer, und da habe ich ihn gesehen. Meinen Vater. Er schlief völlig zusammengerollt wie ein Kind, auf der Seite, die Beine angezogen und die Hände zu Fäusten geballt … das werde ich nie vergessen … mein Vater, der Baron von Carewall. Er schlief wie ein Kind. Können Sie das verstehen? Wie stellt man es an, keine Angst zu haben, wenn sogar … wie stellt man es an, wenn selbst …«

»Ich weiß nicht. Hier kommt nie jemand vorbei …«

»Manchmal. Ich merke es, ja. Sie reden leise, wenn sie mit mir zusammen sind, und es ist, als würden sie sich auch ... *langsamer* bewegen, als hätten sie Angst, etwas zu zerbrechen. Aber ich weiß nicht, ob ...«

»Nein, es ist nicht schwer ... es *ist anders*, ich weiß nicht, es ist, als wäre man ...«

»Pater Pluche sagt, daß ich eigentlich ein Nachtfalter werden sollte, doch dann ist etwas schiefgegangen, und ich bin hier gelandet, aber das war eigentlich nicht der richtige Platz für mich, und so ist jetzt alles ein bißchen schwer, es ist normal, daß mir alles weh tut, ich muß viel Geduld haben und warten, es ist natürlich eine komplizierte Angelegenheit, einen Schmetterling in eine Frau zu verwandeln ...«

»Ja, einverstanden.«

»Aber es ist so etwas wie ein Spiel, es ist nicht wirklich *wahr* und auch nicht wirklich *falsch*, wenn Sie Pater Pluche kennen würden ...«

»Natürlich.»

«Eine *Krankheit*?«

»Ja.«

»Nein, ich habe keine Angst. *Davor* habe ich keine Angst, wirklich nicht.«

»Ich werde es tun.«

»Ja.«

»Ja.«

»Dann leben Sie wohl!«

»........................«

»Mein Herr ...«

»Mein Herr, verzeihen Sie ...«

»Mein Herr, ich wollte sagen, ich weiß, daß es mir nicht gutgeht, und manchmal schaffe ich es nicht einmal, aus dem Haus zu gehen, und schon das Laufen ist für mich zu ...«

»Ich wollte sagen, daß ich es will, das Leben, ich würde wer weiß was tun, um es zu bekommen – alles, was davon zu haben ist, so viel, daß man verrückt daran werden kann, egal, dann werde ich eben verrückt, aber das Leben will ich nicht versäumen, ich will es wirklich, mag es auch zum Sterben weh tun, leben, ja, leben will ich. Ich werde es schaffen, nicht wahr?«

»Nicht wahr, ich werde es schaffen?«

Denn die Wissenschaft ist sonderbar, ein sonderbares Tier, das seinen Schlupfwinkel an den abwegigsten Orten sucht und nach peinlich genauen Plänen zu Werke geht, die von außen nur als unergründlich und bisweilen sogar als *komisch* gewertet werden können, erscheinen sie doch wie ein leeres Umherstreifen, obgleich sie geometrische Jagdwege, mit gelehrter Kunstfertigkeit ausgesäte Fallen und strategische Schlachten sind, vor denen man gelegentlich ein wenig erstaunt dasteht, wie auch Baron von Carewall dasteht, als jener schwarzgekleidete Doktor schließlich das Wort an ihn richtete, wobei er ihm mit kalter Sicherheit in die Augen schaute, jedoch auch, wie es schien, mit einem Hauch von *Zärtlichkeit*, was vollkommen abwegig war, wenn man die Wissenschaftler kannte und Doktor Atterdel im besonderen, allerdings auch nicht ganz unverständlich, wenn man nur in der Lage war, sich in den Kopf ebendieses Doktors Atterdel hineinzuversetzen und im besonderen in seine Augen, wo das Bild dieses großen und starken Mannes – kein geringeres als das des Barons von Carewall persönlich – fortwährend in das Bild eines auf seinem Bett zusammengerollten Mannes hinüberglitt, der dort schlief wie ein *Kind*, der große und mächtige Baron und das kleine Kind, einer im anderen, so daß man sie nicht mehr unterscheiden konnte und man schließlich gerührt war, auch wenn man ein waschechter Wissenschaftler war wie unbestreitbar Doktor Atterdel in dem Moment, da er mit kalter Sicherheit und gleichwohl mit einem Hauch von Zärtlichkeit dem Baron von Carewall in die Augen schaute und ihm sagte: Ich kann Ihre Tochter retten – er kann meine Tochter retten – doch es wird nicht leicht sein und in gewisser Weise sogar furchtbar riskant – riskant? – es ist ein Experiment, wir wissen noch nicht genau, welche Auswirkungen es hat, wir denken, daß es in Fällen wie diesem helfen kann, das haben wir oft erlebt, aber niemand kann zuverlässig sagen ... – da haben wir sie, die geometrische Falle der Wissenschaft, die unergründlichen Jagdwege, die Partie, die dieser schwarzgekleidete Mann gegen die schleichende, unbezwingbare Krankheit eines Mädchens spielen wird, das zu zart ist, um zu leben, und zu lebendig, um zu sterben, eine unwirkliche Krankheit, die einen Feind jedoch hat, und der ist gewaltig, ein riskantes, aber durchschlagendes Heilmittel, ein vollkommen abwegiges, wohlgemerkt, so daß selbst der Mann der Wissenschaft in dem bewußten Moment die Stimme senkt, da er es vor den reglosen Augen des Barons beim Namen nennt, nicht mehr als ein Wort, aber das wird seine Tochter retten oder sie töten, doch wahrscheinlicher ist, daß es sie retten wird, ein Wort nur, aber ein unendliches, auf seine Art, magisch sogar und unerträglich schlicht.

»Das *Meer*?«

Sie bleiben reglos, die Augen des Barons von Carewall. Bis an die Grenzen seiner Ländereien gibt es in diesem Moment kein kristallklareres Erstaunen als das, welches schwankend auf seinem Herzen das Gleichgewicht sucht.

»Sie wollen meine Tochter mit dem *Meer* retten?«

5

Allein mitten auf dem Strand hielt Bartleboom Ausschau. Barfuß, die Hosen hochgekrempelt, damit sie nicht naß wurden, ein dickes Notizbuch unter dem Arm und eine Wollmütze auf dem Kopf. Er stand leicht nach vorn gebeugt und hielt Ausschau. Auf dem Boden. Er studierte den exakten Punkt, bis zu dem sich die Welle, die sich ein Dutzend Meter weiter hinten gebrochen hatte, ausdehnte – derweil sie See, Spiegel und Ölfleck geworden war –, während sie die schwache Steigung des Strandes erklomm und schließlich innehielt – der äußerste Rand von einer zarten *perlage* gesäumt –, um einen Augenblick zu zögern und, besiegt, zu guter Letzt einen eleganten Rückzug zu versuchen, indem sie auf einem scheinbar leichten Heimweg zurückgleiten wollte, praktisch jedoch der schwammartigen Gier des Sandes zum Opfer fiel, der, bis dahin unkriegerisch, plötzlich erwachte, so daß der kurze Lauf des vernichtend geschlagenen Wassers im Nichts verschwand.

Bartleboom hielt Ausschau.

Im unvollkommenen Kreis seines optischen Universums formulierte die Vollkommenheit dieser schwingenden Bewegung Versprechungen, die von der unwiederholbaren Einmaligkeit jeder einzelnen Welle dazu verdammt wurden, nicht gehalten zu werden. Es gab keine Möglichkeit, diese unablässige Abfolge von Schöpfung und Zerstörung zu stoppen. Seine Augen suchten die beschreibbare, geordnete Wahrheit eines zuverlässigen und vollständigen Bildes, jagten aber statt dessen letztlich nur der wechselhaften Unbestimmtheit eines Kommens und Gehens nach, das jeden wissenschaftlichen Blick auf später vertröstete und verspottete.

Es war deprimierend. Man mußte etwas tun. Bartleboom schloß die Augen. Er heftete seinen Blick vor sich auf den Boden und nahm ein Stück stillen, reglosen Strand ins Visier. Dann beschloß er zu warten. Er mußte aufhören, dieser erschöpfenden Unbeständigkeit nachzulaufen. Wenn der Prophet nicht zum Berg geht, und so weiter und so fort, dachte er. Früher oder später würden die exakten Umrisse der Welle, auf die er wartete, schaumgesäumt in das Gesichtsfeld dieses Blickes geraten, den er in seiner wissenschaftlichen Kälte für denkwürdig hielt. Und dort würde sie sich in sein Gedächtnis graben wie ein Siegelabdruck. Und er würde sie *verstehen*. Das war der Plan. In völliger Selbstentsagung versank Bartleboom in eine Reglosigkeit ohne Gefühle und verwandelte sich sozusagen in ein neutrales und unfehlbares optisches Gerät. Kaum daß er atmete. Auf den von seinem Blick begrenzten unveränderlichen Kreis senkte sich eine unwirkliche, laborhafte Stille herab. Er stand wie eine Falle, gleichmütig und geduldig. Er wartete auf sein Opfer. Und das Opfer kam langsam herbei. Zwei Damenschuhe. Hoch geschlossen, aber Damenschuhe.

»Sie müssen Bartleboom sein.«

Bartleboom erwartete wirklich eine Welle. Oder etwas in der Art. Er schaute auf und sah, in einen eleganten violetten Mantel gehüllt, eine Frau.

»Bartleboom, ja ... Professor Ismael Bartleboom.

»Haben Sie etwas verloren?«

Bartleboom wurde bewußt, daß er immer noch vornübergebeugt dastand, nach wie vor zu dem wissenschaftlichen Profil des optischen Geräts erstarrt, in das er sich verwandelt hatte. Er richtete sich mit all der Natürlichkeit auf, zu der er fähig war. Einer denkbar schwachen.

»Nein. Ich arbeite.«

»Sie arbeiten?«

»Ja, ich mache ... ich mache Studien, verstehen Sie, Studien ...«

»Aha.«

»Wissenschaftliche Forschungen, meine ich ...«

»Wissenschaftliche.«

»Ja.«

Schweigen.

Die Frau wickelte sich fester in ihren violetten Mantel.

»Muscheln, Flechten, etwas in der Art?«

»Nein, Wellen.«

Einfach so: *Wellen*.

»Nun also ... sehen Sie dorthin, wo das Wasser ankommt ... es steigt den Strand hinauf, dann hält es an ... da, genau diese Stelle, wo es anhält ... es dauert wirklich nur einen Augenblick, sehen Sie da, zum Beispiel, da ... sehen Sie, es dauert nur einen Augenblick, dann verschwindet es, doch wenn es gelänge, diesen Augenblick festzuhalten ..., wenn das Wasser anhält, genau diese Stelle, diese Kurve..., das studiere ich. Wo das Wasser aufhört.«

»Und was gibt es da zu studieren?«

»Na, es ist wichtig... Manchmal achtet man nicht darauf, aber wenn Sie es recht bedenken, geschieht dort etwas Außergewöhnliches, etwas... Außergewöhnliches.«

»Wirklich?«

Bartleboom beugte sich leicht zu der Frau hinüber. Er sah aus, als hätte er ein Geheimnis zu verraten, als er sagte:

»Dort endet das Meer.«

Das weite Meer, das Ozeanmeer, das grenzenlos hinausreicht über jeden Blick, das ungeheure allmächtige Meer – es gibt einen Punkt und einen Augenblick, wo es endet –, das weite Meer, einen winzigen Punkt und einen kurzen Augenblick. Das wollte Bartleboom sagen.

Die Frau ließ ihren Blick über das Wasser schweifen, das gleichgültig vor und zurück über den Sand glitt. Als sie wieder zu Bartleboom aufsah, lag ein Lächeln in ihren Augen.

»Ich heiße Ann Deverià.«

»Sehr erfreut.«

»Ich wohne auch in der Pension Almayer.«

»Das ist eine wunderbare Nachricht.«

Wie immer blies der Nordwind. Die beiden Damenschuhe durchquerten das, was Bartlebooms Labor gewesen war, und entfernten sich ein paar Schritte. Dann blieben sie stehen. Die Frau drehte sich um.

»Sie trinken doch heute nachmittag einen Tee mit mir?«

Manche Dinge kannte Bartleboom nur aus dem Theater. Und im Theater antworteten sie immer:

»Es wird mir ein Vergnügen sein.«

»Eine Enzyklopädie der Grenzen?«

»Ja... der vollständige Titel wäre dann *Enzyklopädie der in der Natur nachweisbaren Grenzen unter zusätzlicher Berücksichtigung der Grenzen der menschlichen Fähigkeiten*.«

»Und die schreiben Sie gerade...«

»Ja.«

»Allein.«

»Ja.«

»Milch?«

Er trank ihn immer mit Zitrone. Bartleboom. Den Tee.

»Ja, danke... Milch.«

Eine Wolke.

Zucker.

Teelöffel.

Teelöffel, der in der Tasse rührt.

Teelöffel, der innehält.

Teelöffel auf der Untertasse.

Gegenüber Ann Deverià, die zuhört.

»Die Natur weist eine erstaunliche Vollkommenheit auf, und das ist die Folge einer Summe von Grenzen. Die Natur ist vollkommen, weil sie nicht unendlich ist. Versteht man die Grenzen, versteht man, wie der Mechanismus funktioniert. Alles hängt davon ab, ob man die Grenzen versteht. Nehmen Sie zum Beispiel die Flüsse. Ein Fluß kann lang sein, sehr lang, doch er kann nicht unendlich sein. Damit das System funktioniert, muß er ein Ende haben. Und ich erforsche, wie lang er sein kann, bevor er aufhört. Achthundertvierundsechzig Kilometer. Das ist eines der Kapitel, die ich schon geschrieben habe: *Flüsse*. Ich habe viel Zeit dafür gebraucht, das werden Sie gewiß verstehen.«

Ann Deverià verstand es.

»Mit anderen Worten: Das Blatt eines Baumes ist, wenn Sie es einmal genau betrachten, ein hochkompliziertes Universum – aber begrenzt. Das größte Blatt ist in China zu finden. Ein Meter zweiundzwanzig breit und ungefähr doppelt so lang. Riesig, aber nicht unendlich. Und darin liegt eine exakte Logik: Ein noch größeres Blatt könnte nur auf einem unermeßlich großen Baum wachsen, aber der höchste Baum – er wächst in Amerika – wird nicht größer als sechsundachtzig Meter, eine beachtliche Höhe, gewiß, doch keineswegs ausreichend, um eine zwar begrenzte Zahl von Blättern – denn natürlich wäre sie begrenzt – zu tragen, die größer wären als die, die es in China gibt. Sehen Sie die Logik?«

Ann Deverià sah sie.

»Es sind mühsame und sogar schwierige Studien, das kann man nicht leugnen, aber es ist wichtig, daß man versteht. Beschreibt. Das letzte Kapitel, das ich verfaßt habe, hieß *Sonnenuntergänge*. Wissen Sie, es ist genial, daß die Tage *aufhören*. Das ist ein geniales System. Die Tage und dann die Nächte. Und dann wieder die Tage. Es wirkt überschaubar, doch es hat etwas Geniales. Denn dort, wo die Natur sich wohlweislich ihre Grenzen setzt, bricht das Schauspiel los. Die Sonnenuntergänge. Ich habe sie wochenlang studiert. Es ist nicht leicht, einen Sonnenuntergang zu *verstehen*. Er hat seine

Zeiten, seine Maße, seine Farben. Und da es nicht einen Sonnenuntergang gibt, ich wiederhole, nicht einen, der mit einem anderen identisch ist, muß der Wissenschaftler also die Besonderheiten erkennen und das Wesentliche herauslösen, bis er sagen kann: *Das hier* ist ein Sonnenuntergang, *der* Sonnenuntergang. Langweile ich Sie?«

Ann Deverià langweilte sich nicht. Das heißt, nicht mehr als sonst.

»So bin ich nun am Meer angelangt. Das Meer. Es ist so endlich wie alles andere, doch sehen Sie, auch hier ist es ein wenig wie mit den Sonnenuntergängen, die Schwierigkeit besteht darin, die Idee herauszulösen, ich meine, viele Kilometer von Felsenriffen, Küsten und Stränden in einem einzigen Bild zusammenzufassen, in einer Idee davon, was *das Ende des Meeres* ist, etwas, das man mit wenigen Zeilen aufschreiben kann, was in eine Enzyklopädie paßt, damit die Leute bei der Lektüre verstehen können, daß das Meer ein Ende hat und daß unabhängig von allem, was ringsum geschehen kann, unabhängig von ...«

»Bartleboom ...«

»Ja?«

»Fragen Sie mich, warum ich hier bin. Ich.«

Schweigen. Verlegenheit.

»Das habe ich Sie noch nicht gefragt, nicht wahr?«

»Fragen Sie mich jetzt.«

»Warum sind Sie hier, Madame Deverià?«

»Um mich zu heilen.«

Wieder Verlegenheit, wieder Schweigen. Bartleboom nimmt die Tasse und führt sie an die Lippen. Leer. Nichts für ungut. Er stellt sie zurück.

»Heilen wovon?«

»Es ist eine merkwürdige Krankheit. Ehebruch.«

»Wie bitte?«

»Ehebruch, Bartleboom. Ich habe meinen Mann betrogen. Und mein Mann denkt, daß das Seeklima die Leidenschaft dämpft und der Blick aufs Meer die Moral fördert und die Einsamkeit des Meeres mich dazu bringt, meinen Liebhaber zu vergessen.«

»Wirklich?«

»Was, wirklich?«

»Haben Sie Ihren Mann wirklich betrogen?«

»Ja.«

»Noch etwas Tee?«

An den entlegensten Winkel der Welt gesetzt, einen Schritt vor dem Ende des Meeres, nahm die Pension Almayer es hin, daß die Dunkelheit auch an diesem Abend die Farben ihrer Wände nach und nach verstummen ließ, wie auch die des ganzen Landes und des gesamten Ozeans. Sie wirkte, dort in der Einsamkeit, wie vergessen. Als sei eines Tages eine Prozession von Pensionen jeden Alters und Geschlechts dort vorbeigezogen, direkt am Meer entlang, und als sei eine von ihnen vor Müdigkeit ausgeschert und hätte, nachdem sie ihre Weggefährtinnen hatte vorbeimarschieren lassen, beschlossen, auf diesem Hauch eines Hügels haltzumachen, wo sie sich ihrer Schwäche ergab, den Kopf senkte und auf das Ende wartete. Das war die Pension Almayer. Sie besaß jene Schönheit, wie nur Besiegte sie haben können. Und die Klarheit alles Schwachen. Und die – vollkommene – Einsamkeit dessen, was verlorengegangen ist.

Plasson, der Maler, war gerade zurückgekehrt, naß mit seinen Leinwänden und Farben am Bug des Bootes sitzend, das von den Ruderschlägen eines rothaarigen Jungen angetrieben wurde.

»Danke, Dol. Bis morgen.«

»Gute Nacht, Monsieur Plasson!«

Wie es kam, daß Plasson noch nicht an Lungenentzündung gestorben war, war ein Rätsel. Man steht nicht Stunde um Stunde bei Nordwind mit den Füßen im Wasser, während einem die Flut in die Hosenbeine steigt, ohne daß man nicht früher oder später stirbt.

»Zuerst muß er noch sein Bild zu Ende bringen«, hatte Dira vermutet.

»Er wird es nie zu Ende bringen«, sagte Madame Deverià.

»Dann wird er auch nie sterben.«

Im Zimmer Nummer drei im ersten Stock beleuchtete eine Petroleumlampe sanft die schöne Hingabe des Professors Ismael Bartleboom und streute deren Geheimnis ringsum in den Abend.

Meine Angebetete,

Gott weiß, wie sehr mir in dieser melancholischen Stunde der Trost Ihrer Gegenwart und der Zuspruch Ihres Lächelns fehlen. Die Arbeit erschöpft mich, und das Meer widersetzt sich meinen hartnäckigen Versuchen, es zu verstehen. Ich hatte nicht gedacht, daß es so schwer sein würde, ihm gegenüberzustehen. Ich drehe mich im Kreis mit meinen Instrumenten und Notizbüchern, ohne den Anfang von dem zu finden, was ich suche, den Zugang zu irgendeiner Antwort. Wo beginnt das Ende des Meeres? Oder besser: Was meinen wir, wenn wir sagen:

Meer? Meinen wir das riesige Ungeheuer, das fähig ist, alles zu verschlingen, oder jene Welle, die um unsere Füße schäumt? Das Wasser, das man in der Höhlung einer Hand zu halten vermag, oder den Abgrund, den niemand sehen kann? Sagen wir mit einem einzigen Wort alles, oder verstecken wir alles mit einem einzigen Wort? Ich bin hier, nur einen Schritt vom Meer entfernt, und trotzdem gelingt es mir nicht zu verstehen, wo es ist. Das Meer. Das Meer.

Heute habe ich eine wunderschöne Frau kennengelernt. Doch Sie müssen nicht eifersüchtig sein. Ich lebe nur für Sie.

Ismael A. Ismael Bartleboom

Er schrieb mit einer sorglosen Mühelosigkeit, ohne auch nur einmal innezuhalten, und mit einer Langsamkeit, die durch nichts hätte gestört werden können. Bartleboom. Er liebte den Gedanken, daß sie ihn eines Tages in ebendieser Weise liebkosen würde.

Im Dämmerlicht glitten Ann Deverìàs lange schmale Finger, die mehr als einen Mann um den Verstand gebracht hatten, mit der unbewußten Geste, mit der sie für gewöhnlich ihre Traurigkeit überspielte, sacht über die Perlen ihrer Halskette – diesem Rosenkranz der Sehnsucht. Sie sah dem Todeskampf des Flämmchens in der Lampe zu, während sie hin und wieder forschend zu ihrem Gesicht im Spiegel spähte, das vom Kummer dieses schwachen verzweifelten Flackerns gezeichnet war. Sie nahm diese letzten Lichtböen zu Hilfe, um zum Bett zu gelangen, wo unter den Decken ein Mädchen schlief – von keinem Anderswo wissend und wunderschön. Ann Deverià betrachtete es, aber mit einem

Blick, für den das Wort *betrachten* bereits zu stark ist, einem verwunderten Blick, der ein Schauen ist, ohne sich irgend etwas zu fragen, schauen und nichts weiter – etwa so wie zwei Dinge, die sich berühren – Auge und Bild –, ein Blick, der nicht *nimmt*, sondern empfängt, im absoluten Schweigen des Geistes, der *einzige* Blick, der uns wirklich retten könnte – unberührt von jeder Frage, noch nicht verdorben vom Laster des *Wissens* – nur Unschuld, die den Verletzungen durch die Dinge zuvorkommen könnte, wenn sie von außen in den Kreis unseres Fühlens – Schauens – Fühlens treten, denn er wäre nichts weiter als ein verwundertes *Davorstehen*, wir und die Dinge, und das *Empfangen* der ganzen Welt mit den Augen – empfangen – ohne Fragen, ohne Verwunderung sogar – empfangen – nur – empfangen – mit den Augen – die Welt. So können nur die Augen der Madonnen in den Arkaden der Kirchen schauen, wenn der Engel in der Stunde der Verkündigung aus goldenen Himmeln herabgestiegen ist.

Dunkelheit. In der Heimlichkeit ihres Bettes, das rund von wolkenleichten Decken ist, drängt sich Ann Deverià an den unbekleideten Körper des Mädchens. Ihre Finger streichen über diese unglaubliche Haut, und ihre Lippen suchen in den verborgensten Falten den warmen Geschmack des Schlafs. Sie bewegt sich langsam. Ann Deverià. Ein Tanz *au ralenti*, der allmählich etwas löst – in ihrem Kopf und zwischen den Beinen und überall sonst. Es gibt keinen treffenderen Tanz als diesen, um sich auf dem *parquet* der Nacht mit dem Schlaf im Kreis zu drehen.

Das letzte Licht hinter dem letzten Fenster erlischt. Nur die unaufhaltsame Maschinerie des Meeres zerreißt mit der zyklischen Explosion nächtlicher Wellen, den fernen Erinnerungen an schlafwandlerische Unwetter und traumartige Schiffbrüche, noch immer die Stille.

Nacht über der Pension Almayer.

Reglose Nacht.

Bartleboom erwachte müde und schlechtgelaunt. Stundenlang hatte er im Traum mit einem italienischen Kardinal über den Kauf der Kathedrale von Chartres verhandelt, um am Ende zum – horrenden – Preis von sechzehntausend Kronen plus einer Nacht mit seiner Cousine Dorothea und einem Viertel der Pension Almayer ein Kloster in der Gegend von Assisi zu bekommen. Zu allem Überfluß hatte die Verhandlung auf einem Schiff stattgefunden, das in gefährlichem Maße ein Spielball der Wellen war und das von einem Gentleman geführt wurde, der behauptete, mit Madame Deverià verheiratet zu sein, und lachend – *lachend* – zugab, absolut nichts von der See zu verstehen. Er erwachte vor Erschöpfung. Es wunderte ihn nicht, daß er wieder den üblichen Jungen rittlings auf dem Fensterbrett sitzen und reglos aufs Meer schauen sah. Doch er geriet außer sich, als er ihn, der sich nicht einmal umdrehte, sagen hörte:

»Ich habe diesem Kerl sein Kloster hinterhergeworfen.«

Bartleboom stand auf, packte den Jungen ohne ein Wort am Arm, zog ihn vom Fensterbrett, dann zur Tür hinaus und schließlich die Treppe hinunter, während er schrie:

»Fräulein Dira!«

und die Stufen hinabpurzelte, um endlich im Erdgeschoß zu landen, wo

»FRÄULEIN DIRA!«

er zu guter Letzt fand, was er suchte, nämlich die Rezeption – wenn man sie so nennen will –, und so, immer fest an den Jungen geklammert, Fräulein Dira – zehn Jahre alt, keines darüber – unter die Augen geriet, wo er schließlich mit einer stolzen, finsteren Miene anhielt, die von der menschlichen Schwäche eines gelben Nachthemds nur teilweise gemildert, von der Kombination des nämlichen mit einer weitmaschigen Wollschlafmütze allerdings in ernstzunehmenderer Form boykottiert wurde.

Dira schaute von ihren Rechnungen auf. Die beiden – Bartleboom und der Junge – standen stramm vor ihr. Sie sprachen einer nach dem anderen, als hätten sie es einstudiert.

»Dieser Junge liest Träume.«

»Dieser Mann spricht im Schlaf.«

Dira schaute wieder auf ihre Rechnungen. Sie hob nicht einmal die Stimme.

»Verschwindet.«

Sie verschwanden.

6

Denn das Meer hatte der Baron von Carewall nie gesehen. Sein Besitz bestand aus Land: und Steinen, Hügeln, Sümpfen, Feldern, Steilhängen, Bergen, Wäldern und Lichtungen. Land. Das Meer war dort nicht.

Für ihn war das Meer eine Idee. Oder besser, ein Streifzug der Phantasie. Es war etwas, das seinen Ursprung im Roten Meer hatte – von der Hand Gottes geteilt –, sich in der Vorstellung von der Sintflut vervielfachte und sich darin verlor, um sich dann in den bauchigen Umrissen einer Arche wiederzufinden, und sogleich verband es sich mit der Vorstellung von den – nie gesehenen, doch oft geträumten – Walfischen und floß, wieder recht klar, von dort zurück in die wenigen Geschichten, die bis zu ihm gedrungen waren, von Seeungeheuern und Drachen und versunkenen Städten, im Crescendo einer phantastischen Pracht, das sich abrupt in den herben Gesichtszügen eines seiner Vorfahren zusammenkräuselte – eingerahmt und verewigt in der eigens dafür bestimmten Galerie –, eines Vorfahren, von dem man sich erzählte, daß er ein Abenteurer an der Seite Vasco da Gamas gewesen sei: In dessen etwas tückischen Augen mündete die Vorstellung vom Meer in einen dunklen Weg, prallte von einigen zweifelhaften Berichten übertreibender Seeräuber ab, verfing sich in einem Zitat des heiligen Augustinus, dem zufolge der Ozean die Heimstatt des Teufels sei, kehrte zu einem Namen – Thessala – zurück, der vielleicht zu einem untergegangenen Schiff, vielleicht auch zu einer Amme gehört hatte, die Geschichten von Schiffen und Kriegen erzählte, streifte den Duft bestimmter Stoffe, die aus fernen Ländern hinübergelangt waren, und kam schließlich in den Augen einer Frau aus Übersee wieder ans Licht, der er vor vielen Jahren begegnet war und die er nie wiedergesehen hatte, um am Ende einer solchen fiktiven Umsegelung beim Wohlgeruch einer Frucht innezuhalten, die, wie man ihm erzählt hatte, nur am Meer wuchs, an südlichen Gestaden, und wenn man sie aß, schmeckte man die Sonne. Weil der Baron von Carewall es noch nie gesehen hatte, reiste das Meer in seinen Gedanken wie ein blinder Passagier an Bord eines Segelschiffs, das mit gestrichenen Segeln im Hafen liegt: harmlos und überflüssig.

Dort hätte es für immer liegen können. Aber im Nu kamen die Worte eines schwarzgekleideten Herrn namens Atterdel und scheuchten es auf, der Urteilsspruch eines unerbittlichen Mannes der Wissenschaft, der herbeigerufen war, um ein Wunder zu vollbringen.

»Ich werde Ihre Tochter retten. Und zwar mit dem *Meer.*«

Im Meer. Es war nicht zu fassen. Dieses verpestete, faulige Meer, Nährboden des Grauens und bodenloses menschenfressendes Ungetüm – altertümlich und heidnisch – von jeher gefürchtet, und jetzt plötzlich

laden sie dich ein wie zu einem Spaziergang, sie verschreiben es dir, weil es eine Kur ist, sie stoßen dich mit unerbittlicher Liebenswürdigkeit

ins Meer. Sie ist mittlerweile in Mode, diese Kur. Ein vorzugsweise kaltes, stark salzhaltiges und bewegtes Meer, denn die Wellen sind ein wesentlicher Bestandteil der Behandlung, wegen des Schrecklichen, das sie mit sich bringen und das mit einem ängstlichen Widerstand praktisch überwunden und moralisch beherrscht werden soll, mit einem ängstlichen, wohlgemerkt. All dies in der Gewißheit – oder vielmehr in der Überzeugung –, daß der große Schoß des Meeres die Schale der Krankheit aufbrechen, die Lebenskanäle reaktivieren und die heilbringenden Absonderungen der Haupt- und Nebendrüsen vervielfachen kann,

die ideale Tinktur für Wasserscheue, Melancholiker, Impotente, Blutarme, Einzelgänger, Bösewichte, Neider

und Verrückte. Wie den Verrückten, den sie in Brixton vor den undurchdringlichen Blick von Ärzten und Wissenschaftlern brachten, gewaltsam eingetaucht in das eisige Wasser, erschüttert von den Wellen und dann herausgezogen und nach geprüften Reaktionen und Gegenreaktionen erneut untergetaucht, gewaltsam natürlich,

acht Grad Celsius, mit dem Kopf unter Wasser, er, der wieder auftaucht wie ein Brüllen, und die tierische Kraft, mit der er sich von den Krankenpflegern und dem ganzen Personal befreit, alles ausgezeichnete Schwimmer, aber das nützt nichts gegen die blinde Wut des Tiers, das fortläuft – fort –, durch das Wasser stürzend, nackt, und die Härte dieser mörderischen Strafe herausschreiend, die Scham und das Entsetzen. Der ganze Strand kalt erstarrt von der Verwirrung, während dieses Tier läuft und läuft, und die Frauen weiter hinten wenden den Blick ab, obgleich sie zu gern hinsehen würden, und ob sie gern hinsehen würden, zu dem Tier und seinem Lauf und, sagen wir es frei heraus, zu seiner Nacktheit, gerade zu dieser, der entfesselten Nacktheit, die im Meer umhertappt, direkt schön anzusehen in diesem grauen Licht, von einer Schönheit, die Jahre frommer Erziehung, Jahre von Internaten und Schamröten durchlöchert, und sie geht schnurstracks, wohin sie gehen muß, auf die Nerven schüchterner Frauen, die in der Verborgenheit riesiger, unbefleckter Röcke

ja, die Frauen. Auf einmal schien das Meer sie seit jeher erwartet zu haben. Glaubte man den Ärzten, so war es seit Jahrtausenden damit beschäftigt, sich geduldig zu vervollkommnen, mit nur dem einen klaren Ziel, sich als Wundersalbe gegen ihre Leiden an Seele und Körper darzubieten. So wie es tadellose Ärzte in tadellosen Salons gegenüber tadellosen Ehemännern und Vätern Tee schlürfend und ihre Worte abwägend fortwährend wiederholten, um mit paradoxer Höflichkeit zu erklären, daß der Widerwille gegen das Meer, der Schock und das Entsetzen in Wahrheit eine seraphische Kur gegen Unfruchtbarkeit, Appetitlosigkeit, nervöse Erschöpfung, Menopause, Überreizung, Unruhe und Schlaflosigkeit seien. Die ideale Erfahrung, um die Aufgewühltheit der Jugend zu heilen und auf die Mühen der weiblichen Pflichten vorzubereiten. Die festliche, weihevolle Taufe von Mädchen, die Frauen geworden sind. Wenn man also für einen Augenblick den Verrückten im Meer von Brixton außer acht lassen will

(der Verrückte rannte weiter, doch aufs offene Meer zu, bis man ihn nicht mehr sah, ein wissenschaftliches Beweisstück, das den Statistiken der medizinischen Akademie entkommen war und sich freiwillig dem Bauch des Ozeanmeers ausgeliefert hatte)

wenn man ihn außer acht lassen will,

(verdaut von dem großen Wasserdarm und nie dem Strand zurückgegeben, nie – wie man es hätte erwarten können – auf eine unförmige, bläuliche Blase reduziert in die Welt zurückgespien)

könnte man an eine Frau denken – eine Frau – eine geachtete, geliebte, Mutter, Frau. Aus irgendeinem Grund, irgendeiner Krankheit, an ein Meer gebracht, das sie sonst nie zu Gesicht bekommen hätte und das für ihre Heilung nun das Zünglein an der Waage ist, ein unermeßliches Zünglein, wahrhaftig, das sie anschaut und nicht versteht. Ihr Haar ist offen, und sie ist barfuß, und das ist wirklich keine Kleinigkeit, es ist absurd, zusammen mit dem weißen Hemdchen und der Hose, die ihre Knöchel frei läßt, man könnte ihre schmalen Hüften ahnen, es ist absurd, nur ihr eheliches Schlafzimmer hat sie so gesehen, und doch steht sie so auf einem unermeßlichen Strand, wo nicht die klebrige Luft eines Brautgemachs stagniert, sondern der Wind vom Meer bläst und das Gesetz einer wilden Freiheit bringt, die für ein ganzes Leben als Mutter Gattin Geliebte Frau verdrängt, vergessen, unterdrückt und entwertet war. Und es ist offensichtlich: *Sie muß es einfach fühlen.* Diese Leere ringsumher, ohne Wände und verschlossene Türen, und vor ihr nur eine grenzenlose aufregende Wasserfläche, schon allein das wäre ein Fest der Sinne, eine Orgie der Nerven, und noch muß alles erst passieren, der Würgegriff des eisigen Wassers, die Angst, die flüssige Umarmung des

Meeres, der Schock auf der Haut, das Herz in der Kehle...

Sie begleiten sie zum Wasser. Auf ihr Gesicht senkt sich, vortreffliches Versteck, eine Seidenmaske herab.

Übrigens klagte nie jemand den Leichnam des Verrückten aus Brixton ein. Das muß man sagen. Die Ärzte machten ein Experiment, das muß man verstehen. Es liefen unglaubliche Paare umher, der Kranke und sein Arzt, zarte, hochelegante Kranke, in göttlicher Langsamkeit von ihrem Leiden verzehrt, und Ärzte wie Mäuse im Keller, auf der Suche nach Indizien, Beweisen, Zahlen und Ziffern: auf der Lauer, um die Bewegungen der Krankheit bei ihrer verstörten Flucht vor dem Hinterhalt einer paradoxen Behandlung zu beobachten. Sie *tranken* das Wasser des Meeres, so weit war es gekommen, das Wasser, das bis gestern Grauen und Abscheu gewesen war und das Privileg eines einsamen, wilden Menschenschlags mit sonnenverbrannter Haut, eines beschämenden Abschaums. Jetzt *schlürften* sie es, dieselben göttlichen Invaliden, die am Wasser entlangliefen, indem sie zur außergewöhnlichen Vortäuschung eines vornehmen Hinkens, das sie von der üblichen Vorschrift, einen Fuß vor den anderen zu setzen, entbinden sollte, unmerklich ein

Bein nachzogen. Alles war *Kur.* Die einen fanden eine Frau, andere schrieben Gedichte, es war die althergebrachte – wohlgemerkt abstoßende – Welt, *zu rein medizinischen* Zwecken unversehens an den Rand eines Abgrunds umgesiedelt, den man jahrhundertelang verabscheut und jetzt, aus freien Stücken und der Wissenschaft wegen, zur Promenade des Schmerzes erwählt hatte.

Wellenbad nannten es die Ärzte. Es gab allen Ernstes sogar eine Vorrichtung, eine Art patentierte Sänfte, mit der man ins Wasser gehen konnte. Sie diente den Damen, den verheirateten natürlich ebenso wie den unverheirateten, dazu, *sie vor aufdringlichen Blicken zu schützen.* Sie stiegen in die Sänfte, die nach allen Seiten mit Vorhängen in abgetönten Farben geschlossen war – mit nicht schreienden Farben sozusagen –, und dann brachte man sie ins Meer, ein paar Meter weit, und dort, mit der Sänfte in Höhe des Wassers, stiegen sie hinunter und nahmen ihr Bad wie eine Medizin, nahezu unsichtbar hinter ihren Vorhängen, wehenden Vorhängen – Sänften wie schwimmende Tabernakel, Vorhänge wie Paramente eines unerklärlicherweise ins Wasser verlagerten Gottesdienstes, ein Schauspiel, vom Strand aus betrachtet. Das Wellenbad.

Manche Dinge kann nur die Wissenschaft, soviel steht fest. Jahrhunderte des Abscheus hinwegfegen – das schreckliche Meer Schoß von Verderbnis und Tod – und jenes Idyll erfinden, das sich Schritt für Schritt auf allen Stränden der

Welt ausbreitet. Heilungen wie

Liebesspiele. Und dann das: Eines

Tages warfen die Wellen am Strand von Depper ein Boot ans Ufer, ein Wrack, kaum mehr als ein Trümmerhaufen. Und sie, die von der Krankheit Verführten, waren dort über den kilometerlangen Strand verstreut, um allesamt ihre Umarmung mit dem Meer zu vollziehen, elegante Ornamente auf dem Sand, so weit das Auge reichte, jeder von ihnen in seiner Blase aus Erregung, Lust und Angst. Mit dem Segen der Wissenschaft, die sie dorthin beordert hatte, stiegen sie alle mit langsamen Schritten aus ihrem Himmel zu diesem Wrack hinab, das nur zögerlich auf dem Sand aufsetzte – wie ein Bote, der sich vor der Ankunft fürchtet. Sie kamen näher. Sie zogen es an Land. Und sie sahen. Er lag auf dem Boden des Bootes mit nach oben verdrehten Augen und reichte mit einem Arm etwas dar, das es nicht mehr gab. Sie sahen ihn:

einen Heiligen. Die Statue war aus Holz. Bemalt. Ihr Mantel reichte bis zu den Füßen, eine Wunde durchschnitt ihr die Kehle, doch das Gesicht, das Gesicht wußte nichts davon und ruhte sanft auf einer göttlichen Verklärtheit. Nichts sonst im Boot, allein der Heilige. Allein. Und alle für einen Augenblick instinktiv aufschauend, um auf dem Spiegel des Ozeans die Umrisse einer Kirche zu suchen, ein verständlicher Gedanke, doch ebenso abwegig, es gab dort keine Kirchen, es gab dort keine Kreuze, es gab dort keine Wege, das Meer hat keine Straßen, das Meer hat keine Erklärungen.

Die Blicke Dutzender von Invaliden, dazu abgezehrte, wunderschöne, ferne Frauen, Ärzte wie Mäuse, Assistenten und Gehilfen, alte Voyeure, Schaulustige, Fischer, kleine Mädchen –

und *ein Heiliger.* Sie alle verstört, er auch. Unschlüssig.

Eines Tages, am Strand von Depper.

Niemand hat je verstanden.

Nie.

»Bringen Sie sie nach Daschenbach, das ist ein idealer Strand für Wellenbäder. Drei Tage. Einmal Eintauchen am Vormittag und einmal am Nachmittag. Fragen Sie nach Doktor Taverner, er wird Sie mit allem Nötigen versorgen. Hier ist ein Empfehlungsschreiben an ihn. Bitte sehr.«

Der Baron nahm den Brief, ohne ihn eines Blickes zu würdigen.

»Sie wird daran sterben«, sagte er.

»Das ist möglich. Aber sehr unwahrscheinlich.«

Nur große Ärzte können so zynisch exakt sein.

Atterdel war *der* größte.

»Betrachten wir es einmal so, Baron: Sie können dieses Mädchen jahrelang hier drinnen behalten, wo es über weiße Teppiche spaziert und von fliegenden Menschen umgeben schläft. Doch eines Tages wird ein Gefühl, das Sie nicht vorhersehen können, es mit sich fort nehmen. Amen. Es sei denn, Sie nehmen das Risiko auf sich, folgen meinen Anweisungen und vertrauen auf Gott. Das Meer wird Ihnen Ihre Tochter zurückgeben. Vielleicht tot. Aber wenn lebendig, dann wirklich lebendig.«

Zynisch exakt.

Der Baron war mit dem Brief in der Hand reglos stehengeblieben, auf halbem Weg zwischen ihm und dem schwarzgekleideten Arzt.

»Sie haben keine Kinder.«

»Das tut überhaupt nichts zur Sache.«

»Trotzdem haben Sie keine.«

Er sah den Brief an und legte ihn langsam auf den Tisch.

»Elisewin bleibt hier.«

Ein kurzes Schweigen, doch nur ein kurzes.

»Nicht mal im Traum.«

Das war Pater Pluche. Eigentlich war der Satz, der von seinem Hirn ausgegangen war, komplexer und kam wohl eher an etwas heran wie: »Vielleicht ist es angeraten, eine wie auch immer geartete Entscheidung zu verschieben, bis man nüchtern erwogen hat, daß ...« – etwas in der Art. Aber »Nicht mal im Traum« war eindeutig die wendigere und schnellere Aussage und hatte keine sonderliche Mühe, durch die Maschen der anderen hindurchzuschlüpfen und an der Oberfläche des Schweigens aufzutauchen wie eine unvorhergesehene und unvorhersehbare Boje.

»Nicht mal im Traum.«

Es war das erste Mal seit sechzehn Jahren, daß Pater Pluche es wagte, dem Baron in einer Angelegenheit zu widersprechen, die Elisewins Leben betraf. Er spürte eine merkwürdige Trunkenheit, als hätte er sich gerade aus dem Fenster gestürzt. Er war ein Mann mit einer gewissen praktischen Veranlagung. Da er nun schon einmal da war, in der Luft, beschloß er, nach Möglichkeit auch zu fliegen.

»Elisewin wird ans Meer fahren. Ich werde sie hinbringen. Und wenn es nötig ist, werden wir Monate oder Jahre dort bleiben, bis sie die Kraft hat, dem Wasser und allem zu trotzen. Und am Ende wird sie zurückkommen, lebendig. Jede andere Entscheidung wäre dumm, ja schlimmer noch: Sie wäre feige. Falls Elisewin Angst hat, müssen wir sie nicht auch noch haben, ich werde jedenfalls keine haben. Es liegt ihr überhaupt nichts daran zu sterben. Sie will leben. Und was sie will, wird sie auch bekommen.«

Es war unglaublich, wie er sprach. Pater Pluche. Unglaublich, daß er es war.

»Sie, Doktor Atterdel, verstehen rein gar nichts von den Menschen, weder von Vätern noch von Töchtern, rein gar nichts. Und deshalb glaube ich Ihnen. Die Wahrheit ist immer unmenschlich. Wie Sie. Ich weiß, daß Sie sich nicht irren. Sie tun mir leid, doch ich bewundere Ihre Worte. Und ich, der das Meer nie gesehen hat, werde ans Meer fahren, weil Ihre Worte es mir gesagt haben. Es ist die absurdeste, lächerlichste und dümmste Aktion, die mir je passieren konnte. Doch es gibt niemand auf dem gesamten Besitz von Carewall, der mich davon abhalten könnte. Niemand.«

Er nahm den Brief vom Tisch und steckte ihn in seine Tasche. Sein Herz schlug wie toll, seine Hände zitterten, und in seinen Ohren rauschte es sonderbar. Kein Wunder, dachte er. Es passiert einem nicht alle Tage, daß man fliegen kann.

In diesem Moment war alles möglich. Tatsächlich gibt es Augenblicke, in denen das allgegenwärtige und logische Netz kausaler Zusammenhänge vom Leben überrumpelt kapituliert und ins Parkett hinabsteigt, um sich unter das Publikum zu mischen und zuzulassen, daß auf der Bühne eine unsichtbare Hand im Licht einer schwindelerregenden, plötzlichen Freiheit im unendlichen Schoß des Möglichen fischt und von Millionen Dingen ein einziges geschehen läßt. Im stillen Trio dieser drei Männer zogen sie, wenn auch blitzschnell, alle nacheinander vorüber, diese millionenfachen Dinge, die sich dort hätten entladen können, bis ein einziges, winziges, im Kreis dieser Zeit und dieses Raumes erschien, nachdem sich das Gleißen und die Staubwolke verzogen hatten, und sich mit einiger Schamhaftigkeit bemühte, zu geschehen. Und es geschah. Daß der Baron – der Baron von Carewall – zu weinen begann, ohne sein Gesicht in den Händen zu verbergen, während er sich einfach gegen die Rücklehne seines prunkvollen Lehnstuhls fallen ließ, als sei er von Müdigkeit übermannt, doch auch als sei er von einer gewaltigen Last befreit. Wie ein Mann, der am Ende ist, doch auch wie ein geretteter.

Er weinte. Der Baron von Carewall.

Seine Tränen.

Pater Pluche reglos.

Doktor Atterdel wortlos.

Und nichts weiter.

Alles Dinge, die auf dem Besitz von Carewall nie jemand erfuhr. Doch alle ohne Ausnahme erzählen sich noch heute, was *danach* geschah. Von der Sanftheit dessen, was danach geschah.

»Elisewin ...«

»Eine Wunderheilung ...«

»Das Meer ...«

»Es ist verrückt ...«

»Sie wird gesund, du wirst schon sehen.«

»Sie wird sterben.«

»Das Meer ...«

Das Meer – wie der Baron auf den Karten der Geographen sah – war weit weg. Doch vor allem – wie er in seinen Träumen sah – war es schrecklich, über alle Maßen schön, entsetzlich stark – unmenschlich und feindselig – wundervoll. Und es war andere Farben, nie gekannte Gerüche, fremde Geräusche – es war das Jenseits. Er sah Elisewin an und konnte sich nicht vorstellen, wie sie sich all dem würde nähern können, ohne im Nichts zu verschwinden, in der Luft verweht vor Aufregung und Überraschung. Er dachte an den Moment, da sie sich plötzlich umdrehen und mit ihren Augen das Meer empfangen würde. Er dachte wochenlang daran. Dann verstand er. Im Grunde war es nicht schwer. Es war unglaublich, daß er nicht früher darauf gekommen war.

»Wie werden wir ans Meer gelangen?« fragte ihn Pater Pluche.

»Es wird kommen und euch abholen.«

So fuhren sie los, an einem Morgen im April, überquerten Felder und Hügel und kamen am fünften Tag bei Sonnenuntergang an das Ufer eines Flusses. Es gab kein Dorf, es gab keine Häuser, nichts. Aber auf dem Wasser schaukelte lautlos ein kleines Schiff. Es hieß *Adel*. Für gewöhnlich kreuzte es in den Gewässern des Ozeans und brachte Habseligkeiten und Reichtümer zwischen dem Festland und den Inseln hin und her. Am Bug hatte es eine Galionsfigur, deren Haare bis zu den Füßen wallten. In seinen Segeln hingen sämtliche Winde der großen, weiten Welt. Der Kiel hatte viele Jahre lang den Bauch des Meeres ausgespäht. In jedem Winkel erzählten unbekannte Gerüche Geschichten, die den Gesichtern der Matrosen auf die Haut geschrieben waren. Es war ein Zweimaster. Der Baron von Carewall hatte verlangt, daß er vom Meer flußaufwärts bis zu jener Stelle fahren sollte.

»Das ist eine fixe Idee«, hatte ihm der Kapitän geschrieben.

»Ich werde Sie mit Gold überschütten«, hatte der Baron geantwortet.

Und wie ein Gespenst, das irgendeinem vernünftigen Kurs entflohen war, lag der Zweimaster namens *Adel* nun da. Auf dem kleinen Landungssteg, an dem sonst nur winzige Boote festmachten, drückte der Baron seine Tochter an sich und sagte:

»Adieu.«

Elisewin schwieg. Sie zog sich einen Seidenschleier vors Gesicht, schob ein zusammengefaltetes, versiegeltes Blatt Papier in die Hände ihres Vaters, drehte sich um und ging zu den Männern, die sie auf das Schiff bringen sollten. Mittlerweile war es fast Nacht. Mit etwas gutem Willen hätte alles ein Traum sein können.

So fuhr Elisewin auf die sanfteste Art der Welt dem Meer entgegen – nur der Verstand eines Vaters konnte sich so etwas ausdenken –, von der Strömung getragen, dem Reigen aus Kurven, Stockungen und Zaudereien folgend, den der Fluß im Verlauf der Jahrhunderte auf seinen Reisen gelernt hatte, er, der große Weise, der einzige, der den schönsten, anmutigsten und sanftesten Weg kannte, auf dem man zum Meer gelangte, ohne sich weh zu tun. Sie fuhren mit jener Langsamkeit flußabwärts, die von der mütterlichen Klugheit der Natur millimetergenau festgelegt war, und kamen allmählich in eine Welt der Gerüche Gegenstände Farben, die Tag für Tag im Schneckentempo die ferne und dann immer näher rückende Gegenwart des unermeßlichen Schoßes verriet, der sie erwartete. Die Luft veränderte sich, und die Morgenröten veränderten sich und auch die Himmel, die Gestalt der Häuser, die Vögel, die Geräusche, die Gesichter der Menschen auf dem Festland und die Worte der Menschen auf ihren Lippen. Wasser, das zum Wasser glitt, zartestes Liebesspiel, die Rundungen des Flusses wie eine Kantilene der Seele. Eine unmerkliche Reise. In Elisewins Kopf Empfindungen zu Tausenden, doch leicht wie Flaumfedern im Flug.

Noch heute erzählen sich auf dem Besitz von Carewall alle von dieser Reise. Jeder auf seine Art. Alle, ohne überhaupt dabeigewesen zu sein. Aber das ist nicht wichtig. Sie werden nie aufhören, davon zu erzählen. Damit niemand vergißt, wie schön es wäre, wenn es für jedes Meer, das uns erwartet, einen Fluß für uns gäbe. Und einen Menschen – einen Vater, einen Liebsten, einen Menschen –, der uns an die Hand nehmen und diesen Fluß finden – ihn ersinnen, ihn erfinden – kann und der uns mit der Leichtheit eines einzigen Wortes auf seine Strömung setzt – Adieu. Das wäre wirklich wunderbar. Es wäre *süß*, das Leben, irgendein Leben. Die Dinge würden nicht weh tun, sondern von der Strömung getragen näherkommen, man könnte sie zunächst flüchtig streifen, sie dann berühren und sich erst zuletzt selbst berühren lassen. Sich auch *verletzen* lassen. *Daran sterben*. Egal. Doch alles wäre endlich *menschlich*. Die Vorstellungskraft eines Menschen würde ausreichen – eines Vaters, eines Liebsten, eines Menschen. Er könnte einen Weg ersinnen, hier, mitten in diesem Schweigen, auf diesem Stück Land, das nicht reden will. Einen gütigen und schönen Weg. Einen Weg von hier zum Meer.

Reglos alle beide, die Augen starr auf die unermeßliche Wasserfläche gerichtet. Nicht zu fassen. Wirklich nicht. Zum Dableiben, ein Leben lang, ohne das geringste zu verstehen, doch unaufhörlich schauend. Vorn das Meer, im Rücken ein langer Fluß und schließlich, unter den Füßen, Land. Und sie beide da, reglos. Elisewin und Pater Pluche. Wie ein Zauber. Ohne einen Gedanken im Kopf, einen wirklichen Gedanken, nur Staunen. Verwunderung. Und erst nach vielen Minuten – einer Ewigkeit – sagt Elisewin endlich, ohne den Blick vom Meer zu lösen:

»Aber irgendwo ist es doch zu Ende?«

Hunderte Kilometer entfernt hält ein Mann in der Einsamkeit seines riesigen Schlosses ein Blatt Papier ins Licht einer Kerze und liest. Nur wenige Wörter, alle auf einer Linie. Schwarze Tinte.

Habt keine Angst. Ich habe auch keine. Ich, die ich Euch liebe. Elisewin.

Dann wird die Kutsche sie abholen, denn es ist Abend, und die Pension erwartet sie. Eine kurze Fahrt. Die Straße am Strand entlang. Ringsumher niemand. Fast niemand. Im Meer – was macht er denn *im* Meer? – ein Maler.

7

Auf Sumatra, vor der Nordküste von Pangei, tauchte alle sechsundsiebzig Tage eine kleine Insel in Form eines Kreuzes auf, die mit dichter Vegetation bedeckt und offenbar unbewohnt war. Sie blieb für wenige Stunden sichtbar und versank dann wieder im Meer. Am Strand von Carcais hatten die Fischer aus dem Dorf die Überreste der *Davemport* gefunden, die acht Tage zuvor am anderen Ende der Welt im Meer von Ceylon Schiffbruch erlitten hatte. Auf dem Kurs nach Farhadhar waren vor den Matrosen leuchtende Schmetterlinge erschienen, die Benommenheit und Schwermut verursachten. In den Gewässern von Bogador war ein Konvoi von vier Kriegsschiffen verschwunden, verschlungen von einer einzigen riesigen Welle, die an einem Tag mit spiegelglatter See aus dem Nichts gekommen war.

Admiral Langlais blätterte langsam in den Schriftstücken aus allen Enden einer Welt, die offenbar an ihrem Wahnsinn festhielt. Briefe, Auszüge aus Logbüchern, Zeitungsausschnitte, Vernehmungsprotokolle, vertrauliche Berichte, Botschaftsdepeschen. Von allem etwas. Ohne Unterschied reiste die kurz angebundene Gleichgültigkeit der offiziellen Mitteilungen ebenso durch die Welt wie die alkoholhaltige Schilderung gespenstersehender Matrosen, um auf diesem Schreibtisch zu landen, an dem Langlais im Namen des Königreichs mit seinem Gänsekiel die Grenze zwischen dem zog, was im Königreich als *richtig* gelten sollte, und dem, was als *falsch* zu vernachlässigen war. Von allen Meeren des Erdballs kamen in einer langen Prozession Hunderte von Gestalten und Stimmen auf diesen Schreibtisch, um von einem Urteilsspruch verschlungen zu werden, so dünn wie ein schwarzer Tintenstrich, der in einer exakten Handschrift auf in Leder gebundene Bücher gestickt war. Langlais' Hand war der Schoß, auf dem sich ihre Reisen niederließen. Seine Schreibfeder die Klinge, um die sich ihre Mühe krümmte. Ein gründlicher und sauberer Tod.

Die vorliegende Meldung muß als unzuverlässig betrachtet werden und darf als solche weder verbreitet werden noch in den Karten und Dokumenten des Königreichs Erwähnung finden.

Oder für immer ein glanzvolles Leben.

Die vorliegende Meldung kann als wahrheitsgetreu betrachtet werden und soll als solche in alle Karten und Dokumente des Königreichs aufgenommen werden.

Langlais richtete. Er verglich die Beweise, prüfte die Zeugenaussagen und begutachtete die Quellen. Dann richtete er. Er lebte tagtäglich inmitten der Hirngespinste einer unermeßlichen kollektiven Phantasie, wo der scharfe Blick des Forschers und der geblendete des Schiffbrüchigen bisweilen identische Bilder und unlogische Ergänzungen produzierten. Er lebte in der Verwunderung. Deshalb herrschte in seinem Palast eine vorherbestimmte und manische Ordnung. Sein Leben glitt einer unveränderlichen Geometrie von Gewohnheiten folgend dahin, die fast etwas von der Heiligkeit eines Gottesdienstes besaß. Langlais verteidigte sich. Er zwängte seine eigene Existenz in ein Netz millimetrischer Regeln, die das Schwindelgefühl des Imaginären dämpfen konnten, dem er Tag für Tag seinen Verstand aussetzte. Die Übertreibungen, die von allen Meeren der Welt zu ihm drangen, verebbten vor der peniblen Barriere, die aus jenen winzigen Gewißheiten konstruiert war: Wie ein ruhiger See wartete einen Schritt dahinter Langlais' Weisheit auf sie. Reglos und gerecht.

Durch die geöffneten Fenster drang das rhythmische Geräusch der Schere des Gärtners herüber, die mit der Sicherheit einer zu rettenden Urteilssprüchen entschlossenen Justitia Rosen beschnitt. Ein Geräusch wie jedes andere. Doch an diesem Tag und im Kopf von Admiral Langlais vermittelte es eine klare Botschaft. Geduldig und beharrlich – zu nahe am Fenster, als daß es Zufall hätte sein können – brachte dieses Geräusch die zwangsläufige Erinnerung an eine Pflicht. Langlais hätte es lieber überhört. Aber er war ein Ehrenmann. Also schob er die Blätter, die von Inseln, Wracks und Schmetterlingen erzählten, beiseite, öffnete eine Schublade, entnahm ihr drei versiegelte Briefe und legte sie auf den Schreibtisch. Sie kamen aus drei verschiedenen Orten. Obgleich sie die deutlichen Kennzeichen einer dringlichen und vertraulichen

Korrespondenz aufwiesen, hatte Langlais sie aus Feigheit ein paar Tage dort liegenlassen, wo er sie nicht einmal sehen konnte. Aber jetzt öffnete er sie mit einer schroffen und förmlichen Handbewegung, und ohne sich ein Zögern zu gestatten, machte er sich an ihre Lektüre. Er notierte sich einige Namen und ein Datum auf einem Blatt Papier. Er versuchte, alles mit der unpersönlichen Neutralität eines Buchhalters des Königreichs zu tun. Der letzte Vermerk, den er aufschrieb, lautete:

Pension Almayer, Quartel

Schließlich nahm er die Briefe, stand auf, ging zum Kamin und warf sie in die aufmerksamen Flammen, die über den häßlichen Frühling jener Tage wachten. Während er zuschaute, wie sich die ausgesuchte Eleganz dieser Schreiben, die er nie hatte lesen wollen, zusammenrollte, hörte er von den geöffneten Fenstern her deutlich eine dankbare und plötzliche Stille. Die Schere, bis dahin unermüdlich wie die Zeiger einer Uhr, schwieg. Erst nach einer Weile gruben sich die Schritte des sich entfernenden Gärtners in die Stille. Es lag etwas so Pünktliches in diesem Fortgehen, daß es wohl jeden anderen in Erstaunen versetzt hätte. Nicht so Langlais. Er wußte Bescheid. Die für jeden anderen rätselhafte Beziehung, die diese beiden Männer – einen Admiral und einen Gärtner – miteinander verband, hatte für diese nichts Geheimnisvolles mehr. Die Gewohnheit einer aus vielem Schweigen und privaten Zeichen bestehenden Nähe behütete seit Jahren ihr sonderbares Bündnis.

Es gibt so viele Geschichten. Diese hier kam von weit her.

Eines Tages vor sechs Jahren hatte man Admiral Langlais einen Mann vorgeführt, dessen Name, wie es hieß, Adams war. Groß, stämmig, schulterlanges Haar, sonnenverbrannte Haut. Er hätte ein Matrose wie viele andere sein können. Doch um ihn auf den Beinen zu halten, mußte man ihn stützen, er war nicht in der Lage zu gehen. Eine widerwärtige schwärende Wunde markierte seinen Hals. Er blieb sonderbar reglos, wie gelähmt und geistesabwesend. Das einzige, was noch auf einen Funken Bewußtsein hindeutete, war sein Blick. Er war wie der Blick eines Tiers, das mit dem Tod ringt.

»Er hat den Blick eines Tiers, das auf der Jagd ist«, dachte Langlais.

Es hieß, man habe ihn in einem Dorf mitten in Afrika gefunden. Es gab noch mehr Weiße dort: Sklaven. Doch er war etwas Besonderes. Er war das Lieblingstier des Stammeshäuptlings. Er ging auf allen vieren, grotesk geschmückt mit bunten Federn und Steinen und mit einem Strick an den Thron dieser Spezies von König gebunden. Er aß die Abfälle, die dieser ihm hinwarf. Sein Körper war von Wunden und Schlägen gepeinigt. Er hatte gelernt, auf eine Art zu kläffen, die den Herrscher köstlich amüsierte. Wenn er noch am Leben war, so wahrscheinlich einzig und allein deswegen.

»Was hat er zu erzählen?« erkundigte sich Langlais.

»Er nichts. Er spricht nicht. Er will nicht sprechen. Aber die anderen, die mit ihm zusammen waren...

die anderen Sklaven ... und dann noch welche, die ihn am Hafen wiedererkannt haben ... Sie berichten außergewöhnliche Dinge von ihm. Es hat den Anschein, als sei dieser Mann überall gewesen, es ist ein Rätsel ... Wenn man all das glaubt, was man sich erzählt ...«

»Was erzählt man sich denn?«

Er, Adams, reglos und geistesabwesend in der Mitte des Zimmers. Und ringsumher das wüste Gelage der Erinnerung und der Phantasie, das sich entlädt, um die Luft mit den Abenteuern eines Lebens auszumalen, das, wie es heißt, seines ist / dreihundert Kilometer zu Fuß durch die Wüste / er schwört, daß er gesehen hat, wie er sich in einen Schwarzen verwandelte und dann wieder weiß wurde / denn er machte Geschäfte mit dem einheimischen Schamanen, da hat er auch gelernt, wie man dieses rote Pulver herstellt, das / als sie sie gefangennahmen, fesselten sie sie alle an nur einen riesigen Baum und warteten, bis die Insekten sie von oben bis unten bedeckten, doch er begann in einer unverständlichen Sprache zu reden, und da haben diese Wilden plötzlich / und er schwor, daß er in jenen Bergen gewesen war, wo das Licht nie verschwindet, weshalb noch niemand mit klarem Verstand von dort zurückgekehrt sei, außer ihm, der bei seiner Rückkehr nur sagte / am Hof des Sultans, wohin man ihn seiner wunderschönen Stimme wegen mitgenommen hatte, und er, mit Gold überschüttet, hatte die Aufgabe, in der Folterkammer zu singen, während jene ihr Handwerk verrichteten, und all das, weil der Sultan nicht das unangenehme Echo der Wehklagen, sondern die Schönheit dieses Gesanges hören sollte, der / im See von Kabalaki, der so groß ist wie das Meer, und da glaubten sie, er sei tatsächlich das Meer, bis sie ein Boot aus riesigen Blättern bauten, Baumblättern, und damit fuhren sie von einem Ufer zum anderen, und in diesem Boot saß er, Ehrenwort / und sammelten mit bloßen Händen Diamanten im Sand, in Ketten und nackt, damit sie nicht fliehen konnten, er war auch dort, mitten unter ihnen, so wahr ich / alle sagten, er sei tot, der Sturm habe ihn mit sich fortgerissen, aber eines Tages schlägt man einem vor dem Tor von Tesfa die Hände ab, einem Wasserdieb, ich sehe ihn mir genau an, und da war er es, wirklich er / weshalb er Adams heißt, aber er hatte tausend Namen, und einmal hat ihn einer getroffen, als er sich Ra Me Nivar nannte, was in der Landessprache »der fliegende Mann« bedeutete, und ein andermal an der afrikanischen Küste / in der Stadt der Toten, die niemand zu betreten wagte, weil seit Jahrhunderten ein Fluch auf ihr lag, der die Augen all derer zerplatzen ließ, die

»Genug jetzt.«

Langlais schaute nicht einmal von der Schnupftabaksdose auf, die er nun schon seit einigen Minuten nervös in den Händen hin und her drehte.

»Gut. Bringt ihn fort.«

Niemand rührte sich.

Schweigen.

»Admiral … da ist noch etwas.«

»Was?«

Schweigen.

»Dieser Mann hat Timbuktu gesehen.«

Langlais' Tabaksdose hielt inne.

»Es gibt Leute, die bereit sind, das zu beschwören: Er ist dort gewesen.«

Timbuktu. Die Perle Afrikas. Die unauffindbare, wunderbare Stadt. Der Schrein aller Schätze, Sitz aller barbarischen Götter. Herz der unbekannten Welt, Festung Tausender Geheimnisse, Traumland jeglichen Reichtums, unerreichtes Ziel zahlloser Reisen, Quelle aller Wasser und Traum jedes Himmels. Timbuktu. Die Stadt, die kein Weißer je gefunden hat.

Langlais schaute auf. Alle im Zimmer standen plötzlich wie versteinert. Nur Adams' Augen wanderten unablässig umher, darauf aus, ein unsichtbares Opfer aufzuspüren.

Der Admiral verhörte ihn lange. Seiner Gewohnheit gemäß sprach er mit strenger, aber sanfter und nahezu unpersönlicher Stimme. Keine Heftigkeit, kein besonderer Druck. Nur die geduldige Prozession kurzer und präziser Fragen. Er bekam nicht eine Antwort.

Adams schwieg. Er schien für immer in eine Welt verbannt, die ein für allemal woanders war. Nicht einmal einen Blick konnte er ihm entlocken. Nichts.

Langlais starrte ihn eine Zeitlang schweigend an. Dann machte er ein Zeichen, das keinen Widerspruch duldete. Sie hoben Adams vom Stuhl und schleppten ihn fort. Langlais sah ihm nach – diesen Füßen, die über den Marmorfußboden schleiften –, und er hatte das unangenehme Gefühl, daß auch Timbuktu in diesem Augenblick auf den ungenauen Landkarten des Königreichs weiter fortglitt. Aus unerfindlichen Gründen kam ihm eines der vielen Gerüchte in den Sinn, die über diese Stadt in Umlauf waren. Daß nämlich die Frauen dort nur ein Auge unbedeckt ließen, das mit farbiger Erde herrlich bemalt war. Er hatte sich stets gefragt, warum sie das andere wohl verstecken mußten. Er stand auf und schlenderte zum Fenster. Er wollte es gerade öffnen, als eine Stimme in seinem Kopf ihn mit einem klaren und deutlichen Satz innehalten ließ:

»Weil kein Mann ihrem Blick standhalten könnte, ohne den Verstand zu verlieren.«

Langlais drehte sich ruckartig um. Im Zimmer war niemand. Er wandte sich wieder zum Fenster. Für einige Augenblicke war er unfähig, einen klaren Gedanken zu fassen. Dann sah er unten auf der Allee das kleine Gefolge vorbeiziehen, das Adams ins Nichts zurückbrachte. Er fragte sich nicht, was zu tun sei. Er tat es einfach.

Wenig später stand er vor Adams, umringt vom Erstaunen der Anwesenden und etwas außer Atem nach dem schnellen Lauf. Er sah ihm in die Augen und fragte leise:

»Und woher weißt du das?«

Adams schien ihn nicht einmal zu bemerken. Er blieb an irgendeinem seltsamen Ort, Tausende Kilometer entfernt. Aber seine Lippen bewegten sich, und alle hörten seine Stimme sagen:

»Weil ich sie gesehen habe.«

Langlais war vielen solcher Fälle wie dem von Adams begegnet. Matrosen, die ein Unwetter oder die Grausamkeit von Piraten an irgendeine Küste eines unbekannten Kontinents verschlagen hatte, Geiseln des Zufalls und die Beute von Menschen, für die der weiße Mann kaum mehr als eine wunderliche Tierart war. Wenn nicht ein barmherziger Tod sie rechtzeitig hinwegraffte, so war es eben irgendein schrecklicher Tod, der sie in einem stinkenden oder wunderbaren Winkel unwahrscheinlicher Welten erwartete. Klein war die Zahl derer, die lebend davonkamen, von irgendeinem Schiff geborgen und der zivilisierten Welt mit den unabänderlichen Spuren ihres Verhängnisses am Leib zurückgebracht. Verrückt gewordene Wracks, menschliche Trümmer, vom Unbekannten zurückgegeben. Verlorene Seelen.

All das wußte Langlais. Trotzdem nahm er Adams zu sich. Er entriß ihn dem Elend und brachte ihn in seinen Palast. In irgendeine Welt mußte sein Verstand geflüchtet sein, und dort würde er ihn fangen. Und er würde ihn zurückbringen. Er wollte ihn nicht retten. Das war es eigentlich nicht. Er wollte die Geschichten retten, die in ihm verborgen waren. Es spielte keine Rolle, wie lange es dauern würde. Er wollte diese Geschichten, und er würde sie bekommen.

Er wußte, daß Adams ein Mann war, der von seinem eigenen Leben zerstört worden war. Er dachte sich seine Seele als ein friedliches Dorf, geplündert und auseinandergetrieben durch die wilde Invasion einer schwindelerregenden Anzahl von Bildern, Empfindungen, Gerüchen, Geräuschen, Schmerzen und Worten. Der Tod, den er offensichtlich vortäuschte, war das paradoxe Ergebnis eines geborstenen Lebens. Unter seiner Schweigsamkeit und Reglosigkeit knisterte ein unbändiges Chaos.

Langlais war kein Arzt und hatte nie jemanden gerettet. Doch er hatte in seinem Leben die unberechenbare therapeutische Kraft der Präzision erfahren. Er selbst heilte sich sozusagen ausschließlich mit der Präzision. Sie war die Medizin, die, aufgelöst in jedem

Schluck seines Lebens, das Gift der Verwirrung fernhielt. Daher glaubte er, daß die unanfechtbare Geistesabwesenheit von Adams nur durch die tägliche und geduldige Routine einer wie auch immer gearteten Präzision zerbröckeln konnte. Er spürte, daß dies eine nach seiner Auffassung *liebenswürdige* Präzision sein mußte, die kaum an die Teilnahmslosigkeit eines mechanischen Ritus anklang und in der milden Wärme einer Poesie gehegt wurde. Er suchte in der Welt der Dinge und Gesten, die ihn umgab, lange nach ihr. Schließlich fand er sie. Und dem, der es wagte, ihn nicht ohne einen gewissen Sarkasmus zu fragen:

»Was soll denn das für ein Wundermittel sein, mit dem Sie Ihren Wilden zu heilen gedenken?«

antwortete er mit Vergnügen:

»Meine Rosen.«

So wie ein Kind einen verirrten Vogel in die künstliche Wärme eines Nestes aus Stoff hätte setzen können, stellte Langlais Adams in seinen Garten. Einen erstaunlichen Garten, in dem die erlesenste Geometrie die Explosion all der Farben im Zaum hielt und die Disziplin eiserner Symmetrien die imposante Nachbarschaft von Blumen und Sträuchern aus aller Herren Länder ordnete. Ein Garten, in dem das Chaos des Lebens die Gestalt einer göttlichen Präzision annahm.

Dort kam Adams langsam wieder zu sich. Monatelang sagte er kein Wort und widmete sich nur willig der Erlernung Tausender – präziser – Regeln. Dann begann sich seine Abwesenheit in eine verschwommene Anwesenheit zu verwandeln, die hier und da mit kurzen Redensarten durchsetzt und nicht mehr von dem hartnäckigen Überleben des Tiers geprägt war, das sich in ihm versteckt hatte. Nach einem Jahr hätte bei seinem Anblick niemand mehr daran gezweifelt, daß er einen Gärtner reinsten Wassers vor sich hatte: schweigsam und gleichmütig, langsam und exakt in seinen Bewegungen, unergründlich und alterslos. Der barmherzige Gott einer Miniaturschöpfung.

In all dieser Zeit richtete Langlais nie eine Frage an ihn. Er wechselte nur wenige Sätze mit ihm, die zumeist den Zustand der Schwertlilien oder die unvorhersehbaren Wetterumschwünge betrafen. Keiner der beiden spielte je auf die Vergangenheit an, auf irgendeine Vergangenheit. Langlais wartete. Er hatte keine Eile. Vielmehr genoß er die Vorfreude. So sehr, daß er sogar einen absurden Anflug von Verdruß empfand, als er eines Tages durch eine kleine abgelegene Allee des Gartens spazierte und dicht an Adams vorüberkam, der von einer perlweißen Petunie aufschaute und – offensichtlich zu niemandem – klar und deutlich die folgenden Worte sprach:

»Timbuktu hat keine Mauern, denn dort glaubt man seit jeher, daß schon allein seine Schönheit ausreicht, um jeden Feind fernzuhalten.«

Dann schwieg Adams und senkte den Blick wieder auf die perlweiße Petunie. Langlais ging, ohne ein Wort zu sagen, weiter durch die kleine Allee. Nicht einmal Gott, falls es ihn gab, hätte etwas bemerkt.

Von diesem Tag an entschlüpften Adams all seine Geschichten. Bei den verschiedensten Gelegenheiten und nach unerforschlichen Rhythmen und Liturgien. Langlais beschränkte sich darauf zuzuhören. Nie stellte er eine Frage. Er hörte zu, nichts weiter. Manchmal waren es einfache Sätze. Dann wieder ganze Geschichten. Adams erzählte mit einer leisen, warmen Stimme. Mit erstaunlicher Kunstfertigkeit wägte er Worte und Pausen ab. Er hatte etwas Hypnotisches an sich, wenn er diese phantastischen Bilder psalmodierte. Ihm zuzuhören war Magie. Langlais war fasziniert.

Nichts von dem, was er durch diese Erzählungen hörte, gelangte in seine Folianten aus dunklem Leder. Das Königreich spielte hier keine Rolle. Diese Geschichten waren für ihn. Er hatte darauf gewartet, daß sie aus dem Schoß eines vergewaltigten, toten Bodens aufkeimten. Jetzt erntete er sie. Sie waren das erlesene Geschenk, das er seiner Einsamkeit zugedacht hatte. Er träumte davon, im andächtigen Schatten dieser Geschichten alt zu werden. Und eines Tages mit dem Bild des schönsten Gartens von Timbuktu vor Augen, das jedem anderen weißen Mann versagt war, zu sterben.

Er dachte, alles würde für immer so zauberhaft leicht und heiter sein. Er konnte nicht ahnen, daß ihn mit diesem Mann namens Adams schon bald etwas überraschend Grausames verbinden sollte.

Einige Zeit nach der Ankunft von Adams geschah es Admiral Langlais, daß er sich vor die unerfreuliche und banale Notwendigkeit gestellt sah, mit einer Partie Schach um sein Leben zu spielen. Mit seinem kleinen Gefolge war er auf freiem Feld von einem Räuber überrascht worden, der für seinen Wahnsinn und für die Grausamkeit seiner Taten in jener Gegend zu trauriger Berühmtheit gelangt war. Diesmal zeigte er sich erstaunlicherweise geneigt, nicht über seine Opfer herzufallen. Er hielt nur Langlais fest und schickte alle anderen mit dem Auftrag zurück, das – beträchtliche – Lösegeld zusammenzubringen. Langlais wußte, daß er reich genug war, um sich seine Freiheit zurückzukaufen. Was er nicht vorhersehen konnte, war, ob der Räuber geduldig genug sein würde, um die Ankunft all des Geldes abwarten zu können. Zum ersten Mal in seinem Leben spürte er den stechenden Geruch des Todes an sich.

Er verbrachte zwei Tage mit verbundenen Augen und gefesselt auf einem Karren, der unaufhörlich fuhr. Am dritten Tag ließ man ihn absteigen. Als man ihm die Augenbinde abnahm, sah er sich dem Räuber gegenüber. Zwischen den beiden stand ein kleiner Tisch. Auf dem Tisch ein Schachbrett. Die Erklärungen des Räubers waren lapidar. Er gab ihm eine Chance. Ein Spiel. Gewann er, war er frei, verlor er, würde er ihn umbringen.

Langlais versuchte, ihn zur Vernunft zu bringen. Tot wäre er keinen Pfifferling wert, wozu einen solchen Trumpf aus der Hand geben?

»Ich habe dich nicht nach deiner Meinung gefragt. Ich wollte wissen, ob ja oder nein. Na los, mach schon.«

Ein Verrückter. Das war ein Verrückter. Langlais begriff, daß er keine Wahl hatte.

»Wie du willst«, sagte er und schaute auf das Schachbrett. Er brauchte nicht lange, um zu erkennen, daß die Verrücktheit des verrückten Räubers brutal und verschlagen war. Er hatte sich nicht nur die weißen Figuren gesichert – es wäre absurd gewesen, das Gegenteil anzunehmen –, sondern er spielte zudem mit einer zweiten Dame, die ordentlich auf dem Platz des rechten Läufers postiert war. Eine kuriose Variante.

»Ein König«, erklärte der Räuber und zeigte auf sich, »und zwei Damen«, fügte er spöttisch hinzu, wobei er auf die wahrlich bildschönen Frauen wies, die neben ihm saßen. Diese Bemerkung löste bei den Anwesenden ein unbändiges Gelächter und ein ausgiebiges Gebrüll der Zustimmung aus. Langlais, der weniger amüsiert war, senkte erneut den Blick, während ihm der Gedanke durch den Kopf ging, daß er kurz davor war, auf die denkbar dümmste Art zu sterben.

Der erste Zug des Räubers ließ wieder absolute Ruhe einkehren. Königsbauer zwei Felder vor. Langlais war am Zug. Er zögerte einen Augenblick. Es war, als wartete er auf etwas, ohne zu wissen, worauf. Er begriff erst, als er in einem Winkel seines Kopfes mit wundervoller Ruhe eine Stimme sagen hörte:

»Den Springer in die Linie des Königsläufers.«

Diesmal schaute er sich nicht um. Diese Stimme kannte er. Und er wußte, daß sie nicht da war. Sie kam, Gott weiß wie, von sehr weit her. Er nahm den Springer und setzte ihn vor den Bauern des Königsläufers.

Bei seinem sechsten Zug hatte er bereits eine Figur Vorsprung. Beim achten machte er eine Rochade. Beim elften beherrschte er das Zentrum des Spielfeldes. Zwei Züge später opferte er einen Läufer, so daß er mit dem darauffolgenden Zug die erste gegnerische Dame schlagen konnte. Die zweite überlistete er mit einem Manöver, zu dem er – wie er sich eingestand – ohne die zuverlässige Anleitung dieser aberwitzigen Stimme nie fähig gewesen wäre. Während er den Widerstand der weißen Figuren zunehmend schwächte, merkte er, wie in dem Räuber eine schreckliche Wut und Verwirrung aufstieg. Da begann er sich vor seinem Sieg zu fürchten. Doch die Stimme ließ ihm keine Ruhe.

Beim dreiundzwanzigsten Zug überließ ihm der Räuber durch einen so offenkundigen Fehler einen Turm, daß es wie eine Kapitulation aussah. Langlais wollte unwillkürlich seinen Vorteil daraus ziehen, als er die strikte Anweisung der Stimme vernahm:

»Achtung, der König, Admiral!«

Achtung, der König? Langlais hielt inne. Der weiße König stand in einer völlig harmlosen Position hinter den Resten einer stümperhaften Rochade. Wieso Achtung? Er schaute auf das Schachbrett und verstand nicht.

Achtung, der König.

Die Stimme schwieg.

Alles schwieg.

Wenige Augenblicke.

Da begriff Langlais. Es war wie ein Blitz, der ihm durchs Gehirn schoß, kurz bevor der Räuber ein Messer aus dem Nichts hervorzog und mit der Klinge pfeilschnell auf sein Herz zielte. Langlais war schneller. Er fiel ihm in den Arm, konnte ihm das Messer entreißen, und als wollte er die Bewegung zu Ende führen, die der andere begonnen hatte, schnitt er ihm die Kehle durch. Der Räuber fiel zu Boden. Die beiden Frauen stürzten entsetzt davon. Alle anderen standen starr vor Staunen. Langlais ließ sich nicht aus der Ruhe bringen. Mit einer Geste, die er später unumwunden als unnötig feierlich bezeichnen sollte, nahm er den weißen König und legte ihn auf das Schachbrett. Dann stand er auf, das Messer fest in der Faust, und ging langsam von dem Spiel weg.

Niemand rührte sich. Er stieg auf das erstbeste Pferd, das er fand. Er warf einen letzten Blick auf diese sonderbare Szene im Stil eines volkstümlichen Bühnenstücks und machte sich aus dem Staub. Wie es in schicksalhaften Lebenssituationen häufig geschieht, wunderte er sich, daß er nur zu einem einzigen und absolut unwichtigen Gedanken fähig war: Es war das erste Mal – das erste Mal –, daß er eine Partie mit Schwarz gewonnen hatte.

Als er in seinen Palast zurückkam, fand er Adams bewußtlos und mit einem Gehirnfieber im Bett. Die Ärzte waren ratlos. Er sagte:

»Tun Sie nichts. Gar nichts.«

Vier Tage später kam Adams zu sich. An seinem Bett saß Langlais. Sie sahen sich an. Adams schloß die Augen. Langlais sagte leise:

»Ich verdanke dir mein Leben.«

»*Ein* Leben«, verbesserte Adams. Dann schlug er die Augen wieder auf und schaute Langlais fest an. Das war nicht der Blick eines Gärtners. Es war der Blick eines Tiers auf der Jagd.

»An meinem liegt mir nichts. Aber ich will ein anderes Leben.«

Was dieser Satz zu bedeuten hatte, begriff Langlais erst lange Zeit danach, als es zu spät war, ihn zu verstehen.

Ein regloser Gärtner, der vor dem Schreibtisch eines Admirals steht. Bücher und Papiere überall. Aber ordentlich. *Ordentlich.* Dazu Leuchter, Teppiche, Ledergeruch, dunkle Gemälde, braune Vorhänge, Landkarten, Waffen, Münzen, Porträts. Silbersachen. Der Admiral gibt dem Gärtner ein Blatt Papier und sagt:

»Pension Almayer. Ein Gasthaus am Meer, in der Nähe von Quartel.«

»Ist er dort?«

»Ja.«

Der Gärtner faltet das Blatt zusammen, steckt es in die Tasche und erklärt:

»Ich reise heute abend ab.«

Der Admiral senkt den Blick und hört die Stimme des anderen:

»Adieu.«

Der Gärtner geht zur Tür. Der Admiral flüstert, ohne ihn anzusehen:

»Und danach? Was geschieht danach?«

Der Gärtner bleibt stehen.

»Nichts mehr.«

Er geht hinaus.

Der Admiral schweigt.

... während Langlais seine Gedanken auf dem Kurs eines in den Gewässern von Malagar buchstäblich davongeflogenen Schiffes entschweben ließ und Adams beschloß, vor einer Borneo-Rose stehenzubleiben, um die Mühe eines Insekts zu beobachten, das entschlossen war, eines ihrer Blütenblätter hinaufzukrabbeln, bis es sein Vorhaben aufgab und davonflog, darin dem Schiff ähnlich und verbunden, das den gleichen Instinkt gehabt hatte, als es die Gewässer von Malagar befuhr, beide miteinander verbrüdert durch die darin enthaltene Ablehnung der Realität und durch die Entscheidung für diese Flucht durch die Lüfte sowie in jenem

Moment auch dadurch vereint, daß sie Bilder waren, zeitgleich auf die Netzhaut und in das Gedächtnis zweier Männer gesetzt, die nichts mehr würde trennen können und die angesichts des herben Geschmacks des Endes und der erschreckenden Entdeckung, wie still das Schicksal ist, wenn es unvermittelt explodiert, für diese beiden Flüge – den eines Insekts und den eines Segelschiffs – gleichzeitig die gleiche Bestürzung empfanden.

8

Im ersten Stock der Pension Almayer, in einem Zimmer, das auf die Hügel hinausging, kämpfte Elisewin mit der Nacht. Sie wartete reglos unter den Decken, um zu erfahren, was zuerst kommen würde, der Schlaf oder die Angst.

Das Meer hörte sich an wie eine ständige Lawine, der unaufhörliche Donner eines Gewitters, das in wer weiß welchem Himmel geboren war. Es hielt keinen Augenblick inne. Es kannte keine Müdigkeit. Und keine Barmherzigkeit.

Wenn man es anschaut, merkt man es nicht – wieviel Lärm es macht. Doch im Dunkeln ... Diese ganze Unendlichkeit wird ein einziges Tosen, eine Schallmauer, ein quälender, blinder Schrei. Man löscht es nicht, das Meer, wenn es in der Nacht brennt.

Elisewin spürte, wie eine Blase der Leere in ihrem Kopf zerplatzte. Sie kannte sie gut, diese versteckte Explosion, diese unsichtbare, unsägliche Qual. Doch sie zu kennen nützte nichts. Gar nichts. Er packte sie, dieser heimtückische, schleichende Schmerz – dieser schamlose Stiefvater. Er holte sich zurück, was ihm gehörte.

Es war nicht so sehr diese Kälte, die sie von innen durchdrang, und auch nicht das übergeschnappte

Herz, weder der eisige Schweiß überall noch das Zittern der Hände. Am schlimmsten war das Gefühl zu verschwinden, aus dem eigenen Kopf herauszutreten und nichts als diffuse Panik und ängstliches Zukken zu sein. Gedanken wie Fetzen der Auflehnung – Schauder – das Gesicht zu einer Fratze erstarrt, um die Augen geschlossen halten zu können, um die Dunkelheit nicht sehen zu müssen, heilloses Entsetzen. Ein Krieg.

Es gelang Elisewin, an die Tür zu denken, die wenige Meter von ihr entfernt ihr Zimmer mit dem von Pater Pluche verband. Wenige Meter. Sie mußte es schaffen. Sie würde jetzt aufstehen und sie finden, ohne die Augen zu öffnen, und dann würde die Stimme von Pater Pluche genügen, allein schon die Stimme, und alles wäre vorbei – man brauchte nur aufzustehen, die Kraft für ein paar Schritte zu finden, durch das Zimmer zu gehen, die Tür zu öffnen – aufstehen, unter der Decke hervorschlüpfen, an der Wand entlanggleiten – aufstehen, sich hinstellen, die wenigen Schritte gehen – aufstehen, die Augen geschlossen halten, die Tür finden, sie öffnen – aufstehen, versuchen zu atmen und sich dann vom Bett losreißen – aufstehen, nicht sterben – hier aufstehen – aufstehen. Was für ein Grauen. Was für ein Grauen.

Es waren nicht nur ein paar Meter. Es waren Kilometer, es war eine Ewigkeit – dieselbe, die sie von ihrem Zimmer zu Hause und von ihren Sachen trennte, von ihrem Vater und von dem Platz, der ihrer war. Alles war fern. Verloren war alles.

Solche Kriege kann man nicht gewinnen. Da gab Elisewin auf.

Als müßte sie sterben, schlug sie die Augen auf.

Sie verstand nicht gleich.

Das hatte sie nicht erwartet.

Das Zimmer war erleuchtet. Ein kleines Licht. Jedoch überall. Ein warmes.

Sie drehte sich um. Auf einem Stuhl neben dem Bett saß Dira mit einem aufgeschlagenen dicken Buch auf den Knien und einem Leuchter in der Hand. Eine brennende Kerze. Die kleine Flamme im Dunkel, das nicht mehr da war.

Elisewin rührte sich nicht, den Kopf leicht vom Kissen erhoben, um sehen zu können. Das kleine Mädchen schien woanders zu sein, und dennoch war es da. Die starr auf die Buchseiten gerichteten Augen, die Füße, die den Boden nicht berührten und sanft schaukelten – wippende Schuhchen, die an zwei Beinen und einem Röckchen hingen.

Elisewin ließ den Kopf auf das Kissen zurücksinken. Sie betrachtete die Kerzenflamme, die unbeweglich rußte. Und das Zimmer ringsumher, das ruhig schlief. Sie fühlte sich müde, wunderbar müde. Sie konnte gerade noch denken:

»Man hört das Meer gar nicht mehr.«

Dann schloß sie die Augen. Und schlief ein.

Am Morgen fand sie den Leuchter verlassen auf dem Stuhl. Die Kerze noch angezündet. Als sei sie überhaupt nicht abgebrannt. Als hätte sie eine Nacht durchwacht, nicht länger als ein Augenblick. Die Flamme unsichtbar im hellen Licht, das den neuen Tag durch das Fenster ins Zimmer brachte.

Elisewin stand auf. Sie blies die Kerze aus. Von allen Seiten ertönte die seltsame Melodie eines unermüdlichen Musikanten. Ein gewaltiger Lärm. Ein Schauspiel.

Es war zurückgekehrt. Das Meer.

Plasson und Bartleboom gingen an diesem Morgen gemeinsam aus dem Haus. Jeder mit seinen Utensilien. Staffelei, Farben und Pinsel für Plasson, Notizbücher und verschiedene Meßgeräte für Bartleboom. Sie sahen aus, als hätten sie den Dachboden eines verrückten Erfinders entrümpelt. Der eine trug Anglerhosen und eine Seemannsjacke und der andere eine Gelehrtenjoppe, eine Wollmütze und fingerlose Handschuhe wie ein Pianist. Vielleicht war der Erfinder ja nicht der einzige Verrückte dort in der Gegend.

Eigentlich kannten sich Plasson und Bartleboom überhaupt nicht. Sie waren sich gerade ein paarmal begegnet, auf dem Flur in der Pension oder im Speisesaal. Wahrscheinlich wären sie nie hier am Strand zusammengekommen, um gemeinsam zu ihrer jeweiligen Arbeit zu gehen, wenn Ann Deverià es nicht so beschlossen hätte.

»Es ist schon merkwürdig. Aber wenn einer Sie beide zusammensetzen würde, bekäme er einen Verrückten, wie er im Buche steht. Ich glaube, Gott sitzt immer noch da mit dem großen Puzzle vor der Nase und fragt sich, wo diese beiden Teile abgeblieben sind, die so gut zusammenpaßten.«

»Was ist ein Puzzle?« fragte Bartleboom im selben Augenblick, da Plasson sich erkundigte:

»Was ist ein Puzzle?«

Am nächsten Morgen gingen sie jeder mit seinen Utensilien, aber gemeinsam am Ufer des Meeres den paradoxen Pflichten ihrer täglichen Arbeit entgegen.

Plasson war in den vergangenen Jahren zu Geld gekommen, weil er zum beliebtesten Porträtmaler der Residenz avanciert war. Man konnte sagen, daß es in der ganzen Stadt nicht eine wirklich geldgierige Familie gab, die keinen Plasson im Haus hatte. Porträts, wohlgemerkt, ausschließlich Porträts. Grundbesitzer, kränkelnde Gattinnen, aufgeblasene Kinder, zerknitterte Großtanten, rotgesichtige Industrielle, heiratsfähige Fräulein, Minister, Priester, Operndiven, Militärs, Dichterinnen, Geigenspieler, Akademiker, Mätressen, Bankiers, Wunderkinder – von den ehrbaren Wänden der Hauptstadt äugelten, zünftig gerahmt, Hunderte von erstaunten Gesichtern, die unweigerlich durch etwas geadelt waren, das in den Salons als »Plassons Pinselstrich« bezeichnet wurde, eine kuriose stilistische Besonderheit, die das wahrhaft einzigartige Talent umschrieb, mit dem der geschätzte Maler es verstand, jedem beliebigen Blick einen Funken Intelligenz zu verleihen, und sei es auch dem eines Kalbs. »Und sei es auch dem eines Kalbs« war eine Ergänzung, die man in den Salons für gewöhnlich wegließ.

Plasson hätte jahrelang so weitermachen können. Die Gesichter der Reichen hören nie auf. Doch eines Tages beschloß er kurzerhand, alles hinzuwerfen. Und wegzugehen. Ein sehr konkreter Plan, den er schon seit Jahren hegte, zog ihn fort.

Ein Porträt vom Meer.

Er verkaufte alles, was er besaß, gab sein Atelier auf und brach zu einer Reise auf, die, soweit er das überschauen konnte, vielleicht niemals enden würde. Es gab

Tausende Kilometer Küste auf der Welt. Es würde nicht gerade leicht sein, den richtigen Platz zu finden.

Den Chronisten der vornehmen Welt gegenüber, die ihn nach den Gründen für diesen ungewöhnlichen Weggang fragten, erwähnte er nichts von der Sache mit dem Meer. Sie wollten wissen, was hinter diesem Verzicht des größten Künstlers der edlen Porträtkunst steckte? Er antwortete kurz angebunden mit einem Satz, der im folgenden unablässig Raum für mancherlei Interpretationen ließ.

»Ich habe die Nase voll von der Pornographie.«

Er war abgereist. Niemand sollte ihn je wiederfinden.

All das wußte Bartleboom nicht. Er konnte es nicht wissen. Nachdem die dummen Redensarten über das Wetter versiegt waren, wagte er, um die Unterhaltung nicht einschlafen zu lassen, daher dort am Meer die Frage:

»Malen Sie schon lange?«

Auch diesmal war Plasson kurz angebunden.

»Nie was anderes gemacht.«

Jeder, der Plasson reden hörte, wäre zu dem Schluß gekommen, daß es nur zwei Möglichkeiten gab: Entweder war er unerträglich eingebildet, oder er war beschränkt. Aber auch das mußte man verstehen. Plasson hatte, wenn er sprach, folgende Eigenheit: Er brachte nie einen Satz zu Ende. Er schaffte es nicht. Er kam nur bis zum Schluß, wenn der Satz nicht mehr als sieben oder acht Wörter hatte. Falls doch, verhaspelte er sich mittendrin. Deshalb versuchte er, besonders bei Fremden, sich auf kurze, prägnante Äußerungen zu beschränken. Und darin, das muß man sagen, hatte er

Talent. Gewiß, er wirkte etwas hochfahrend und unangenehm lakonisch. Doch das war immer noch besser, als irgendwie dämlich dazustehen – was regelmäßig geschah, wenn er sich in Gliedsätze oder auch nur in normale Hauptsätze stürzte, die er nie zu Ende brachte.

»Sagen Sie, Plasson, gibt es überhaupt etwas auf der Welt, das Sie zu Ende bringen können?« hatte ihn eines Tages Ann Deverià gefragt, die mit ihrem gewohnten Zynismus den Kern des Problems ins Visier nahm.

»Ja: unerfreuliche Gespräche«, hatte er geantwortet, war vom Tisch aufgestanden und in sein Zimmer gegangen. Er hatte, wie gesagt, Talent, wenn es darum ging, kurze Antworten zu finden. Ausgesprochenes Talent.

Auch das wußte Bartleboom nicht. Er konnte es nicht wissen. Doch er verstand es schnell.

Unter der Mittagssonne er und Plasson am Strand sitzend, um die kleinen Häppchen zu essen, die Dira zubereitet hatte. Die Staffelei in den Sand gepflanzt, ein paar Meter entfernt. Die übliche weiße Leinwand auf der Staffelei. Der übliche Nordwind auf allem.

BARTLEBOOM: »Machen Sie jeden Tag eins, von diesen Bildern?«

PLASSON: »Sozusagen ...«

BARTLEBOOM: »Sie müssen das ganze Zimmer voll davon haben ...«

PLASSON: »Nein, ich werfe sie weg.«

BARTLEBOOM: »Weg?«

PLASSON: »Sehen Sie das da auf der Staffelei?«

BARTLEBOOM: »Ja.«

PLASSON: »Mehr oder weniger sind sie alle so.«

BARTLEBOOM: »...«

PLASSON: »Würden Sie sie aufheben?«

Wolke, die vor der Sonne vorbeizieht. Eine unerwartete Kälte senkt sich plötzlich herab. Bartleboom setzt sich seine Wollmütze wieder auf.

PLASSON: »Es ist schwer.«

BARTLEBOOM: »Wem sagen Sie das. Ich könnte nicht mal dieses Stück Käse hier zeichnen. Es ist ein Rätsel, wie Sie so etwas machen, für mich ist das ein Rätsel.«

PLASSON: »Das *Meer* ist schwer.«

BARTLEBOOM: »...«

PLASSON: »Es ist schwer zu verstehen, wo man anfangen soll. Wissen Sie, als ich noch Porträts malte, Porträts von Menschen, da wußte ich immer, wo ich anfangen sollte, ich sah mir diese Gesichter an und wußte genau ...« (stop)

BARTLEBOOM: »...«

PLASSON: »...«

BARTLEBOOM: »...«

PLASSON: »...«

BARTLEBOOM: »Sie haben Porträts von Menschen gemalt?«

PLASSON: »Ja.«

BARTLEBOOM: »Teufel auch! Seit Jahren will ich ein Bild von mir machen lassen, wirklich, das kommt Ihnen jetzt vielleicht albern vor, aber ...«

PLASSON: »Wenn ich Menschen porträtierte, *begann ich immer mit den Augen.* Ich ließ alles andere außer acht und konzentrierte mich auf die Augen, ich studierte sie, viele Minuten lang, dann skizzierte ich sie mit dem Bleistift, und das war das Geheimnis, denn wenn Sie erst einmal die Augen gemalt haben ...« (stop)

BARTLEBOOM: »...«

PLASSON: »...«

BARTLEBOOM: »Was ist, wenn Sie erst einmal die Augen gemalt haben?«

PLASSON: »Dann kommt der Rest von allein, es ist, als würden sich alle anderen Teile von selbst um diesen Ausgangspunkt zurechtschieben, man braucht nicht einmal...« (stop)

BARTLEBOOM: »Das braucht man nicht einmal.«

PLASSON: »Nein. Man kann fast darauf verzichten, das Modell anzuschauen, alles kommt von allein, der Mund, die Kurve des Halses, sogar die Hände... Aber das Entscheidende ist, daß man mit den Augen beginnt, verstehen Sie? Und das ist der springende Punkt, das Problem, das mich in den Wahnsinn treibt, es liegt genau hier: ...« (stop)

BARTLEBOOM: »...«

PLASSON: »...«

BARTLEBOOM: »Haben Sie eine Idee, wo das Problem liegt, Plasson?«

Zugegeben, es war ein bißchen mühsam. Aber es funktionierte. Man mußte ihn nur wieder flottmachen. Jedesmal. Mit Geduld. Bartleboom war, wie man aus seinem ungewöhnlichen Gefühlsleben schließen konnte, ein geduldiger Mensch.

PLASSON: »Das Problem ist: *Wo zum Kuckuck sind die Augen des Meeres?* Ich werde nie etwas zustande bringen, bevor ich es nicht herausgefunden habe, denn das ist der *Anfang*, verstehen Sie? Der Anfang von allem, und solange ich nicht begriffen habe, wo er ist, werde ich meine Tage weiterhin damit verbringen, auf diese verfluchte Wasserfläche zu starren, ohne...« (stop)

BARTLEBOOM: »...«

PLASSON: »...«

BARTLEBOOM: »...«

PLASSON: »Das ist das Problem, Bartleboom.«

Ein Wunder: Diesmal war er von allein wieder in Gang gekommen.

PLASSON: »Das ist das Problem: *Wo beginnt das Meer?*«

Bartleboom schwieg.

Die Sonne kam und ging zwischen zwei Wolken. Es war der Nordwind, nach wie vor er, der dieses stille Schauspiel inszenierte. Unbeirrbar sagte das Meer weiter seine Psalmen auf. Wenn es Augen hatte, so war dies im Moment nicht der Ort, wo es hinschaute.

Schweigen.

Minutenlanges Schweigen.

Dann wandte sich Plasson zu Bartleboom und sagte in einem Atemzug:

»Und Sie ... Was studieren Sie denn mit Ihren ganzen komischen Instrumenten?«

Bartleboom lächelte.

»Wo das Meer *endet*.«

Zwei Puzzleteile. Füreinander geschaffen. Irgendwo im Himmel hatte ein alter Herr sie in diesem Augenblick endlich wiedergefunden.

»Teufel auch! Ich habe ja gesagt, daß sie sich nicht in Luft aufgelöst haben können.«

»Das Zimmer liegt im Erdgeschoß. Dort entlang, die dritte Tür links. Schlüssel gibt es keine. Niemand hier hat welche. Sie müssen Ihren Namen in dieses Buch einschreiben. Es ist keine Pflicht, doch alle hier tun es.«

Das große Buch mit den Unterschriften der Gäste lag aufgeschlagen auf einem Holzpult bereit. Ein frisch gemachtes Bett aus Papier, das auf die Träume fremder Namen wartete. Die Feder des Mannes berührte es kaum.

Adams.

Dann zögerte er einen Augenblick, reglos.

»Wenn Sie die Namen der anderen wissen wollen, können Sie mich fragen. Sie sind ja kein Geheimnis.«

Adams schaute von dem Buch auf und lächelte.

»Dira ist ein schöner Name.«

Dem kleinen Mädchen verschlug es die Sprache. Unwillkürlich warf es einen Blick in das Buch.

»Mein Name steht da nicht.«

»Nicht dort.«

Es war schon viel, wenn dieses Mädchen zehn Jahre alt war. Doch wenn es wollte, konnte es noch tausend Jahre älter sein. Es schaute Adams fest in die Augen, und was es sagte, sagte es mit der schneidenden Stimme einer Frau, die dort nicht war.

»Adams ist nicht Ihr richtiger Name.«

»Nein?«

»Nein.«

»Und woher wissen Sie das?«

»Auch ich kann Gedanken lesen.«

Adams lächelte. Er bückte sich, nahm sein Gepäck auf und ging auf sein Zimmer.

»Die dritte Tür links«, rief ihm eine Stimme nach, die wieder die Stimme eines kleinen Mädchens war.

Es gab keine Schlüssel. Er öffnete die Tür und trat ein. Nicht, daß er wer weiß was erwartet hätte. Doch er hatte immerhin damit gerechnet, das Zimmer leer vorzufinden.

»Oh, entschuldigen Sie«, sagte Pater Pluche und ging vom Fenster weg, wobei er unwillkürlich seinen Anzug ordnete.

»Habe ich mich im Zimmer geirrt?«

»Nein, nein ... ich bin derjenige, welcher ... wissen Sie, ich habe das Zimmer oben, im oberen Stockwerk, doch mit Blick auf die Hügel, man sieht das Meer nicht, das habe ich vorsichtshalber genommen.«

»Vorsichtshalber?«

»Lassen wir das. Es ist eine lange Geschichte ... Jedenfalls wollte ich sehen, was man von hier aus sieht, aber jetzt will ich nicht länger stören, ich wäre nie hergekommen, wenn ich gewußt hätte ...«

»Bleiben Sie, wenn Sie wollen.«

»Nein, ich gehe jetzt. Sie haben bestimmt eine Menge zu tun – sind Sie gerade angekommen?«

Adams stellte sein Gepäck auf den Boden.

»Wie dumm von mir, natürlich sind Sie gerade angekommen ... gut, ich gehe dann also. Ach so ... ich heiße Pluche, Pater Pluche.«

Adams nickte.

»Pater Pluche.«

»Genau.«

»Bis bald, Pater Pluche.«

»Ja, bis bald.«

Er glitt zur Tür und ging hinaus. Als er an der Rezeption – wenn man sie so nennen will – vorbeikam, fühlte er sich bemüßigt, vor sich hin zu murmeln:

»Ich wußte nicht, daß jemand angekommen ist, ich wollte nur sehen, ob man das Meer sieht...«

»Das macht doch nichts, Pater Pluche.«

Er wollte aus dem Haus gehen, blieb dann aber stehen, kehrte um und fragte Dira leicht über den Tresen gebeugt mit leiser Stimme:

»Was meinen Sie: Könnte er ein Arzt sein?«

»Wer?«

»Er.«

»Fragen Sie ihn.«

»Er sieht mir nicht wie einer aus, der darauf brennt, Fragen zu hören. Er hat mir nicht einmal gesagt, wie er heißt.«

Dira zögerte einen Moment.

»Adams.«

»Adams und nichts weiter?«

»Adams und nichts weiter.«

»Aha.«

Er wäre jetzt gegangen, doch er hatte noch etwas zu sagen. Er sagte es noch leiser.

»Diese Augen... Er hat die Augen eines Tiers, das auf der Jagd ist.«

Jetzt war er wirklich fertig.

Ann Deverià, die in ihrem violetten Mantel am Wasser entlanggeht. An ihrer Seite ein Mädchen, das Elisewin heißt, mit seinem weißen Sonnenschirm. Es ist sechzehn Jahre alt. Vielleicht wird es sterben, vielleicht wird es leben. Wer weiß. Ann Deverià redet, ohne ihren Blick von dem Nichts zu lösen, das sie vor sich hat. *Vor sich* in vielerlei Hinsicht.

»Mein Vater wollte nicht sterben. Er wurde alt, doch

er starb nicht. Die Krankheiten fraßen ihn auf, doch er klammerte sich unbeirrt an das Leben. Am Ende verließ er nicht einmal mehr sein Zimmer. Man mußte alles für ihn tun. Jahrelang. Er hatte sich in einer Art Festung verbarrikadiert, die nur ihm gehörte und die er im verborgensten Winkel seiner selbst errichtet hatte. Er verzichtete auf alles, hielt jedoch voller Ingrimm an den beiden einzigen Dingen fest, die ihm wirklich etwas bedeuteten: schreiben und hassen. Er schrieb mühsam mit der Hand, die er noch bewegen konnte. Und er haßte mit den Augen. Geredet, nein, geredet hat er nicht mehr, bis zum Schluß nicht. Er schrieb und haßte. Als er starb – denn schließlich starb er doch –, nahm meine Mutter die vielen hundert vollgekritzelten Seiten und las sie durch, eine nach der anderen. Darauf standen die Namen all derer, die er gekannt hatte, einer nach dem anderen. Und neben jedem einzelnen die minuziöse Beschreibung eines grauenhaften Todes. Ich habe diese Seiten nicht gelesen. Aber die Augen, diese Augen, die bis zum Schluß in jeder Minute eines jeden Tages gehaßt haben, die habe ich gesehen. Und ob ich sie gesehen habe. Ich habe meinen Mann geheiratet, weil er gute Augen hatte. Das war das einzige, was mir wichtig war. Er hatte gute Augen.

Denn es ist nicht so, daß das Leben so verläuft, wie du es dir vorstellst. Es geht seinen Weg. Und du deinen. Und das ist nicht derselbe. Darum… Nicht, daß ich glücklich sein wollte, das nicht. Ich wollte… mich retten, das ist es: mich retten. Doch ich habe erst spät erkannt, welchen Weg man gehen muß: den Weg der Wünsche. Man erwartet, daß es andere Dinge sind, die die Menschen retten: Pflichtgefühl, Redlichkeit, gut sein, gerecht sein. Nein. Die Wünsche sind es, die Rettung bringen. Sie sind das einzig Wahre. Hältst du dich an sie, wirst du dich retten. Allerdings habe ich das zu spät erkannt. Wenn du dem Leben Zeit läßt, wendet es sich auf eine sonderbare, unabänderliche Weise. Und du stellst fest, daß du dir nun nichts mehr wünschen kannst, ohne dir weh zu tun. An diesem Punkt bricht alles los, es gibt keine Möglichkeit zu entkommen, je mehr du zappelst, um so mehr verwirrt sich das Netz, je mehr du dich wehrst, um so mehr verletzt du dich. Man kommt nicht heraus. Als es zu spät war, habe ich angefangen, mir etwas zu wünschen. Mit all meiner Kraft. Du machst dir keine Vorstellung davon, wieviel von diesem Schmerz ich mir zugefügt habe.

Weißt du, was schön hier ist? Schau: Wir gehen spazieren und hinterlassen all diese Spuren im Sand, und sie bleiben da, exakt und ordentlich. Doch morgen wirst du aufstehen und dir diesen weiten Strand ansehen, und es wird nichts mehr da sein, keine Spur, nicht das geringste Zeichen, nichts. Nachts tilgt das Meer. Die Flut versteckt. Es ist, als sei nie jemand vorbeigekommen. Es ist, als hätte es uns nie gegeben. Wenn es einen Ort auf der Welt gibt, wo du denken kannst, daß du nichts bist, so ist er hier. Er ist nicht mehr Land, er ist noch nicht Wasser. Er ist nicht falsches Leben, er ist nicht wahres Leben. Er ist *Zeit*. Zeit, die vergeht. Nichts weiter.

Er wäre eine ideale Zuflucht. Unsichtbar für jeden Feind. In der Schwebe. Weiß wie die Bilder von Plasson. Nicht wahrnehmbar sogar für uns selbst. Doch es gibt etwas, das dieses Fegefeuer zerklüftet. Und es ist etwas, dem man nicht entgehen kann. Das Meer. Das Meer verzaubert, das Meer tötet, es erschüttert, erschreckt, bringt manchmal auch zum Lachen, verschwindet zuweilen, verwandelt sich in einen See oder schafft Unwetter, es verschlingt Schiffe, schenkt Reichtümer, gibt keine Antworten, es ist weise, es ist sanft, es ist mächtig, es ist unberechenbar. Doch vor allen Dingen *ruft* das Meer. Du wirst es erfahren, Elisewin. Im Grunde macht es nichts anderes als das: *rufen*. Es hört nie auf, es dringt in dich ein, du hast es an dir, dich will es, nur dich. Du kannst getrost so tun, als sei nichts geschehen, es wird nichts nützen. Es wird dich immer weiter rufen. Dieses Meer, das du hier siehst, und alle anderen, die du nicht sehen wirst, die jedoch dasein werden, allezeit, auf der Lauer, geduldig, einen Schritt jenseits von deinem Leben. Unermüdlich wirst du sie rufen hören. Es geschieht in diesem Fegefeuer aus Sand. Es könnte in jedem Paradies und in jeder Hölle geschehen. Ohne etwas zu erklären, ohne dir zu sagen, wohin, wird es stets ein Meer geben, das dich ruft.«

Ann Deverià bleibt stehen. Sie bückt sich und zieht sich die Schuhe aus. Sie läßt sie im Sand liegen. Barfuß geht sie weiter. Elisewin rührt sich nicht von der Stelle. Sie wartet, bis sie ein paar Schritte gegangen ist. Dann sagt sie mit einer Stimme, die laut genug ist, um gehört zu werden:

»In ein paar Tagen werde ich abreisen. Dann gehe ich *ins* Meer. Und ich werde gesund. Genau das wünsche ich mir. Gesund zu werden. Zu leben. Und eines Tages so schön zu werden wie Sie.«

Ann Deverià dreht sich um. Sie lächelt. Sucht nach Worten. Und findet sie.

»Nimmst du mich mit?«

Auf Bartlebooms Fensterbrett saßen sie diesmal zu zweit. Der übliche Junge. Und Bartleboom. Mit im Leeren baumelnden Beinen. Mit auf dem Meer baumelndem Blick.

»Hör mal, Dood…«

So hieß er. Der Junge. Dood.

»Da du immer hier bist…«

»Mmmmmh.«

»Weißt du es ja vielleicht.«

»Was?«

»Wo es seine Augen hat. Das Meer.«

»…«

»Denn es hat doch welche, oder?«

»Ja.«

»Und wo zum Kuckuck sind sie?«

»Die Schiffe.«

»Wie – die Schiffe?«

»Die Schiffe sind die Augen des Meeres.«

Bartleboom ist wie vom Donner gerührt. Darauf war er wirklich nicht gekommen.

»Aber es gibt doch Hunderte von Schiffen…«

»Es hat auch Hunderte von Augen. Sie wollen doch wohl nicht, daß es sich mit nur zweien durchschlägt.«

Nein, wirklich. Bei all der Arbeit, die es hat. Und groß, wie es ist. All das ist nicht von der Hand zu weisen.

»Ja, aber weißt du, entschuldige bitte…«

»Mmmmh.«

»Und die Schiffsuntergänge? Die Stürme, die Taifune, all diese Sachen... Warum sollte es die Schiffe verschlingen, wenn sie doch seine Augen sind?«

Doods Gesichtsausdruck hat direkt etwas Ungeduldiges, als er sich Bartleboom zuwendet und sagt:

»Und Sie... machen Sie nie die Augen zu?«

Du liebe Güte! Dieser Junge hat auf alles eine Antwort!

Bartleboom denkt. Er denkt nach, grübelt, sinniert, überlegt. Dann springt er plötzlich vom Fensterbrett. Auf die Seite des Zimmers natürlich. Man müßte Flügel haben, wollte man auf der anderen Seite hinunterspringen.

»Plasson... Ich muß Plasson finden... Ich muß es ihm sagen... Teufel auch, es war also gar nicht so schwer, man brauchte nur ein bißchen nachzudenken...«

Atemlos sucht er nach seiner Wollmütze. Er findet sie nicht. Logisch: Er hat sie auf dem Kopf. Er gibt es auf. Und läuft aus dem Zimmer.

»Bis später, Dood.«

»Bis später.«

Er bleibt da. Der Junge. Die Augen starr auf das Meer gerichtet. Er bleibt eine Weile so sitzen. Dann schaut er sich gründlich um, um zu sehen, ob ringsum auch niemand da ist, und springt plötzlich vom Fensterbrett. Auf die Seite des Strandes natürlich.

Eines Tages wachten sie auf, und es war nichts mehr da. Nicht nur die Spuren im Sand waren verschwunden. Alles war verschwunden. Wenn man so will.

Ein unglaublicher Nebel.

»Das ist kein Nebel. Das sind Wolken.«

Unglaubliche Wolken.

»Es sind Meereswolken. Die vom Himmel sind oben. Die vom Meer sind unten. Sie kommen nur manchmal. Dann gehen sie wieder.«

Sie wußte eine Menge. Dira.

Es war schon beeindruckend, wenn man hinaussah. Noch am Vorabend war der ganze Himmel sternenübersät gewesen, wie im Märchen. Und jetzt: als säße man in einer Tasse Milch. Von der Kälte ganz zu schweigen. Als säße man in einer Tasse kalter Milch.

»In Carewall ist es genauso.«

Pater Pluche preßte fasziniert die Nase gegen die Scheiben.

»Er bleibt viele Tage lang. Er rührt sich nicht einen Millimeter vom Fleck. Dort ist es Nebel. Richtiger Nebel. Und man weiß gar nicht mehr, was los ist, wenn er kommt. Die Leute gehen auch am Tage mit einer Fackel in der Hand umher. Um zu wissen, was los ist. Aber das hilft auch nicht viel. Dann in der Nacht... kann es vorkommen, daß man wirklich rein gar nichts mehr begreift. Denken Sie, Arlo Crut kam eines Abends heim, irrte sich im Haus und landete direkt im Bett seines Bruders Metel Crut. Metel merkte überhaupt nichts, er schlief wie ein Stein, doch seine Frau, ja, die merkte sehr wohl etwas. Ein Mann, der in ihr Bett kroch. Nicht zu fassen. Und wissen Sie, was sie zu ihm sagte?«

Doch an dieser Stelle brach in Pater Pluches Kopf der übliche Wettlauf los. Zwei schöne Sätze starteten von den Startblöcken seines Gehirns und hatten das präzise Ziel einer Stimme vor sich, mit der sie ins Freie gelangen konnten. Der vernünftigere von beiden – wenn man bedenkt, daß es sich immerhin um die Stimme eines Priesters handelte – war sicherlich:

»Tu es, und ich schreie!«

Doch er hatte den Nachteil, falsch zu sein. Der andere, der richtige, gewann.

»Tu es, oder ich schreie!«

»Pater Pluche!«

»Was habe ich gesagt?«

»Was haben Sie gesagt?«

»*Ich* habe etwas gesagt?«

Sie waren alle in dem großen Saal, der auf das Meer hinausging – in Sicherheit vor jener Wolkenflut, doch nicht vor dem unerfreulichen Gefühl, nicht recht zu wissen, was zu tun war. Nichts tun ist das eine. Nichts tun können etwas ganz anderes. Das ist ein Unterschied. Sie waren alle etwas verstört. Fische in einem Aquarium.

Der unruhigste war Plasson. In seinen Anglerhosen und seiner Seemannsjacke wanderte er nervös umher, wobei er durch die Fenster auf das milchige Hochwasser hinausspähte, das keinen Millimeter vom Fleck wich.

»Es sieht wirklich aus wie eins Ihrer Bilder«, bemerkte Ann Deverià, die in einem Korbsessel versunken war und ebenfalls das grandiose Schauspiel beobachtete, mit lauter Stimme. »Alles wunderbar weiß.«

Plasson ging weiter auf und ab. Als hätte er nichts gehört. Bartleboom schaute von dem Buch auf, in dem er zum Zeitvertreib blätterte.

»Sie sind viel zu streng, Madame Deverià. Monsieur Plasson probiert gerade etwas äußerst Schwieriges. Und seine Bilder sind nicht weißer als die Seiten meines Buches hier.«

»Sie schreiben an einem Buch?« erkundigte sich Elisewin von ihrem Stuhl vor dem großen Kamin aus.

»So etwas Ähnliches wie ein Buch.«

»Hast du gehört, Pater Pluche, Herr Bartleboom schreibt Bücher.«

»Nein, es ist nicht direkt ein Buch ...«

»Es ist eine Enzyklopädie«, erläuterte Ann Deverià.

»Eine Enzyklopädie?«

Und fort waren sie. Zuweilen genügt ein Nichts, um das große milchige Meer zu vergessen, das uns inzwischen hintergeht. Sogar der rauhe Klang eines fremden Wortes reicht aus. Enzyklopädie. Ein einziges Wort. Fort. Alle zusammen: Bartleboom, Elisewin, Pater Pluche, Plasson. Und Madame Deverià.

»Bartleboom, spielen Sie nicht den Bescheidenen, erklären Sie dem Fräulein die Sache mit den Grenzen, den Flüssen und so weiter!«

»Sie heißt ›Enzyklopädie der in der Natur nachweisbaren Grenzen‹ ...«

»Ein schöner Titel. Ich hatte mal einen Lehrer im Seminar ...«

»Laß ihn ausreden, Pater Pluche ...«

»Ich arbeite schon seit zwölf Jahren daran. Es ist eine komplizierte Geschichte ... Ich untersuche praktisch, wie weit die Natur kommen kann, oder besser: wo sie beschließt aufzuhören. Denn sie hört immer auf. Früher oder später. Das ist wissenschaftlich erwiesen. Zum Beispiel ...«

»Erzählen Sie ihr das Beispiel von den Kopiranus!«

»Nun ja, das ist ein etwas spezieller Fall.«

»Haben Sie die Geschichte von den Kopiranus schon gehört, Plasson?«

»Bedenken Sie, daß er die Geschichte von den Kopiranus mir erzählt hat, liebe Madame Deverià, und daß Sie sie von mir haben.«

»Donnerwetter! Das war ja ein richtiger Bandwurmsatz! Gratuliere, Plasson, Sie werden immer besser!«

»Also, was ist mit diesen Kopiranus?«

»Die Kopiranus leben auf den Gletschern im Norden. Es sind Tiere, die auf ihre Art vollkommen sind. Sie altern praktisch nie. Wenn sie wollten, könnten sie ewig leben.«

»Entsetzlich!«

»Doch aufgepaßt, die Natur hat alles unter Kontrolle. Ihr entgeht nichts. Es passiert dann nämlich folgendes: Zu einem bestimmten Zeitpunkt, wenn sie so siebzig, achtzig Jahre alt sind, hören die Kopiranus auf zu fressen.«

»Nein!«

»Doch. Sie fressen nichts mehr. Sie leben dann im Schnitt noch drei Jahre in diesem Zustand. Und dann sterben sie.«

»Drei Jahre, ohne zu fressen?«

»Im Durchschnitt. Manche halten noch länger durch. Doch zu guter Letzt, und das ist das Entscheidende, sterben sie. Das ist wissenschaftlich belegt.«

»Aber das ist Selbstmord!«

»In gewisser Weise schon.«

»Und das sollen wir Ihnen glauben, Bartleboom?«

»Sehen Sie, ich habe hier sogar eine Zeichnung… die Zeichnung von einem Kopiranu.«

»Großer Gott! Sie hatten recht, Bartleboom, Sie zeichnen tatsächlich hundsmiserabel, wirklich, ich habe noch nie eine Zeichnung gesehen ...« (stop)

»Die ist nicht von mir... Die hat der Matrose gemacht, der mir diese Geschichte erzählte ...«

»Ein Matrose?«

»Sie haben diese ganze Geschichte von einem Matrosen?«

»Ja, warum?«

»Aha! Gratuliere, Bartleboom. Wirklich sehr wissenschaftlich.«

»Ich glaube Ihnen.«

»Danke, Fräulein Elisewin.«

»Ich glaube Ihnen, und Pater Pluche auch, nicht wahr?«

»Gewiß... Es ist eine absolut glaubwürdige Geschichte, ja, wenn ich es recht bedenke, habe ich sie sogar schon einmal gehört, es muß im Seminar gewesen sein ...«

»Man lernt wirklich unwahrscheinlich viel in diesen Seminaren ... Gibt es die auch für Frauen?«

»Jetzt, wo ich darüber nachdenke, Plasson: Könnten Sie mir nicht die Illustrationen zu meiner Enzyklopädie machen? Das wäre doch wunderbar, nicht wahr?«

»Muß ich dann die Kopiranus malen?«

»Ach, lassen wir doch die Kopiranus aus dem Spiel, es gibt ja noch soviel anderes ... Ich habe achthundertzweiundsiebzig Beiträge geschrieben. Sie könnten sich die aussuchen, die Ihnen am besten gefallen ...«

»Achthundertzweiundsiebzig?«

»Finden Sie nicht, daß das eine gute Idee ist, Madame Deverià?«

»Für den Beitrag über das *Meer* würde ich die Illustration vielleicht lieber weglassen ...«

»Pater Pluche hat sein Buch selbst illustriert.«

»Elisewin, laß das ...«

»Aber es stimmt.«

»Sagen Sie nicht, daß wir noch einen Wissenschaftler unter uns haben ...«

»Es ist ein wunderschönes Buch.«

»Stimmt das, Pater Pluche, schreiben Sie denn auch?«

»Aber nein, es ist eine etwas... sonderbare Geschichte, es ist sozusagen kein richtiges Buch.«

»Doch ist es ein Buch.«

»Elisewin ...«

»Er zeigt es nie jemandem, aber es ist wunderschön.«

»Ich glaube, es sind Gedichte.«

»Nicht direkt.«

»Aber Sie sind dicht dran.«

»Lieder?«

»Nein.«

»Los, Pater Pluche, Sie wollen ja nur gebeten werden!«

»Genau das ist es ...«

»Genau was?«

»Nein, ich meine, apropos gebeten ...«

»Sie wollen doch nicht sagen ...«

»Gebete. Es sind Gebete.«

»Gebete?«

»Gott zum Gruß!«

»Aber sie sind anders als die anderen, die Gebete von Pater Pluche ...«

»Ich finde, das ist eine wunderbare Idee. Ich habe ein gutes Gebetsbuch schon immer vermißt.«

»Bartleboom, ein Wissenschaftler sollte nicht beten. Wenn er ein echter Wissenschaftler ist, sollte er nicht einmal daran denken, daß ...« (stop)

»Ganz im Gegenteil! Gerade weil wir die Natur erforschen, denn die Natur ist doch nichts anderes als der Spiegel ...«

»Er hat auch ein sehr schönes über einen Arzt geschrieben. Das ist doch auch ein Wissenschaftler, oder?«

»Was soll das heißen: über einen Arzt?«

»Es heißt *Gebet eines Arztes, der einen Kranken rettet und sich in dem Augenblick, da dieser geheilt aufsteht, unendlich müde fühlt*.«

»Wie bitte?«

»Das ist doch kein Name für ein Gebet!«

»Ich habe Ihnen doch gesagt, daß die Gebete von Pater Pluche anders sind als die anderen.«

»Heißen sie denn alle so?«

»Na ja, ein paar Titel habe ich etwas gekürzt. Aber das ist schon so in etwa die Richtung.«

»Sagen Sie uns noch ein paar, Pater Pluche!«

»Ach, jetzt interessieren Sie sich wohl doch für Gebete, was, Plasson?«

»Nun ja ... Da ist das *Gebet für ein Kind, das kein R sprechen kann* oder das *Gebet eines Mannes, der in eine Schlucht fällt und nicht sterben will* ...«

»Ich fasse es nicht!«

»Na ja, es ist natürlich sehr kurz, nur ein paar

Worte ... oder das *Gebet eines alten Mannes, dem die Hände zittern*, solche Sachen ...«

»Aber das ist einzigartig!«

»Und wieviel haben Sie davon geschrieben?«

»Ein paar ... Sie sind nicht leicht zu schreiben. Manchmal möchte man gern, aber wenn die Inspiration fehlt ...«

»Aber wieviel ungefähr?«

»Bis jetzt sind es alles in allem ... 9502.«

»Nein ...«

»Aber das ist ja Wahnsinn!«

»Zum Teufel, Bartleboom, dagegen ist Ihre Enzyklopädie ein kleines Notizheft.«

»Aber wie machen Sie das, Pater Pluche?«

»Ich weiß nicht.«

»Gestern hat er ein wunderschönes geschrieben.«

»Elisewin ...«

»Wirklich.«

»Elisewin, bitte ...«

»Gestern abend hat er eins über Sie geschrieben.«

Plötzlich werden alle still.

»*Gestern abend hat er eins über Sie geschrieben.*«

Doch sie hatte es zu keinem von ihnen gesagt.

»*Gestern abend hat er eins über Sie geschrieben.*«

Sie sah woanders hin, als sie das sagte, und dorthin schauen überrascht nun auch die anderen.

Ein Tisch neben der gläsernen Eingangstür. Am Tisch sitzend ein Mann, eine erloschene Pfeife in der Hand. Adams. Niemand weiß, wann er gekommen ist. Vielleicht ist er seit kurzem hier, vielleicht aber auch schon immer.

»Gestern abend hat er eins über Sie geschrieben.«

Niemand rührt sich. Doch Elisewin steht auf und geht auf ihn zu.

»Es heißt *Gebet eines Mannes, der seinen Namen nicht nennen will.*«

Allerdings sanft. Sie sagt es sanft.

»Pater Pluche glaubt, Sie sind ein Arzt.«

Adams lächelt.

»Nur manchmal.«

»Aber ich glaube, Sie sind ein Seemann.«

Die anderen alle still. Reglos. Doch ihnen entgeht kein Wort. Kein einziges.

»Nur manchmal.«

»Und hier, jetzt – was sind Sie da?«

Adams schüttelt den Kopf.

»Nur jemand, der wartet.«

Elisewin steht vor ihm. Sie hat eine klare und denkbar einfache Frage im Kopf:

Worauf warten Sie?

Drei Wörter nur. Doch sie kann sie nicht sagen, denn einen Augenblick vorher flüstert eine Stimme in ihrem Kopf:

Frag mich das nicht, Elisewin. Frag mich nicht, ich bitte dich.

Sie bleibt dort stehen, reglos, wortlos, die Augen fest auf die von Adams gerichtet, die stumm wie Steine sind.

Schweigen.

Dann schaut Adams über sie hinweg und sagt:

»Was für ein herrlicher Sonnenschein heute.«

Jenseits der Fenster sind klaglos alle Wolken vergangen, und blendend schillert die klare Luft eines aus dem Nichts erstandenen Tages.

Strand. Und Meer.

Licht.

Der Wind von Norden.

Das Schweigen der Gezeiten.

Tage. Nächte.

Eine Liturgie. Reglos, wohlgemerkt. *Reglos.*

Gestalten wie rituelle Gesten.

Etwas anderes als *Menschen.*

Gesten.

In Sauerstoff verwandelt für ein engelgleiches Schweben, werden sie von der unterschwelligen täglichen Zeremonie eingeatmet.

Zu Seidenfächerfiguren umgeformt, werden sie von der vollkommenen Küstenlandschaft absorbiert.

Mit jedem Tag unveränderlicher.

Einen Schritt vom Meer entfernt hingesetzt, werden und vergehen sie in einem, und in den Zwischenräumen eines eleganten Nichts erfahren sie den Trost eines vorübergehenden Nichtseins.

Auf diesem Trompe-l'œil der Seele schwimmt das silbrige Klingeln ihrer Worte, das einzige wahrnehmbare Kräuseln in der Stille des unaussprechlichen Zaubers.

»Glauben Sie, daß ich verrückt bin?«

»Nein.«

Bartleboom hat ihr die ganze Geschichte erzählt. Von den Briefen, der Mahagonischatulle, der wartenden Frau. Alles.

»Ich habe das noch nie jemandem erzählt.«

Schweigen. Abend. Ann Deverià. Offenes Haar. Ein langes weißes Nachthemd bis zu den Füßen. Ihr Zimmer. Das flackernde Licht an den Wänden.

»Warum gerade mir, Bartleboom?«

Er mißhandelt den Saum seiner Jacke. Der Professor. Es ist nicht leicht. Wirklich nicht leicht.

»Weil Sie mir helfen müssen.«

»Ich?«

»Sie.«

Man denkt sich tolle Geschichten aus, so viel steht fest, und man kann jahrelang immer weiter an sie glauben, egal wie verrückt und unwahrscheinlich sie sind, man trägt sie mit sich herum, und das ist alles. Man ist sogar glücklich so. *Glücklich.* Und es könnte immer so bleiben. Dann eines Tages geht etwas kaputt im Innern dieses großen phantastischen Getriebes, klick, ohne jeden Grund geht es plötzlich kaputt, und man sitzt da, ohne zu begreifen, wie es kommt, daß man diese ganze fabelhafte Geschichte nicht mehr in sich, sondern *vor* sich hat, als sei sie der Spleen eines anderen, und dieser andere ist man selbst. Klick. Zuweilen genügt ein Nichts. Schon allein eine Frage, die ans Licht kommt. Das genügt schon.

»Madame Deverià... wie stelle ich es an, daß ich sie erkenne, diese Frau, *meine* Frau, wenn ich ihr begegne?«

Schon allein eine einfache Frage, die aus den unterirdischen Höhlen, in denen sie begraben war, ans Licht kommt. Das genügt schon.

»Wie stelle ich es an, daß ich sie erkenne, wenn ich ihr begegne?«

Tja.

»Haben Sie sich das denn in all den Jahren nie gefragt?«

»Nein. Ich wußte, daß ich sie erkennen würde, das

ist alles. Aber jetzt habe ich Angst. Ich habe Angst, daß ich nicht verstehen werde. Und daß sie vorübergehen wird. Und daß ich sie verpasse.«

Auf Professor Bartleboom lastet wirklich aller Kummer dieser Welt.

»Madame Deverià, zeigen Sie mir, wie ich sie erkennen kann, wenn ich sie sehe!«

Elisewin schläft beim Licht einer Kerze und eines Mädchens. Pater Pluche zwischen seinen Gebeten und Plasson im Weiß seiner Bilder. Vielleicht schläft sogar Adams, das Tier auf der Jagd. Pension Almayer schläft, gewiegt vom Ozeanmeer.

»Machen Sie die Augen zu, Bartleboom, und geben Sie mir Ihre Hände!«

Bartleboom gehorcht. Sogleich spürt er unter seinen Händen das Gesicht dieser Frau, und die Lippen, die mit seinen Fingern spielen, dann den zarten Hals und das sich öffnende Nachthemd, ihre Hände, die die seinen auf dieser warmen, samtweichen Haut entlangführen, und sie drängen sich dicht an sie heran, um die Geheimnisse dieses unbekannten Körpers zu spüren, um diese Wärme festzuhalten und dann wieder zu den Schultern hinaufzufahren, ins Haar hinein und von neuem zwischen die Lippen, wo die Finger vor und zurück gleiten, bis eine Stimme sie zum Stillstand bringt und in das Schweigen schreibt:

»Sehen Sie mich an, Bartleboom.«

Das Nachthemd ist bis zu ihrem Schoß hinuntergeglitten. Ihre Augen lächeln ohne jede Verlegenheit.

»Eines Tages werden Sie eine Frau sehen und all das bereits fühlen, ohne sie zu berühren. Geben Sie ihr die Briefe. Für sie haben Sie sie geschrieben.«

Tausend Dinge schwirren Bartleboom durch den Kopf, während er seine Hände zurücknimmt, sie aber nicht schließt, als könnte sonst alles verschwinden.

Er war so durcheinander, als er das Zimmer verließ, daß er das Gefühl hatte, im Halbdunkel die unwirkliche Gestalt eines wunderschönen Mädchens zu erkennen, das sich in der Tiefe des Bettes an ein großes Kissen schmiegte. Nackt. Die Haut weiß wie eine Meereswolke.

»Wann willst du abreisen, Elisewin?« fragte Pater Pluche.

»Und du?«

»Ich will gar nichts. Aber früher oder später müssen wir nach Daschenbach. Dort mußt du dich kurieren. Das hier... das hier ist kein guter Ort, um gesund zu werden.«

»Warum sagst du so etwas?«

»Dieser Ort hat etwas... Krankes an sich. Merkst du das nicht? Die weißen Bilder dieses Malers, die endlosen Messungen von Professor Bartleboom... und dann diese Dame, die wunderschön ist, aber trotzdem unglücklich und allein, ich weiß nicht... Ganz zu schweigen von diesem Mann, *der wartet*... ja, was er tut, ist warten, Gott weiß auf wen oder was... Alles... alles ist einen Schritt diesseits der Dinge stehengeblieben. Da ist nichts *Wirkliches*, begreifst du das?«

Sie schweigt und denkt nach. Elisewin.

»Und das ist noch nicht alles. Weißt du, was ich entdeckt habe? Es gibt noch einen Gast in der Pension. Im siebten Zimmer, das, welches scheinbar leersteht. Tja, es ist nicht leer. Ein Mann ist da drin. Aber er kommt nie heraus. Dira wollte mir nicht sagen, wer er ist. Keiner von den anderen hat ihn je gesehen. Man bringt ihm das Essen aufs Zimmer. Findest du das normal?«

Sie schweigt. Elisewin.

»Was ist das bloß für ein Ort, wo es Menschen gibt, die aber unsichtbar sind oder die endlos auf und ab gehen, als hätten sie die Ewigkeit vor sich, um ...«

»Das hier ist das Ufer des Meeres, Pater Pluche. Weder Land noch Wasser. Es ist ein Ort, den es nicht gibt.«

Sie steht auf. Elisewin. Sie lächelt.

»Es ist eine Welt der Engel.«

Sie wendet sich zur Tür. Sie hält inne.

»Wir reisen ab, Pater Pluche. Noch ein paar Tage, und wir reisen ab.«

»Also paß auf, Dol. Du sollst das Meer beobachten. Und wenn du ein Schiff siehst, sagst du es mir. Alles klar?«

»Ja, Monsieur Plasson.«

»Fein.«

Es ist nämlich so, daß Plasson nicht gerade einen Adlerblick hat. Er sieht in der Nähe gut, aber nicht in der Ferne. Er sagt, er hat zuviel Zeit damit verbracht, die Gesichter der Reichen anzuschauen. Das ruiniert die Augen. Vom Rest ganz zu schweigen. Daher sucht er die Schiffe zwar, findet sie aber nicht. Vielleicht schafft Dol es.

»Die Schiffe machen hier nämlich einen großen Bogen, Monsieur Plasson.«

»Warum?«

»Sie haben Angst vor den Spuren des Teufels.«

»Und was soll das sein?«

»Klippen. Hier vorn sind Klippen, die ganze Küste entlang. Sie ragen kaum aus dem Meer und sind nicht immer zu erkennen. Darum fahren die Schiffe auf hoher See vorbei.«

»Die Klippen haben uns gerade noch gefehlt.«

»Der Teufel hat sie gebracht.«

»Natürlich, Dol.«

»Wirklich! Wissen Sie, der Teufel wohnte da hinten, auf der Insel Taby. Eines Tages nahm sich ein kleines Mädchen, das eine Heilige war, ein Boot, und nachdem sie drei Tage und drei Nächte gerudert war, kam sie auf der Insel an. Sie war wunderschön.«

»Die Insel oder die Heilige?«

»Das Mädchen.«

»Aha.«

»Sie war so schön, daß der Teufel zu Tode erschrak, als er sie sah. Er versuchte, sie zu verjagen, doch sie wich keinen Millimeter von der Stelle. Sie blieb da und sah ihn an. Bis der Teufel es eines Tages beim besten Willen nicht mehr aushaltete …«

»Aushielt.«

»Er hielt es beim besten Willen nicht mehr aus und rannte heulend los, er rannte ins Meer hinein, bis er verschwand. Niemand hat ihn je wieder gesehen.«

»Und was haben die Klippen damit zu tun?«

»Sie haben damit zu tun, weil bei jedem Schritt, den der Teufel auf seiner Flucht machte, eine Klippe aus dem Meer wuchs. Überall, wo er seinen Fuß hinsetzte, zack, tauchte eine Klippe auf. Und es gibt sie heute noch. Sie sind die Spuren des Teufels.«

»Eine schöne Geschichte.«

»Ja.«

»Siehst du nichts?«

»Nein.«

Schweigen.

»Bleiben wir etwa den ganzen Tag hier?«

»Ja.«

Schweigen.

»Ich fand es besser, als ich Sie abends immer mit dem Boot abgeholt habe.«

»Laß dich nicht ablenken, Dol.«

»Sie könnten ein Gedicht für sie schreiben, Pater Pluche.«

»Meinen Sie, die Möwen beten?«

»Bestimmt. Vor allem, wenn sie im Sterben liegen.«

»Und Sie beten nie, Bartleboom?«

Bartleboom rückt sich die Wollmütze auf dem Kopf zurecht.

»Früher habe ich gebetet. Dann habe ich nachgerechnet. Innerhalb von acht Jahren hatte ich mir gestattet, den Allmächtigen um zwei Dinge zu bitten. Ergebnis: Meine Schwester ist tot, und der Frau, die ich heiraten werde, muß ich erst noch begegnen. Nun bete ich viel weniger.«

»Ich glaube nicht, daß ...«

»Die Zahlen sprechen für sich, Pater Pluche. Der Rest ist Poesie.«

»Ja eben. Wären wir doch nur etwas ...«

»Machen Sie die Dinge nicht komplizierter, als sie sind, Pater Pluche. Die Frage ist ganz einfach. Glauben Sie wirklich, daß Gott existiert?«

»Nun ja, *existieren* scheint mir hier ein etwas übertriebener Begriff, aber ich glaube, daß es Gott gibt, jawohl, auf seine ganz eigene Weise *gibt es ihn*.«

»Und was macht das für einen Unterschied?«

»Das macht sehr wohl einen Unterschied, Bartleboom, o ja, das macht es. Nehmen Sie zum Beispiel diese Sache mit dem siebten Zimmer... ja, die Sache mit diesem Mann da in der Pension, der nie aus seinem Zimmer kommt und so weiter, nicht wahr?«

»Ja und?«

»Niemand hat ihn je gesehen. Er ißt etwas, wie es scheint. Aber das kann ebensogut ein Trick sein. Es könnte sein, daß er gar nicht existiert. Eine Erfindung von Dira. Aber für uns *gibt es ihn*. Abends geht in diesem Zimmer das Licht an, manchmal hört man Geräusche, und Sie, ich habe Sie gesehen, werden langsamer, wenn Sie dort vorbeikommen, Sie versuchen etwas zu sehen oder zu hören... Für uns *gibt es* diesen Mann.«

»Aber das stimmt nicht! Und außerdem ist das ein Verrückter, ein...«

»Das ist kein Verrückter, Bartleboom. Dira sagt, er ist ein rechtschaffener Mann, ein richtiger Gentleman. Sie sagt, er hat ein Geheimnis, aber das ist schon alles, sonst ist er ein ganz normaler Mensch.«

»Und das glauben Sie?«

»Ich weiß nicht, wer er ist, ich weiß nicht, ob er *existiert*, aber ich weiß, daß *es ihn gibt*. Nach meinem Dafürhalten gibt es ihn. Und er ist ein Mann, der Angst hat.«

»Angst?«

Bartleboom schüttelt den Kopf.

»Und wovor?«

»Gehen Sie nicht zum Strand?«

»Nein.«

»Sie gehen nicht spazieren, Sie schreiben nicht, Sie malen nicht, Sie reden nicht, Sie stellen keine Fragen. Sie warten, nicht wahr?«

»Ja.«

»Und warum? Warum tun Sie nicht, was Sie tun müssen, und dann ist es vorbei?«

Adams schaut zu diesem Mädchen hoch, das mit der Stimme einer Frau spricht, wenn es will, und jetzt will es.

»An tausend verschiedenen Orten der Welt habe ich Pensionen wie diese hier gesehen. Oder sagen wir: Ich habe diese Pension hier an tausend verschiedenen Orten der Welt gesehen. Die gleiche Einsamkeit, die gleichen Farben, die gleichen Gerüche, die gleiche Stille. Die Menschen kommen hier an, und die Zeit bleibt stehen. Für manchen ist das wohl so etwas wie ein Gefühl von Glück, nicht wahr?«

»Für manchen.«

»Wenn ich noch einmal zurückkönnte, wüßte ich, wofür ich mich entscheiden würde: *vor* dem Meer zu leben.«

Schweigen.

»Vor ihm.«

Schweigen.

»Adams ...«

Schweigen.

»Hören Sie auf zu warten. Es ist schließlich nicht so schwer, jemanden umzubringen.«

»Aber was meinst du – werde ich dort sterben?«

»In Daschenbach?«

»Wenn Sie mich ins Meer tauchen.«

»Aber wo denkst du hin …«

»Los, sag mir die Wahrheit, Pater Pluche, ganz im Ernst.«

»Du wirst nicht sterben, das schwöre ich dir, du wirst nicht sterben.«

»Und woher willst du das wissen?»

«Ich weiß es eben.«

»Puh.«

»Ich habe es geträumt.«

»Geträumt …«

»Also paß auf. Eines Abends gehe ich schlafen, lege mich ins Bett, und als ich gerade das Licht löschen will, sehe ich, wie die Tür aufgeht und ein Junge hereinkommt. Ich dachte, er sei ein Zimmerkellner oder so etwas. Aber er kommt auf mich zu und sagt: ›Gibt es etwas, was Sie heute nacht träumen möchten, Pater Pluche?‹ Genau so. Und ich sage: ›Von der Gräfin Varmeer beim Baden.‹«

»Pater Pluche!«

»Das war doch schlagfertig, oder? Jedenfalls sagt er nichts, lächelt ein wenig und geht wieder. Ich schlafe ein, und was träume ich?«

»Von der Gräfin Varmeer beim Baden.«

»Genau.«

»Und wie war sie?«

»Ach, nicht besonders, eine Enttäuschung …«

»Häßlich?«

»Dicker, als sie aussieht, eine Enttäuschung … Nun ja … Er kommt jeden Abend, dieser Junge. Er heißt

Ditz. Und jedesmal fragt er mich, ob ich etwas träumen will. Da habe ich vorgestern zu ihm gesagt: ›Ich will von Elisewin träumen. Ich will von ihr träumen, wenn sie groß ist.‹ Ich bin eingeschlafen und habe von dir geträumt.«

»Und wie war ich?«

»Lebendig.«

»Lebendig? Und sonst?«

»Lebendig. Frag nicht weiter. Du warst lebendig.«

»Lebendig ... ich?«

Ann Deverià und Bartleboom nebeneinander in einem Boot auf dem Trockenen sitzend.

»Und Sie, was haben Sie ihm geantwortet?« fragt Bartleboom.

»Ich habe ihm nicht geantwortet.«

»Nicht?«

»Nein.«

»Und was passiert jetzt?«

»Ich weiß nicht. Ich glaube, er wird herkommen.«

»Freuen Sie sich darüber?«

»Ich sehne mich nach ihm. Aber ich weiß nicht so recht.«

»Vielleicht kommt er her und nimmt Sie für immer mit sich fort.«

»Reden Sie kein dummes Zeug, Bartleboom.«

»Und warum nicht? Er liebt Sie, das haben Sie doch gesagt, Sie sind alles, was er hat im Leben ...«

Ann Deveriàs Liebhaber hat schließlich herausgefunden, wohin ihr Mann sie verbannt hat. Er hat ihr geschrieben. Vielleicht ist er in diesem Augenblick schon auf dem Weg zu diesem Meer und diesem Strand.

»Ich werde kommen und Sie für immer mit mir fort nehmen.«

Sie lächelt. Ann Deverià.

»Sagen Sie das noch einmal, Bartleboom. Genau in diesem Tonfall, bitte. Sagen Sie es noch einmal.«

»Da ... da hinten ist es!«

»Wo, da hinten?«

»Da ... nein, weiter rechts, ja, da ...«

»Ich sehe es! Herrgott, ich sehe es!«

»Drei Mastbäume!«

»Drei Mastbäume?«

»Es ist ein Dreimaster, sehen Sie das nicht?«

»Drei?«

»Plasson, seit wann sind wir eigentlich hier?«

»Seit jeher, Madame.«

»Nein, ich frage Sie im Ernst.«

»Seit jeher, Madame. Im Ernst.«

»Ich glaube, er ist Gärtner.«

»Warum?«

»Er kennt die Namen der Bäume.«

»Und Sie, Elisewin, woher wissen Sie das?«

»Mir jedenfalls behagt die Sache mit dem siebten Zimmer ganz und gar nicht.«

»Was stört Sie denn daran?«

»Ein Mann, der sich nicht blicken läßt, das macht mir angst.«

»Pater Pluche sagt, daß er es ist, der Angst hat.«
»Und wovor?«

»Zuweilen frage ich mich, worauf wir überhaupt warten.«
Schweigen.
»Daß es zu spät ist, Madame.«

Es hätte immer so weitergehen können.

Zweites Buch

Der Bauch des Meeres

Vierzehn Tage nachdem sie in Rochefort die Anker gelichtet hatte, lief die *Alliance*, eine Fregatte der französischen Marine, wegen der Untüchtigkeit des Kapitäns und der Ungenauigkeit der Karten auf hoher See vor der Küste Senegals auf eine Sandbank auf. Alle Versuche, das Schiff wieder flottzumachen, schlugen fehl. Es blieb keine andere Wahl, als das Schiff zu verlassen. Da die zur Verfügung stehenden Rettungsboote nicht ausreichten, um sämtliche Insassen aufzunehmen, wurde ein etwa vierzig Fuß langes und halb so breites Floß gebaut und zu Wasser gelassen. Darauf mußten einhundertsiebenundvierzig Menschen Platz nehmen: Soldaten, Matrosen, ein paar Passagiere, vier Offiziere, ein Arzt und ein Kartograph. Der Plan zur Räumung des Schiffes sah vor, daß die vier Rettungsboote das Floß im Schlepptau zur Küste ziehen sollten. Obgleich das Wrack der *Alliance* kurze Zeit später menschenleer war, gewannen Panik und Verwirrung die Oberhand in dem Konvoi, der versuchte, allmählich die Küste zu erreichen. Durch Gemeinheit oder Ungeschicklichkeit – niemand hat je die Wahrheit herausgefunden – verloren die Boote die Verbindung zum Floß. Das Tau riß. Oder jemand kappte es. Die Rettungsboote hielten weiter Kurs auf die Küste, und das Floß blieb seinem Schicksal überlassen. Von der Strömung fortgerissen, war es keine halbe Stunde später bereits am Horizont verschwunden.

Das erste ist mein Name, Savigny.

Das erste ist mein Name, das zweite ist der Blick derer, die uns im Stich gelassen haben, ihre Augen in jenem Moment, unverwandt starrten sie auf das Floß, sie konnten den Blick nicht abwenden, doch es lag nichts in diesen Blicken, das absolute Nichts, kein Haß, kein Mitgefühl, kein Bedauern, keine Angst, nichts. Ihre Augen.

Das erste ist mein Name, das zweite diese Augen, das dritte ein Gedanke: Ich werde jetzt sterben, ich sterbe nicht. Ich werde jetzt sterben ich sterbe nicht ich werde jetzt sterben ich sterbe nicht ich werde – das Wasser erreicht die Knie, das Floß schwimmt unter Wasser, niedergedrückt von dem Gewicht all zu vieler Menschen – jetzt sterben ich sterbe nicht ich werde jetzt sterben ich sterbe nicht – der Gestank, Gestank der Angst, des Meeres und der Körper, das Holz, das unter den Füßen knarrt, die Stimmen, die Stricke zum Sichanklammern, meine Kleider, meine Waffen, das Gesicht des Mannes, der – ich werde jetzt sterben ich sterbe nicht ich werde jetzt sterben ich sterbe nicht ich werde jetzt sterben – die Wellen ringsumher, unnötig zu denken, wo ist Land? wer bringt uns dahin, wer hat das Kommando?, der Wind, die Strömung, die Gebete wie Klagelieder, die Gebete der Wut, das Meer, das brüllt, die Angst, die

Das erste ist mein Name, das zweite diese Augen, das dritte ein Gedanke, und das vierte ist die Nacht, die kommt, Wolken vor dem Mondlicht, entsetzliches Dunkel, nichts als Geräusche, also Schreie und Klagen und Gebete und Flüche, und das Meer, das sich aufbäumt und anfängt, dieses Knäuel von Körpern von allen Seiten zu zerfasern – es bleibt nur, sich festzuhalten, wo man kann, an einem Tau, an den Planken, am Arm eines anderen, die ganze Nacht lang, im Wasser, unter Wasser, gäbe es doch ein Licht, irgendein Licht, es ist endlos dieses Dunkel und unerträglich dieses Wehklagen, das jeden einzelnen Moment begleitet – doch an einen Augenblick erinnere ich mich, unter der Ohrfeige einer plötzlichen Welle, einer Wasserwand, ich erinnere mich, an die Stille, plötzlich, eine grausige Stille, ein Augenblick, und ich, wie ich schreie, wie ich schreie, wie ich schreie

Das erste ist mein Name, das zweite diese Augen, das dritte ein Gedanke, das vierte ist die Nacht, die kommt, das fünfte die zerfleischten Körper, eingeklemmt zwischen den Balken des Floßes, ein Mann wie ein Fetzen, an einem Mast hängend, der ihm den Brustkorb durchbohrte und ihn festhält, so daß er zum Tanz des Meeres schaukelt, im Tageslicht, das die im Dunkel vom Meer ermordeten Toten preisgibt, einen nach dem anderen nehmen sie sie von ihren Galgen ab und geben sie dem Meer zurück, das sie sich holte, Meer allüberall, da ist kein Land, da ist kein Schiff am Horizont, nichts – und in ebendieser Landschaft der Leichname und des Nichts bahnt sich ein

Mann seinen Weg an den anderen vorbei, läßt sich wortlos ins Wasser gleiten und beginnt zu schwimmen, *er geht von uns*, ganz einfach, und andere sehen ihn und folgen ihm nach, und offen gestanden, einige schwimmen nicht einmal, sie lassen sich nur ins Meer fallen, ohne sich zu bewegen, sie verschwinden – ihr Anblick ist sogar *schön* – sie umarmen sich, bevor sie sich dem Meer ergeben – Tränen auf den Gesichtern unerwarteter Männer – dann lassen sie sich ins Meer fallen, und sie atmen das Salzwasser bis tief in die Lungen hinein, um alles, alles zu verbrennen – niemand hält sie auf, niemand

Das erste ist mein Name, das zweite diese Augen, das dritte ein Gedanke, das vierte ist die Nacht, die kommt, das fünfte diese zerfleischten Körper, und das sechste ist *Hunger* – Hunger, der tief innen wächst und in der Kehle beißt und in die Augen steigt, fünf Fässer Wein und nur ein Sack Zwieback, sagt Corréard, der Kartograph, das können wir nicht schaffen – die Männer beobachten sich, belauern sich, jetzt entscheidet sich, *wie* gekämpft wird, wenn gekämpft wird, sagt Lheureux, der erste Offizier, eine Ration für jeden, zwei Glas Wein und ein Zwieback – sie belauern sich, die Männer, vielleicht ist es das Licht oder das wie zur Waffenruhe träge schaukelnde Meer oder die Worte, die Lheureux auf einem Faß stehend skandiert: Wir werden uns retten, mit dem Haß, den wir für die empfinden, die uns im Stich gelassen haben, und wir werden zurückkehren, um ihnen in die Augen zu sehen, und sie werden keinen Schlaf mehr finden, werden weder leben können noch dem Fluch entgehen, der wir für sie sind, wir, die Lebenden, und sie, die von ihrer Schuld Erschlagenen, tagtäglich bis in alle Ewigkeit –, vielleicht ist es dieses stille Licht oder das wie zur Waffenruhe träge schaukelnde Meer, doch es kommt dahin, daß die Männer verstummen und daß die Verzweiflung Sanftmut und Ordnung und Ruhe wird – einer nach dem anderen ziehen sie an uns vorbei, ihre Hände, unsere Hände, eine Ration für jeden – ein nahezu sinnloses Unterfangen, könnte man meinen, mitten im Meer stellen sich mehr als hundert besiegte, verlorene, besiegte Männer in Reih und Glied auf, ein perfektes System im richtungslosen Chaos des Meeresbauchs, zum Überleben, schweigend, mit unmenschlicher Geduld und unmenschlicher Vernunft

Das erste ist mein Name, das zweite diese Augen, das dritte ein Gedanke, das vierte ist die Nacht, die kommt, das fünfte diese zerfleischten Körper, das sechste ist Hunger, und das siebte ist Entsetzen, *das Entsetzen*, das nachts ausbricht – wieder die Nacht – das Entsetzen, die Grausamkeit, das Blut, der Tod, der Haß, unflätiges Entsetzen. Sie haben sich eines Fasses bemächtigt, und der Wein hat sich ihrer bemächtigt. Im Mondlicht bearbeitet ein Mann mit schweren Axthieben die Verbindungen des Floßes, ein Offizier versucht, ihn daran zu hindern, sie stürzen sich auf ihn und stechen mit Messern auf ihn ein, blutüberströmt kommt er zu uns zurück, wir ziehen die Säbel und greifen zu den Gewehren, das Licht des Mondes verschwindet hinter den Wolken, es ist schwer zu verstehen, es ist ein Augenblick, der nie mehr vergeht, dann ist da eine unsichtbare Welle aus Körpern und Schreien und Waffen, die auf uns niedergeht, die blinde Verzweiflung, die den Tod sucht, schnell, damit es vorbei ist, und der Haß, der einen Feind sucht, schnell, damit man ihn mit in die Hölle reißen kann, und im Licht, das kommt und geht, erinnere ich mich an diese Körper, die in unsere Säbel rennen, an das Knallen der Gewehrschüsse, an das Blut, das aus den Wunden spritzt, an die Füße, die auf den zerquetschten Köpfen zwischen den Planken des Floßes ausgleiten, und an die Verzweifelten, die sich mit zerschmetterten Beinen bis zu einem von uns schleppen, uns, nunmehr unbewaffnet, in die Beine beißen und sich in Erwartung des Schusses und der Klinge, die sie schließlich in Stücke reißen, beharrlich an uns klammern – erinnere mich – wie zwei der Unsrigen sterben, buchstäblich zerfetzt von der unmenschlichen Bestie, die aus dem Nichts der Nacht auftauchte, und wie Dutzende der anderen sterben, zerfleischt und ertränkt, sie schleppen sich über das Floß, gebannt auf ihre Verstümmelungen starrend, sie rufen die Heiligen an, während sie ihre Hände in die Wunden der Unsrigen tauchen, um ihnen die Eingeweide herauszureißen – erinnere mich – wie sich ein Mann auf mich stürzt, mir die Hände um den Hals legt und während er versucht, mich zu erwürgen, unablässig »Erbarmen, Erbarmen, Erbarmen« winselt, eine absurde Szene, mein Leben liegt in seinen Händen und seines auf der Spitze meines Säbels, der ihm schließlich in die Seite fährt und dann in den Bauch und dann in die Kehle und dann in den Kopf, der ins Wasser rollt, und dann in das, was übrigbleibt, ein blutiger Brei, zusammengekrümmt zwischen den Planken des Floßes, eine nutzlose Puppe, in die mein Säbel taucht, einmal, zweimal, dreimal, viermal, fünfmal

Das erste ist

mein Name, das zweite diese Augen, das dritte ein Gedanke, das vierte die Nacht, die kommt, das fünfte diese zerfleischten Körper, das sechste ist Hunger, das siebte Entsetzen und das achte die Hirngespinste des Wahnsinns, sie blühen in dieser Schlächterei, auf diesem von den Wellen überfluteten grausigen Schlachtfeld, Körper überall, Körperteile, Gesichter, grünlich, blaßgelb, geronnenes Blut auf pupillenlosen Augen, klaffende Risse und zerrissene Münder, wie von der Erde erbrochene Leichname, entfesseltes Erdbeben von Toten, Sterbenden, Fundament für Agonien, eingeklemmt im brüchigen Skelett des Floßes, auf dem die Lebenden – *die Lebenden* – umgehen und den Toten unwichtige Habseligkeiten stehlen, vor allem aber nacheinander dem Wahnsinn verfallen, jeder auf seine Art, jeder mit seinen Hirngespinsten – dem Verstand abgenötigt vom Hunger, vom Durst, von der Angst, von der Verzweiflung. Hirngespinste. All die, die am Horizont Land sehen, Land!, oder Schiffe. Sie schreien, und niemand hört sie. Oder der, der ein förmliches Protestschreiben an den Admiral verfaßt, um seine Empörung zum Ausdruck zu bringen und die Schmach anzuprangern und in aller Form zu fordern... Worte, Gebete, Visionen, ein Schwarm fliegender Fische, eine Wolke, die den Weg der Rettung weist, Mütter, Brüder und Bräute, die erscheinen, um die Wunden abzutupfen und Wasser und Zärtlichkeiten zu bringen. Oder der, der fieberhaft seinen Spiegel sucht, seinen Spiegel, wer hat seinen Spiegel gesehen, gebt mir meinen Spiegel wieder, einen Spiegel, meinen Spiegel. Ein Mann, der die Sterbenden mit Flüchen und Klagen segnet, und jemand spricht mit dem Meer, leise, er spricht mit ihm, am

Rand des Floßes sitzend, er schmeichelt ihm, könnte man meinen, und er hört seine Antworten, das Meer, das antwortet, ein Dialog, der letzte, einige ergeben sich schließlich seinen listigen Antworten, und sie lassen sich, endlich überzeugt, ins Wasser gleiten und vertrauen sich dem großen Freund an, der sie weit mit sich fort nimmt und verschlingt – während auf dem Floß Léon rastlos hin und her läuft, Léon, der kleine Junge, Léon, der Schiffsjunge, Léon, der zwölf Jahre alt ist, und der Wahnsinn hat ihn gepackt, die Panik hat ihn ergriffen, und hin und her läuft er von einem Floßende zum anderen, während er ruhelos einen einzigen Schrei ausstößt Mama Mama Mama Mama, Léon mit dem sanften Blick und der samtweichen Haut läuft wie besessen, ein Vogel im Käfig, bis er stirbt, sein Herz zerspringt oder irgend etwas anderes in ihm, irgend etwas, das ihn so zu Fall bringt, plötzlich, mit verdrehten Augen und einem Krampf in der Brust, der ihn schüttelt und schließlich zu Boden wirft, reglos, dorthin, wo Gilberts Arme ihn auffangen – Gilbert, der ihn liebte – und ihn umschlingen – Gilbert, der ihn liebte und der ihn jetzt beweint und küßt, untröstlich, was sonderbar anzuschauen ist, dort mittendrin, mitten in der Hölle, das Gesicht dieses alten Mannes, das sich über die Lippen dieses Kindes beugt, sonderbar anzuschauen diese Küsse, wie kann ich sie vergessen, ich, der sie gesehen hat, diese Küsse, ich ohne Hirngespinste, ich mit dem Tod am Leib und ohne auch nur die Gnade einiger Hirngespinste oder eines süßen Wahns, ich, der aufgehört hat, die Tage zu zählen, der aber weiß, daß diese Bestie jede Nacht wiederkommt, sie muß wiederkommen, die Bestie des Entsetzens, die nächtliche Schlächterei, dieser Krieg, den wir führen, dieser Tod, den wir ringsum verstreuen, um nicht zu sterben, wir, die

Das erste ist mein Name, das zweite diese Augen, das dritte ein Gedanke, das vierte die Nacht, die kommt, das fünfte sind diese zerfleischten Körper, das sechste ist Hunger, das siebte Entsetzen, das achte die Hirngespinste des Wahnsinns, und das neunte ist entartetes Fleisch, Fleisch, Fleisch, das auf den Wanten des Segels trocknet, blutendes Fleisch, Fleisch, Menschenfleisch, in meinen Händen, zwischen meinen Zähnen, Fleisch von Menschen, die ich gekannt habe, die es gab, Fleisch von lebenden und dann toten Menschen, ermordet, zerstückelt, verrückt geworden, Fleisch von Armen und Beinen, die ich habe kämpfen sehen, Fleisch, von den Knochen gelöst, Fleisch, das einen Namen hatte und das ich nun verschlinge, irrsinnig vor Hunger, Tage, die wir das Leder unserer Gürtel und Stoffetzen kauen, es gibt nichts mehr, nichts, auf diesem gräßlichen Floß, nichts, Meerwasser und Pisse, die in Blechbechern abgekühlt wird, Zinnstückchen unter der Zunge, um nicht vor Durst verrückt zu werden, und Scheiße, die man nicht hinunterwürgen kann, und Taue, mit Blut und Salz durchtränkt, als einzige Nahrung, die nach Leben schmeckt, bis einer sich rasend vor Hunger über den Leichnam seines Freundes beugt und weinend, redend und betend das Fleisch von ihm reißt und es wie ein Tier in eine Ecke schleift und anfängt es auszusaugen und dann zu kauen und auszukotzen und wieder zu kauen, verbissen den Abscheu überwindend, um dem Tod die letzte Abkürzung des Lebens zu entreißen, ein grausamer Weg, den wir jedoch einer nach dem anderen alle einschlagen, nunmehr gleich mit dieser Verwandlung in Tiere, in Schakale, jeder einzelne schließlich stumm mit seinem Stück Fleisch, den strengen Geschmack zwischen den Zähnen, die Hände blutbeschmiert, im Bauch das Bohren eines betäubenden Schmerzes, der Geruch des Todes, der Modergestank, die Haut, das Fleisch, das verwest, das Fleisch, das zerfällt, aus dem Wasser und Serum tropft, diese offenen Körper, wie Schreie, gedeckte Tische für die Tiere, die wir sind, Ende von allem, schauerliche Kapitulation, widerwärtige Niederlage, abscheulicher Zusammenbruch, gottlose Katastrophe, und da schaue ich – ich – schaue auf – ich schaue auf – schaue auf – und da schaue ich auf, und ich sehe es – ich – sehe es: *das Meer.* Zum ersten Mal nach vielen, vielen Tagen sehe ich es wirklich. Und ich höre seine schreckliche Stimme und spüre den starken Geruch und in mir seinen unaufhaltsamen Tanz, unendliche Woge. Alles verschwindet, und nichts bleibt außer ihm, vor mir, an mir. Eine Offenbarung. Das Leichentuch aus Schmerz und Angst, das mir die Seele stahl, verfliegt, das Netz aus Schandtaten, Grausamkeiten und Greueln, die mir die Augen raubten, zerfällt, der Schatten des Todes, der meinen Verstand verschlang, löst sich auf, und im plötzlichen Licht einer ungeahnten Klarheit kann ich endlich sehen und fühlen und verstehen. Das Meer. Es sah aus wie ein Zuschauer, sehr still, sehr komplizenhaft. Es sah aus wie ein Rahmen, eine Bühne, eine Kulisse. Jetzt schaue ich es an, und ich verstehe: das Meer war alles. Vom ersten Moment an ist es alles gewesen. Ich sehe es um mich her tanzen, prächtig in eisigem Licht, wundersames grenzenloses

Scheusal. Es war in den Händen, die töteten, in den Toten, die starben, es war im Durst und im Hunger, im Todeskampf war es, in der Feigheit und im Wahnsinn, es war der Haß und die Verzweiflung, war Barmherzigkeit und Verzicht, es ist dieses Blut und dieses Fleisch, es ist dieses Grauen und dieser Glanz. Es gibt kein Floß, es gibt keine Menschen, es gibt keine Worte, Gefühle, Gesten, nichts. Es gibt keine Schuldigen und Unschuldigen, keine Verdammten und Geretteten. Es gibt nur das Meer. Alles ist Meer geworden. Wir von der Erde Verlassenen sind der Bauch des Meeres geworden, und der Bauch des Meeres ist in uns, und in uns atmet und lebt er. Ich sehe zu, wie es in seinem Mantel tanzt, vor Freude strahlend aus seinen unsichtbaren Augen, und endlich weiß ich, daß dies nicht die Niederlage eines Menschen ist, denn das, all das, ist einzig Triumph des Meeres und sein Ruhm, und darum, darum also HOSIANNA, HOSIANNA, HOSIANNA IHM, dem Ozeanmeer, dem Mächtigen über jeder anderen Macht und Wundersamen über jedem anderen Wunder, HOSIANNA UND GLORIA IHM, dem Herrn und Diener, Opfer und Henker, HOSIANNA, die Erde verneigt sich, wenn Es vorübergeht, und streift mit duftenden Lippen den Saum seines Mantels, SANCTUS, SANCTUS, SANCTUS ihm, Schoß jedes Neugeborenen und Bauch jedes Todes, HOSIANNA UND GLORIA IHM, Zuflucht jedes Schicksals und atmendes Herz, Anfang und Ende, Horizont und Quelle, Herrscher über das Nichts, Meister des Ganzen, HOSIANNA UND GLORIA IHM, dem Herrn über die Zeit und Herrscher der Nächte, dem Einen und Einzigen HOSIANNA, denn sein ist der Horizont und schwindelerregend sein Schoß, tief und unergründlich, und GLORIA, GLORIA, GLORIA in der Höhe, denn es gibt keinen Himmel, der sich in Ihm nicht spiegelt und verliert, und es gibt keine Erde, die sich Ihm nicht ergibt, Ihm, dem Unbesiegbaren, Ihm, dem Liebling des Mondes und treusorgendem Vater der edlen Gezeiten, vor Ihm mögen sich die Menschen alle verneigen und den Lobgesang von HOSIANNA UND GLORIA erheben, denn Es ist in ihnen, und in ihnen wächst Es, und sie leben und sterben in Ihm, und Es ist für sie das Geheimnis und das Ziel und die Wahrheit und die Verdammnis und das Heil und der einzige Weg zur Ewigkeit, so ist es, und so bleibt es bis ans Ende aller Tage, das das Ende des Meeres sein wird, wenn das Meer ein Ende hat, das Meer, das Heilige, das Eine und Einzige, das Ozeanmeer, HOSIANNA UND GLORIA Ihm bis ans Ende aller Zeiten. AMEN.

Amen.
Amen.
Amen.
Amen.
Amen.
Amen.
Amen.
Amen.
Amen.
Amen.
Das erste

das erste ist mein Name,

das erste ist mein

Name, das zweite diese Augen

das erste ist mein Name, das zweite diese Augen, das dritte ein Gedanke, das vierte die Nacht, die kommt,

das erste ist mein Name, das zweite diese Augen, das dritte ein Gedanke, das vierte die Nacht, die kommt, das fünfte diese zerfleischten Körper, das sechste ist Hunger

das erste ist mein Name, das zweite diese Augen, das dritte ein Gedanke, das vierte die Nacht, die kommt, das fünfte diese zerfleischten Körper, das sechste ist Hunger, das siebte Entsetzen, das achte die Hirngespinste des Wahnsinns

das erste ist mein Name, das zweite diese Augen, das dritte ein Gedanke, das vierte die Nacht, die kommt, das fünfte diese zerfleischten Körper, das sechste ist Hunger, das siebte Entsetzen, das achte die Hirngespinste des Wahnsinns, das neunte ist Fleisch, und das zehnte ist ein Mann, der mich ansieht und mich nicht tötet. Er heißt Thomas. Von allen war er der stärkste. Weil er schlau war. Wir haben es nicht geschafft, ihn zu töten. Lheureux hat es versucht, in der ersten Nacht. Corréard hat es versucht. Aber dieser Mann hat sieben Leben. Rings um ihn sind sie alle tot, seine Gefährten. Auf dem Floß sind wir noch fünfzehn. Einer davon ist er. Er blieb lange in dem am weitesten von uns entfernten Winkel. Dann begann er zu kriechen, langsam, und er kam näher. Jede Bewegung ist eine unmögliche Anstrengung, das weiß ich nur zu gut, ich, der hier seit der letzten Nacht reglos sitzt und beschlossen hat, hier zu sterben. Jedes Wort ist eine entsetzliche Anstrengung und jede Bewegung eine unmögliche Qual. Aber er kommt immer näher. Er hat ein Messer im Gürtel. Und er will mich. Ich weiß es.

Wer weiß, wieviel Zeit vergangen ist. Es gibt keinen Tag mehr, es gibt keine Nacht mehr, alles ist reglose Stille. Wir sind ein schwimmender Friedhof. Ich habe die Augen aufgeschlagen, und er war hier. Ich weiß nicht, ob es ein Alptraum ist oder Wirklichkeit. Vielleicht ist es nur Wahnsinn, endlich ein Wahnsinn, der mich mit sich fort nimmt. Doch wenn es Wahnsinn ist, so tut er doch weh, er hat nichts Sanftes. Ich möchte, daß dieser Mann etwas tut. Aber er sieht mich nur unablässig an, nichts weiter. Er könnte einen einzigen Schritt nach vorn setzen, dann wäre er bei mir. Ich habe keine Waffen mehr. Aber er hat ein Messer. Ich habe keine Kraft mehr, kein bißchen. Aber er hat in seinen Augen die Ruhe und die Kraft eines Tiers, das auf der Jagd ist. Es ist unglaublich, daß er es noch schafft zu hassen, hier, in diesem dreckigen schwimmenden Kerker, wo es jetzt nur noch den Tod gibt. Es ist unglaublich, daß er es schafft, sich zu *erinnern*. Wenn es mir nur gelänge, zu sprechen, wenn nur noch ein bißchen Leben in mir wäre, würde ich ihm sagen, daß ich es tun mußte, daß es kein Erbarmen, keine Schuld in dieser Hölle gibt und daß weder ich noch er hier sind, sondern nur *das Meer*, das Ozeanmeer. Ich würde ihm sagen, er solle mich nicht mehr anschauen und mich töten. Bitte. Aber ich kann nicht sprechen. Er rührt sich nicht von der Stelle, wendet seine Augen nicht von mir. Und tötet mich nicht. Hört das denn nie auf, das alles?

Es herrscht eine entsetzliche Stille auf dem Floß und überall ringsumher. Niemand klagt mehr. Die

Toten sind tot, die Lebenden warten, nichts weiter. Keine Gebete, keine Schreie, nichts. Das Meer tanzt, doch sanft, es sieht aus wie ein leiser Abschied. Ich spüre keinen Hunger mehr und weder Durst noch Schmerz. Alles ist nur noch unermeßliche Müdigkeit. Ich öffne die Augen. Dieser Mann ist noch da. Ich schließe sie wieder. Töte mich, Thomas, oder laß mich in Frieden sterben. Du hast dich schon gerächt. Geh weg. Er wendet seinen Blick zum Meer. Ich bin nichts mehr. Meine Seele gehört nicht mehr mir, mein Leben gehört nicht mehr mir, nimm mir mit diesen Augen nicht den Tod.

Das Meer tanzt, doch sanft.
Keine Gebete, keine Klagen, nichts.
Das Meer tanzt, doch sanft.
Wird es mich sterben sehen?

Sie nennen mich Thomas. Und dies ist die Geschichte eines Verbrechens. Ich schreibe sie in diesem Moment in meinem Kopf, mit der Kraft, die mir noch bleibt, und den Blick starr auf diesen Mann gerichtet, dem ich niemals vergeben werde. Der Tod wird sie lesen.

Die *Alliance* war ein starkes, großes Schiff. Das Meer hätte sie niemals besiegt. Dreitausend Eichen sind nötig, um so ein Schiff zu bauen. Ein schwimmender Wald. Es ist durch die Dummheit der Menschen verlorengegangen. Kapitän Chaumareys studierte die Karten und maß die Wassertiefe. Doch er konnte das Meer nicht lesen. Er konnte seine Farben nicht lesen. Die *Alliance* lief auf dem Riff von Arguin auf, ohne daß sie jemand stoppen konnte. Ein seltsamer Schiffbruch. Man hörte ein dumpfes Klagen aus dem Innern des Rumpfes aufsteigen, dann saß das Schiff mit leichter Schlagseite fest. Unbeweglich. Für immer. Ich habe prächtige Schiffe gegen wilde Stürme ankämpfen sehen, und ich habe einige gesehen, die sich ergaben und in turmhohen Wellen verschwanden. Es war wie ein Duell. Wunderschön. Doch die *Alliance* hat nicht kämpfen können. Ein stilles Ende. Die weite See ringsum war nahezu glatt. Den Feind hatte sie nicht vor sich, sondern in sich. Und all ihre Kraft war bei so einem Feind nichts wert. Ich habe viele Leben gesehen, die auf diese sinnlose Weise Schiffbruch erlitten. Doch Schiffe nie.

Der Rumpf begann zu knirschen. Man beschloß, die *Alliance* ihrem Schicksal zu überlassen, und baute dieses Floß. Es roch schon nach Tod, bevor es überhaupt ins Wasser kam. Die Männer spürten das und drängten sich um die Boote, um dieser Falle zu entgehen. Man mußte die Gewehre auf sie anlegen, um sie zum Einsteigen zu zwingen. Der Kapitän gab sein Wort und schwor, daß man sie nicht im Stich lassen werde, daß die Boote das Floß abschleppen würden, daß keinerlei Gefahr bestand. So kamen sie, wie Tiere zusammengepfercht, auf diesen Kahn ohne Seitenwände, ohne Kiel und ohne Steuerruder. Und ich war einer von ihnen. Da waren Soldaten und Matrosen. Ein paar Passagiere. Und dann vier Offiziere, ein Kartograph und ein Arzt namens Savigny. Sie postierten sich in der Mitte des Floßes, da, wo die Vorräte verstaut waren, die wenigen, die im Durcheinander des Umladens nicht über Bord gegangen waren. Sie standen auf einer Kiste. Rings um sie her standen wir, bis zu den Knien im Wasser, weil das Floß unter unserem Gewicht versank. Da hätte ich alles begreifen müssen.

Von diesen Momenten ist mir ein Bild in Erinnerung geblieben. Schmaltz. Schmaltz, der Gouverneur, der Mann, der im Namen des Königs die neuen Kolonien in Besitz nehmen sollte. Sie ließen ihn, wie er auf seinem Sessel saß, steuerbord an der Schiffswand hinunter. Der Sessel aus Samt und Gold und darauf er, unerschütterlich. Sie ließen beide hinunter, als seien sie eine Statue in einem Stück. Wir auf jenem Floß, noch mit der *Alliance* vertäut, doch schon im Kampf gegen das Meer und die Angst, und dort er, der durch die Lüfte auf sein Boot niedersank, seraphisch wie die Engel, die in den Stadttheatern von der Decke schweben. Er und sein Sessel schwangen wie ein Pendel hin und her. Und ich dachte: Er baumelt da wie ein Gehenkter im leichten Abendwind.

Ich weiß nicht genau, wann sie uns im Stich ließen. Ich kämpfte gerade darum, auf den Beinen zu bleiben und Thérèse dicht bei mir zu behalten. Doch ich hörte Schreie und dann Schüsse. Ich schaute auf. Und über Dutzende von wogenden Köpfen hinweg und über Dutzende von Händen hinweg, die die Luft zerschnitten, sah ich das Meer und die fernen Boote und die Leere zwischen uns und ihnen. Mein Blick war ungläubig. Ich wußte, daß sie nicht umkehren würden. Wir waren dem Zufall ausgeliefert. Nur Glück würde uns retten können. Doch die Besiegten haben niemals Glück.

Thérèse war ein Mädchen. Ich weiß nicht, wie alt sie wirklich war. Aber sie sah aus wie ein junges Mädchen.

Als ich in Rochefort war und im Hafen arbeitete, kam sie immer mit den Fischkörben vorbei und sah mich an. Sie sah mich an, bis ich mich in sie verliebte. Sie war alles, was ich dort hatte. Mein Leben, soviel es eben wert war, und sie. Als ich mich für die Expedition in die neuen Kolonien meldete, erreichte ich, daß sie als Marketenderin angeheuert wurde. So stachen wir alle beide auf der *Alliance* in See. Es schien ein Spiel zu sein. Wenn man es recht bedenkt, schien es in den ersten Tagen ein Spiel zu sein. Falls ich überhaupt weiß, was glücklich sein heißt, so waren wir es wohl in diesen Nächten. Als ich dann zu denen kam, die auf das Floß mußten, wollte Thérèse zu mir. Sie hätte in ein Boot steigen können, aber sie wollte zu mir. Ich sagte ihr, sie solle keinen Unsinn machen, wir würden uns an Land wiedersehen, sie solle keine Angst haben. Doch sie wollte nicht auf mich hören. Es gab große, baumstarke Männer, die winselten und flehten, um einen Platz in diesen verfluchten Booten zu bekommen, und die auf die Gefahr hin, getötet zu werden, vom Floß sprangen, nur um von dort wegzukommen. Sie aber bestieg es ohne ein Wort und verhehlte alle Angst, die sie hatte. Frauen tun manchmal Dinge, daß einem die Luft wegbleibt. Man könnte ein ganzes Leben damit zubringen, so etwas zu versuchen, aber man käme nie zu dieser Leichtheit, die sie manchmal haben. Sie sind von innen leicht. Von innen.

Die ersten starben in der Nacht, ins Meer gezogen von den Wellen, die über das Floß fegten. In der Dunkelheit waren ihre Schreie zu hören, die sich nach und nach entfernten. Bei Tagesanbruch fehlten etwa zehn Mann. Einige klemmten tot zwischen den Planken des

Floßes, von den anderen zertrampelt. Die vier Offiziere sowie Corréard, der Kartograph, und Savigny, der Arzt, nahmen die Dinge in die Hand. Sie hatten die Waffen. Und die Kontrolle über die Vorräte. Die Männer vertrauten ihnen. Lheureux, einer der Offiziere, hielt sogar eine schöne Rede, er ließ ein Segel setzen und sagte: Es wird uns an Land bringen, und dort werden wir die verfolgen, die uns verraten und im Stich gelassen haben, und wir werden nicht eher ruhen, als bis sie unsere Rache gespürt haben. Genau das sagte er: bis sie unsere Rache gespürt haben. Er wirkte überhaupt nicht wie ein Offizier. Er wirkte wie einer von uns. Diese Worte wühlten die Männer auf. Alle glaubten, es würde tatsächlich so kommen. Man brauchte nur auszuhalten und keine Angst zu haben. Das Meer hatte sich beruhigt. Eine leichte Brise blähte unser Notsegel. Jeder von uns bekam seine Ration an Trinken und Essen. Thérèse sagte: Wir werden es schaffen. Und ich sagte: Ja.

Bei Sonnenuntergang stießen die Offiziere wortlos eines der drei Weinfässer von der Kiste und ließen es mitten in unseren Haufen rollen. Sie rührten keinen Finger, als einige sich darüber hermachten, es öffneten und zu trinken begannen. Die Männer stürzten zum Faß, es gab ein heilloses Durcheinander, alle wollten etwas von diesem Wein, und ich begriff nicht. Ich rührte mich nicht und hielt Thérèse fest im Arm. All das hatte etwas Merkwürdiges. Dann waren Schreie und die Axthiebe zu hören, mit denen jemand versuchte, die Taue zu kappen, die das Floß zusammenhielten. Es war wie ein Signal. Ein wilder Kampf brach los. Es war dunkel, nur von Zeit zu Zeit kam der Mond hinter den Wolken hervor. Ich hörte die Gewehrschüsse, und wie Geistererscheinungen in diesen plötzlichen scharfen Lichtstrahlen sah ich Männer übereinander herfallen, sah Leichen und sah Säbel, die blindlings draufloshieben. Gebrüll, wütendes Gebrüll, und Wehklagen. Ich hatte nur ein Messer. Dasselbe, das ich jetzt in das Herz dieses Mannes bohren werde, der keine Kraft mehr hat zu fliehen. Ich hielt es in der Hand, aber ich wußte nicht, wer der Feind war, ich wollte nicht töten, ich begriff nicht. Dann kam noch einmal der Mond hervor, und ich sah einen unbewaffneten Mann, der sich an Savigny, den Arzt, klammerte und Erbarmen, Erbarmen, Erbarmen schrie, und er hörte auch nicht auf zu schreien, als der erste Säbelhieb in seinen Bauch fuhr, dann der zweite und der dritte ... Ich sah ihn zu Boden fallen. Ich sah Savignys Gesicht. Da begriff ich. Wer der Feind war. Und daß der Feind siegen würde.

Als es in einem entsetzlichen Morgengrauen wieder hell wurde, lagen auf dem Floß Dutzende gräßlich verstümmelter Leichen und überall sterbende Männer. Rings um die Kiste bewachten etwa dreißig Bewaffnete die Vorräte. In den Augen der Offiziere lag eine euphorische Sicherheit. Sie gingen mit gezückten Säbeln auf dem Floß umher, beruhigten die Lebenden und warfen die Sterbenden ins Wasser. Niemand traute sich, ein Wort zu sagen. Das Entsetzen und die Bestürzung über diese Nacht des Hasses lähmten alle und machten sie stumm. Noch niemand hatte wirklich begriffen, was vorgefallen war. Ich sah mir das Ganze an und dachte: Wenn das so weitergeht, bleibt uns keinerlei Hoffnung. Der älteste Offizier hieß Dupont. In seiner blutverschmierten weißen Uniform kam er dicht an mir vorbei und schwafelte etwas von den Pflichten der Soldaten und ich weiß nicht was sonst noch. Er hatte eine Pistole in der Hand und einen Säbel in der Scheide. Für einen Augenblick wandte er mir den Rücken zu. Ich wußte, daß er mir eine solche Gelegenheit kein zweites Mal bieten würde. Ohne daß ihm die Zeit blieb, auch nur zu schreien, war er mit einem Messer an der Kehle unversehens außer Gefecht gesetzt. Die Männer an der Kiste richteten unwillkürlich ihre Gewehre auf uns. Sie hätten auch geschossen, aber Savigny schrie, sie sollten es lassen. Und nun, in dieser Stille, war ich es, der redete, während ich mein Messer gegen Duponts Kehle drückte. Ich sagte: Sie bringen uns alle um, einen nach dem anderen. Und sie werden nicht eher aufhören, als bis nur noch sie übrig sind. Letzte Nacht haben sie euch betrunken gemacht. Aber in der nächsten werden sie keine Alibis und Hilfsmittel mehr brauchen. Sie haben die Waffen, und wir sind nicht mehr viele. Im Dunkeln werden sie machen, was sie wollen. Ob ihr es glaubt oder nicht, aber so ist es. Die Vorräte reichen nicht für alle, und das wissen sie. Sie werden nicht einen Mann mehr am Leben lassen, als ihnen nützlich ist. Ob ihr es glaubt oder nicht, aber so ist es.

Die Männer um mich her waren wie vom Schlag getroffen. Der Hunger, der Durst, die nächtliche Schlacht, dieses Meer, das nie zu tanzen aufhörte … Sie versuchten nachzudenken, sie wollten verstehen. Einsam und verlassen im Kampf mit dem Tod kannst du dir nur schwer vorstellen, daß da noch ein anderer, heimtückischerer, Feind zu entdecken ist: Menschen, wie du selbst einer bist. Gegen dich selbst. All das hatte etwas

Absurdes. Dennoch war es so. Sie drängten sich einer nach dem anderen um mich. Savigny brüllte Drohungen und Befehle. Doch niemand hörte auf ihn. So idiotisch es auch war, auf diesem hilflos im Meer treibenden Floß brach ein Krieg aus. Wir ließen Dupont, den Offizier, im Austausch gegen ein paar Lebensmittel und Waffen frei. Wir drängten uns in einer Ecke des Floßes zusammen. Und warteten auf die Nacht. Ich hielt Thérèse fest in meinen Armen. Sie sagte immerfort zu mir: Ich habe keine Angst. Ich habe keine Angst. Ich habe keine Angst.

An diese Nacht und an die folgenden will ich mich nicht erinnern. Ein gründliches, wohlüberlegtes Gemetzel. Je mehr Zeit verging, um so lebensnotwendiger wurde es, daß wir nur wenige waren. Und systematisch töteten sie. Es lag etwas in dieser berechnenden Klarheit, in dieser erbarmungslosen Klugheit, das mich faszinierte. Man brauchte einen außergewöhnlichen Verstand, um bei all der Verzweiflung nicht den logischen Faden dieser Ausrottung zu verlieren. In den Augen dieses Mannes, die mich nun anstarren, als wäre ich ein Gespenst, habe ich voller Haß und Bewunderung unzählige Male die Anzeichen einer grauenhaften Genialität gesehen.

Wir versuchten, uns zu verteidigen. Doch es war unmöglich. Die Schwachen können immer nur fliehen. Aber von einem auf hoher See verlassenen Floß kann man nicht fliehen. Tagsüber kämpften wir mit dem Hunger, der Verzweiflung und dem Wahnsinn. Dann kam die Nacht, und wieder entbrannte jener Krieg, der immer erschöpfter und zermürbter wurde, bestehend aus immer langsameren Bewegungen und geführt von sterbenden Mördern und von Bestien im Todeskampf. Im Morgengrauen schürten neue Tote die Hoffnung der Lebenden und deren grausamen Rettungsplan. Ich weiß nicht, wie lange all das dauerte. Doch es mußte ein Ende haben, früher oder später, so oder so. Und es hatte ein Ende. Das Wasser ging zur Neige, der Wein und das bißchen Essen. Kein Schiff war gekommen, um uns zu retten. Es blieb keine Zeit mehr für irgendein Kalkül. Es blieb nichts mehr, wofür man sich umbringen mußte. Ich sah, wie zwei Offiziere ihre Waffen über Bord warfen und sich wie besessen stundenlang im Meerwasser wuschen. Sie wollten unschuldig sterben. Das war es nun, was von ihrem Streben und ihrer Klugheit übrig war. Alles umsonst. Das Massaker, ihre Greueltaten, unsere Wut. Alles vollkommen umsonst. Keine Klugheit und kein Mut können ein Schicksal ändern. Ich erinnere mich, daß ich Savignys Gesicht suchte. Schließlich sah ich das Gesicht eines Besiegten. Heute weiß ich, daß die Gesichter der Menschen selbst auf der Schwelle zum Tod noch Lügen sind.

In jener Nacht schlug ich, von einem Geräusch geweckt, die Augen auf und sah im ungewissen Mondlicht die Gestalt eines Mannes vor mir. Instinktiv griff ich nach meinem Messer und richtete es gegen ihn. Der Mann blieb stehen. Ich wußte nicht, ob es ein Traum war, ein Alptraum oder was sonst. Es mußte mir gelingen, die Augen nicht wieder zu schließen. Ich rührte mich nicht. Sekunden, Minuten, ich weiß es nicht. Dann drehte sich der Mann um. Und ich sah zwei Dinge. Sein Gesicht, es war Savignys, und einen Säbel, der die Luft zerschnitt und auf mich niederging. Es war nur ein Augenblick. Ich wußte nicht, ob es ein

Traum war, ein Alptraum oder was sonst. Ich fühlte keinen Schmerz, nichts. Da war kein Blut an mir. Der Mann verschwand. Ich rührte mich nicht. Erst nach einer Weile drehte ich mich um und sah: Es war Thérèse, sie lag neben mir, mit einer Wunde, die ihr die Brust zerriß, und mit weit aufgerissenen Augen, die mich erstaunt ansahen. Nein. Das konnte nicht wahr sein. Nein. Jetzt, wo alles vorbei war. Warum? Es muß ein Traum sein, ein Alptraum, er kann es nicht wirklich getan haben. Nein. Nicht jetzt noch. Warum jetzt noch?

»Leb wohl, Liebster.«

»O nein, nein, nein, nein.«

»Leb wohl.«

»Du wirst nicht sterben, das schwöre ich dir.«

»Leb wohl.«

»Bitte, du wirst nicht sterben ...«

»Laß mich.«

»Du wirst nicht sterben.«

»Laß mich.«

»Wir werden es schaffen, das mußt du mir glauben.«

»Liebster ...«

»Stirb nicht ...«

»Liebster ...«

»Stirb nicht. Stirb nicht. Stirb nicht.«

Laut tönte das Rauschen des Meeres. So laut, wie ich es noch nie gehört hatte. Ich nahm sie in die Arme und schleppte mich bis an den Rand des Floßes. Ich ließ sie ins Wasser gleiten. Ich wollte nicht, daß sie in dieser Hölle blieb. Und wenn es dort schon keinen Fußbreit Land gab, um ihren Frieden zu hüten, so sollte das tiefe Meer sie mit sich fort nehmen. Der unermeßliche Garten der Toten, ohne Kreuze und ohne Grenzen. Sie glitt fort wie eine Welle, allerdings wie eine, die schöner war als die anderen.

Ich weiß nicht. Es ist schwer, all das zu verstehen. Wenn ich ein Leben vor mir hätte, würde ich es vielleicht damit verbringen, diese Geschichte zu erzählen, tausendmal, ohne je aufzuhören, bis ich sie eines Tages begriffen hätte. Doch ich habe nur einen Mann vor mir, der auf mein Messer wartet. Und dann noch Meer, Meer, Meer.

Der einzige Mensch, der mich wirklich etwas gelehrt hat, ein alter Mann namens Darrell, sagte immer, es gibt drei Arten von Menschen: solche, die vor dem Meer leben, solche, die in das Meer vordringen, und solche, denen es gelingt, lebend aus dem Meer zurückzukehren. Er sagte auch: Du wirst staunen, wenn du entdeckst, welche die glücklichsten sind. Ich war damals noch ein kleiner Junge. Im Winter sah ich mir immer die Schiffe an, die man an Land gezogen hatte und die von riesigen Holzkrücken aufrecht gehalten wurden, mit dem Rumpf in der Luft, während der Kiel wie eine nutzlose Klinge den Sand zerschnitt. Und ich dachte: Hier bleibe ich nicht stehen. Ich will ins Meer hinein. Denn wenn es etwas gibt, das wahr ist auf dieser Welt, dann ist es dort. Jetzt bin ich dort, im tiefsten Bauch des Meeres. Ich bin noch am Leben, weil ich erbarmungslos getötet habe, weil ich dieses von den Leichnamen meiner Gefährten abgerissene Fleisch esse und weil ich ihr Blut getrunken habe. Ich habe unendlich viele Dinge gesehen, die vom Ufer des Meeres aus unsichtbar sind. Ich habe gesehen, was wirkliche Begierde und was Angst ist. Ich habe Männer gesehen, die zerbrachen und zu Kindern wurden. Die sich dann weiter verwandelten und wilde Bestien waren. Ich habe gesehen, wie wunderbare Träume geträumt wurden, und ich habe die schönsten Geschichten meines Lebens gehört, erzählt von irgendwelchen Menschen, kurz bevor sie sich ins Meer stürzten und für immer verschwanden. Ich habe am Himmel Zeichen entdeckt, die ich nicht kannte, und den Horizont mit Augen angestarrt, die ich nicht zu haben glaubte. Was Haß wirklich ist, habe ich auf diesen blutüberströmten Planken erfahren, mit dem Wasser des Meeres am Leib, das die Wunden verfaulen läßt. Was Mitleid ist, lernte ich erst, als ich unsere Mörderhände sah, die Stunde um Stunde das Haar eines Gefährten streichelten, dem es nicht gelang zu sterben. Ich habe die Grausamkeit gesehen an den Sterbenden, die mit Fußtritten vom Floß gestoßen wurden, ich habe die Zärtlichkeit gesehen in den Augen von Gilbert, der seinen kleinen Léon küßte, ich habe die Klugheit gesehen in den Vorkehrungen, mit denen Savigny sein Massaker spann, und ich habe den Wahnsinn gesehen in den zwei Männern, die eines Morgens ihre Flügel ausbreiteten und fortflogen, in den Himmel hinein. Und sollte ich noch tausend Jahre leben, wäre Liebe der Name des leichten Gewichts von Thérèse in meinen Armen, bevor sie zwischen die Wellen glitt. Und Schicksal wäre der Name dieses unendlichen, schönen Ozeanmeers. Ich irrte mich nicht, dort am Ufer in jenen Wintern, als ich glaubte, daß hier die Wahrheit zu finden sei. Ich habe Jahre gebraucht, um bis auf den Grund des Meeresbauchs zu gelangen, doch was ich suchte, habe ich gefunden. Die Wahrheit. Sogar die unerträglichste und grausamste Wahrheit von allen.

Dieses Meer ist ein Spiegel. Hier in seinem Bauch habe ich mich selbst gesehen. Jawohl, ich habe gesehen.

Ich weiß nicht. Wenn ich ein Leben vor mir hätte – ich, der ich jetzt sterben werde –, würde ich es damit verbringen, diese Geschichte zu erzählen, tausendmal, ohne je aufzuhören, um zu begreifen, was es bedeutet, daß die Wahrheit sich nur dem Grauen beugt und daß wir, um sie zu erreichen, durch diese Hölle mußten, daß wir, um sie zu sehen, uns gegenseitig zerstören mußten, daß wir, um sie zu besitzen, zu wilden Bestien werden mußten, daß wir, um sie aufzustöbern, vor Schmerz zerbrechen mußten. Und um wahr zu sein, mußten wir sterben. Warum? Warum werden die Dinge erst im Würgegriff der Verzweiflung wahr? Wer hat die Welt so gedreht, daß die Wahrheit auf der dunklen Seite bleiben muß und der schändliche Sumpf einer verstoßenen Menschheit der einzige abscheuliche Boden ist, auf dem das gedeiht, was als einziges keine Lüge ist? Und schließlich: Was ist das überhaupt für eine Wahrheit, die nach Leichen stinkt und in Blut heranwächst, die sich von Schmerz ernährt und dort lebt, wo der Mensch sich erniedrigt, die dort triumphiert, wo der Mensch verfault? *Wessen* Wahrheit ist das? Ist das eine Wahrheit *für uns*? Dort am Ufer, in jenen Wintern, stellte ich mir eine Wahrheit vor, die Ruhe war, ein Schoß, ein Trost, sie war Güte und Zärtlichkeit. Es war eine Wahrheit, die für uns geschaffen war. Die uns erwartete und die sich über uns gebeugt hätte wie eine wiedergefundene Mutter. Doch hier im Bauch des Meeres habe ich gesehen, wie die Wahrheit nistet, penibel und perfekt. Was ich da gesehen habe, ist ein Raubvogel, wunderschön im Flug – und schrecklich. Ich weiß nicht. Das war es nicht, was ich im Winter träumte, als ich es träumte.

Darrell war auch einer von denen, die zurückgekehrt waren. Er hatte den Bauch des Meeres gesehen, er war dort gewesen, aber er war zurückgekehrt. Er war ein Liebling der Götter, sagten die Leute. Er hatte zwei Schiffbrüche überlebt, und beim zweiten Mal, erzählte man sich, hatte er mehr als dreitausend Meilen in einem winzigen Boot zurückgelegt, um wieder an Land zu kommen. Tagaus, tagein im Bauch des Meeres. Dann war er zurückgekehrt. Darum sagten die Leute: Darrell ist weise, Darrell hat gesehen, Darrell weiß Bescheid. Ich verbrachte meine Tage damit, ihm zuzuhören. Doch vom Bauch des Meeres erzählte er mir nie. Es behagte ihm nicht, darüber zu sprechen. Es gefiel ihm auch nicht, daß die Leute ihn für klug und weise hielten. Vor allem konnte er es nicht ertragen, wenn jemand es wagte, von ihm zu behaupten, *er sei gerettet worden*. Er konnte dieses Wort nicht *hören*: *gerettet*. Er senkte den Kopf und blinzelte auf eine Art, die einfach unvergeßlich war. In solchen Momenten sah ich ihn an, und es gelang mir nicht, dem, was ich in seinem Gesicht las und was, wie ich wußte, sein Geheimnis war, einen Namen zu geben. Tausendmal habe ich diesen Namen gestreift. Hier auf diesem Floß, im Bauch des Meeres, habe ich ihn gefunden. Jetzt weiß ich, daß Darrell ein kluger und weiser Mann war. Ein Mann, der gesehen hatte. Doch vor allen Dingen und tief im Innersten jedes seiner Augenblicke war er ein Mensch, der – *untröstlich* war. Das hat mich der Bauch des Meeres gelehrt. Daß, wer die Wahrheit gesehen hat, für immer *untröstlich* bleibt. Und wirklich *gerettet* ist nur, wer nie in Gefahr gewesen ist. Es könnte jetzt auch ein Schiff am Horizont auftauchen und auf den Wellen herbeieilen und kurz vor dem Tod kommen und uns mitnehmen und uns lebend zurückbringen, lebend. Aber das könnte uns nicht wirklich retten. Selbst wenn wir je wieder ein Stück Land erreichen sollten, werden wir niemals wieder gerettet sein. Und was wir gesehen haben, wird in unseren Augen bleiben, was wir getan haben, wird in unseren Händen bleiben, was wir gefühlt haben, wird in unserer Seele bleiben. Und für immer werden wir, die wir die wahren Dinge erfahren haben, für immer werden wir, die Kinder des Grauens, die Heimkehrer aus dem Bauch des Meeres, die Wissenden und Weisen, für immer werden wir – untröstlich sein.

Untröstlich.

Untröstlich.

Tiefes Schweigen herrscht auf dem Floß. Savigny öffnet von Zeit zu Zeit die Augen und sieht mich an. Wir sind so dicht vor dem Tod, wir sind so tief im Bauch des Meeres, daß nicht einmal mehr die Gesichter lügen können. Seines ist sehr aufrichtig. Angst, Erschöpfung und Überdruß. Wer weiß, was er in meinem liest. Er ist nun so nahe, daß ich manchmal seinen Geruch spüre. Ich werde mich jetzt dorthin schleppen und ihm mit meinem Messer das Herz durchbohren. Was für ein sonderbares Duell. Seit Tagen auf einem Floß in der Gewalt des Meeres, umringt von allen möglichen Toden, haben wir uns immer wieder gesucht und angegriffen. Immer erschöpfter, immer langsamer. Nun scheint er endlos zu sein, der letzte Stoß. Aber er wird es nicht sein. Das schwöre ich. Kein Schicksal soll sich täuschen: So allmächtig es auch sein mag, es wird doch nicht rechtzeitig da sein, um dieses Duell abzuwenden. Er wird nicht sterben, bevor er umgebracht wird. Und bevor er stirbt, werde ich ihn umbringen. Das bleibt mir: das leichte Gewicht von Thérèse, wie eine unauslöschliche Spur in meine Arme gebrannt, und das Bedürfnis, das Verlangen nach einer wie auch immer gearteten Gerechtigkeit. Dieses Meer soll wissen, daß ich sie bekommen werde. Jedes Meer soll wissen, daß ich vor ihm da sein werde. Und Savigny wird nicht in seinen Wellen büßen, sondern in meinen Händen.

Tiefes Schweigen herrscht auf dem Floß. Laut tönt nur das Rauschen des Meeres.

Das erste ist mein Name, das zweite diese Augen, das dritte ein Gedanke, das vierte die Nacht, die kommt, das fünfte diese zerfleischten Körper, das sechste ist Hunger, das siebte Entsetzen, das achte die Hirngespinste des Wahnsinns, das neunte ist Fleisch, und das zehnte ist ein Mann, der mich ansieht und mich nicht tötet.

Das letzte ist ein Segel.

Weiß. Am Horizont.

Drittes Buch

Die Gesänge der Rückkehr

1. Elisewin

Unmittelbar am Uferrand, nur einen Schritt vom stürmischen Meer entfernt, ruhte reglos die Pension Almayer, eingetaucht ins Dunkel der Nacht wie ein Bildnis, ein Liebespfand, ins Dunkel einer Schublade.

Obgleich das Abendessen lange vorbei war, blieben unerklärlicherweise alle in dem großen Kaminzimmer. Das Toben des Meeres dort draußen beunruhigte die Gemüter und verwirrte die Gedanken.

»Ich will ja nichts sagen, aber vielleicht wäre es angebracht…«

»Seien Sie unbesorgt, Bartleboom. Im allgemeinen erleiden Pensionen keinen Schiffbruch.«

»Im allgemeinen? Was soll das heißen – im *allgemeinen*?«

Doch das Merkwürdigste waren die Kinder. Die Nase gegen die Fensterscheiben gepreßt und sonderbar schweigsam, waren sie alle versammelt und spähten in die Finsternis hinaus: Dood, der auf Bartlebooms Fensterbrett wohnte, Ditz, der Pater Pluche die Träume schenkte, Dol, der für Plasson nach den Schiffen Ausschau hielt. Und Dira. Und sogar das wunderschöne kleine Mädchen, das im Bett von Ann Deverià schlief und das noch niemand in der Pension hatte umhergehen sehen. Alle da, von irgend etwas hypnotisiert, schweigsam und unruhig.

»Sie sind wie kleine Tiere, glauben Sie mir. Sie spüren die Gefahr. Das ist der Instinkt.«

»Plasson, wenn Sie sich ein wenig darum bemühen könnten, daß Ihr Freund ruhiger wird...«

»Und ich sage, dieses Mädchen ist ungewöhnlich...«

»Versuchen Sie es selbst, Madame.«

»Ich habe es keineswegs nötig, daß sich jemand die Mühe macht, mich zu beruhigen, ich bin nämlich absolut ruhig.«

»Ruhig?«

»Absolut.«

»Elisewin... ist sie nicht wunderschön? Sie sieht aus wie...«

»Pater Pluche, du solltest aufhören, immerzu Frauen anzustarren.«

»Sie ist keine Frau...«

»Und ob sie eine Frau ist!«

»Aber eine kleine...«

»Sagen wir, mein gesunder Menschenverstand empfiehlt mir eine durchaus berechtigte Vorsicht bei der Abschätzung...«

»Das ist kein gesunder Menschenverstand. Das ist schlicht und ergreifend Angst.«

»Das ist nicht wahr!«

»Doch.«

»Gar nicht!«

»Na und ob!«

»Gar nicht.«

»Ach, Schluß jetzt. Sie sind imstande und machen stundenlang so weiter. Ich ziehe mich zurück.«

»Gute Nacht, Madame!« sagten alle.

»Gute Nacht!« antwortete etwas zerstreut Ann Deverià. Doch sie stand nicht von ihrem Sessel auf. Sie änderte nicht einmal ihre Haltung. Sie blieb, wo sie war, reglos. Als sei nichts gewesen. In der Tat: Es war wirklich eine merkwürdige Nacht.

Vielleicht hätten sich am Ende alle in die Normalität einer beliebigen Nacht gefügt, wären nacheinander in ihre Zimmer hinaufgestiegen und sogar eingeschlafen, trotz des unermüdlichen Getöses des stürmischen Meeres, ein jeder eingekuschelt in seine Träume oder versteckt in einem wortlosen Schlaf. Vielleicht hätte es ja am Ende eine beliebige Nacht werden können. Doch sie wurde es nicht.

Die erste, die ihren Blick vom Fenster abwandte, sich plötzlich umdrehte und aus dem Zimmer lief, war Dira. Die anderen Kinder folgten ihr ohne ein Wort. Plasson sah entgeistert Bartleboom an, der entgeistert Pater Pluche ansah, der entgeistert Elisewin ansah, die entgeistert Ann Deverià ansah, die weiter vor sich hin sah. Allerdings in unmerklichem Staunen. Als die Kinder in das Zimmer zurückkehrten, hielten sie Laternen in der Hand. Mit sonderbarer Fieberhaftigkeit zündete Dira sie eine nach der anderen an.

»Ist etwas passiert?« erkundigte sich Bartleboom liebenswürdig.

»Nehmen Sie die«, antwortete Dood und gab ihm eine brennende Laterne. »Und Sie, Plasson, nehmen die da, schnell.«

Man verstand überhaupt nichts mehr. Jeder stand plötzlich mit einer angezündeten Laterne in der Hand da. Niemand erklärte etwas, die Kinder liefen wie von einer unverständlichen Unruhe erfaßt hin und her. Pater Pluche starrte gebannt in die Flamme seiner Laterne. Ann Deverià erhob sich von ihrem Sessel. Bartleboom brabbelte undeutliche Laute des Protests. Elisewin merkte, daß sie zitterte. In diesem Augenblick sprang die große Glastür auf, die zum Strand hinausführte. Wie in den Raum geschleudert, wirbelte plötzlich ein heftiger Wind um alles und jeden herum. Die Gesichter der Kinder hellten sich auf. Dira sagte:

»Schnell ... hier entlang!«

Sie rannte mit ihrer Laterne in der Hand durch die weit geöffnete Tür hinaus:

»Los ... hinaus, hinaus!«

Die Kinder schrien. Doch nicht vor Angst. Sie schrien gegen das Getöse von Meer und Wind an. Aber in ihren Stimmen klang so etwas wie Freude mit – unerklärliche Freude.

Völlig orientierungslos blieb Bartleboom starr in der Mitte des Zimmers stehen. Pater Pluche drehte sich zu Elisewin: Auf ihrem Gesicht lag eine beeindruckende Blässe. Madame Deverià sagte kein Wort, nahm aber ihre Laterne und folgte Dira. Plasson lief ihr nach.

»Elisewin, es ist besser, wenn du hierbleibst ...«

»Nein.«

»Elisewin, hör doch mal ...«

Bartleboom griff mechanisch nach seinem Mantel und lief vor sich hin murmelnd hinaus.

»Elisewin ...«

»Gehen wir.«

»Nein, hör mal ... Ich bin mir keinesfalls sicher, daß du ...«

Das kleine Mädchen – das wunderschöne – kam zurück, und ohne ein Wort zu sagen, nahm es Elisewin lächelnd bei der Hand.

»Aber ich bin mir sicher, Pater Pluche.«

Ihre Stimme bebte. Aber sie bebte vor Kraft – und vor Sehnsucht. Nicht vor Angst.

Die Pension Almayer blieb zurück mit ihrer im Wind schlagenden Tür und ihren Lichtern, die in der Dunkelheit kleiner wurden. Wie Glutstückchen, die aus einem Kohlebecken sprühen, liefen zehn kleine Laternen am Strand entlang und zeichneten geisterhafte, geheimnisvolle Hieroglyphen in die Nacht. Das Meer veranstaltete unsichtbar ein unglaubliches Getöse. Der Wind blies und verwehte Welt, Worte, Gesichter und Gedanken. Wunderbarer Wind. Und Ozeanmeer.

»Ich will wissen, wo zum Teufel wir hingehen!«

»Was?«

»WO ZUM TEUFEL GEHEN WIR HIN?«

»Halten Sie die Laterne hoch, Bartleboom!«

»Die Laterne!«

»He, müssen wir wirklich so schnell laufen?«

»Ich bin seit Jahren nicht mehr gelaufen ...«

»Seit Jahren – was?«

»Dood, zum Donnerwetter, kann man vielleicht erfahren ...«

»ICH BIN SEIT JAHREN NICHT MEHR GELAUFEN.«

»Alles in Ordnung, Herr Bartleboom?«

»Dood, zum Donnerwetter ...«

»Elisewin!«

»Ich bin hier, hier bin ich.«

»Bleib dicht bei mir, Elisewin!«

»Ich bin ja hier.«

Wunderbarer Wind. Ozeanmeer.

»Wissen Sie, was ich denke?«

»Wie?«

»Ich glaube, das ist für die Schiffe. DIE SCHIFFE.«

»Die Schiffe?«

»Sie machen das bei Sturm... Sie zünden am Ufer Feuer für die Schiffe an... damit sie nicht stranden...«

»Bartleboom, haben Sie das gehört?«

»Was?«

»Sie sind im Begriff, ein Held zu werden, Bartleboom!«

»Was zum Teufel redet Plasson denn da?«

»Daß Sie im Begriff sind, ein Held zu werden!«

»Ich?«

»FRÄULEIN DIRA!«

»Wo läuft sie denn hin?«

»Könnten wir nicht einen Moment anhalten?«

»Wissen Sie, was die Inselbewohner bei Sturm machen?«

»Nein, Madame.«

»Sie laufen mit über den Kopf gehaltenen Laternen wie verrückt auf der Insel hin und her... so daß die Schiffe... so daß die Schiffe völlig aus dem Konzept geraten und an den Klippen zerschellen.«

»Das ist doch ein Scherz!«

»Das ist ganz und gar kein Scherz... Ganze Inseln leben von dem, was in den Wracks zu finden ist.«

»Sie wollen doch nicht etwa sagen, daß...«

»Halten Sie bitte meine Laterne!«

»Bleiben Sie doch einen Moment stehen, Teufel noch mal!«

»Madame... Ihr Mantel!«

»Lassen Sie ihn da.«

»Aber ...«

»Lassen Sie ihn da, in Gottes Namen!«

Wunderbarer Wind. Ozeanmeer.

»Aber was machen sie denn?«

»Fräulein Dira!«

»Wo zum Teufel wollen sie hin?«

»Also wirklich ...«

»DOOD!«

»Laufen Sie, Bartleboom!«

»Ja, aber wohin denn?«

»Also wirklich! Hat es diesen Kindern die Sprache verschlagen?«

»Sehen Sie da!«

»Das ist Dira.«

»Sie steigt den Hügel hinauf.«

»Da will ich auch hin.«

»Dood! Dood! Wir müssen zum Hügel!«

»Wo will er hin?«

»Du liebe Güte, man versteht ja überhaupt nichts mehr!«

»Halten Sie die Laterne hoch, Pater Pluche, und laufen Sie zu!«

»Ich gehe keinen Schritt weiter, wenn ich nicht ...«

»Warum reden sie denn nicht?«

»Dieser Blick, den sie haben, gefällt mir ganz und gar nicht.«

»Was gefällt Ihnen nicht?«

»Ihre Augen. IHRE AUGEN!«

»Plasson, wo steckt denn Plasson?«

»Ich gehe mit Dol.«

»Aber ...«

»DIE LATERNE. MEINE LATERNE IST AUSGEGANGEN!«

»Madame Deverià, wo wollen Sie hin?«

»Ich will doch wenigstens wissen, ob ich im Begriff bin, ein Schiff zu retten oder es untergehen zu lassen!«

»ELISEWIN! Meine Laterne! Sie ist ausgegangen!«

»Plasson, was hat Dira gesagt?«

»Hier entlang, hier entlang…«

»Meine Laterne…«

»MADAME!«

»Sie hört Sie nicht mehr, Bartleboom.«

»Das ist doch nicht möglich…«

»ELISEWIN! Wo steckt Elisewin? Meine Laterne…«

»Pater Pluche, kommen Sie weg hier.«

»Mir ist die Laterne ausgegangen!«

»Zum Teufel, ich gehe hier lang!«

»Kommen Sie, ich leuchte Ihnen!«

»Gütiger Gott, haben Sie Elisewin gesehen?«

»Sie wird mit Madame Deverià gegangen sein.«

»Aber sie war doch hier, sie war hier…«

»Halten Sie die Laterne gerade!«

»Elisewin…«

»Ditz, hast du Elisewin gesehen?«

»DITZ! DITZ! Was zum Teufel ist bloß mit diesen Kindern los?«

»Hier… Ihre Laterne…«

»Ich verstehe überhaupt nichts mehr.«

»Los, gehen wir!«

»Ich muß Elisewin finden…«

»Los, Pater Pluche, die anderen sind schon alle vor uns!«

»Elisewin ... ELISEWIN! Großer Gott, wo steckst du bloß ... ELISEWIN!«

»Pater Pluche, genug jetzt, wir werden sie schon finden ...«

»ELISEWIN! ELISEWIN! Elisewin, bitte ...«

Reglos mit der erloschenen Laterne in der Hand, hörte Elisewin, wie ihr Name aus der Ferne herüberschallte, vermischt mit dem Wind und dem Tosen des Meeres. Vor sich in der Dunkelheit sah sie die sich kreuzenden kleinen Lichter vieler Laternen, jedes für sich in seiner eigenen Reise am Rand des Unwetters verirrt. Weder Unruhe noch Angst erfüllten sie. Ganz plötzlich war ein stiller See in ihrer Seele explodiert. Es klang genauso wie eine Stimme, die sie kannte.

Sie machte kehrt und ging den Weg langsam zurück. Es gab keinen Wind mehr, es gab keine Nacht mehr, es gab kein Meer mehr für sie. Sie ging, und sie wußte, wohin. Das war alles. Wunderbares Gefühl. Wenn das Schicksal sich endlich auftut und ein klarer Weg wird und unmißverständliche Spur und zuverlässige Richtung. Die unendliche Zeit des Sichnäherns. Dieses Landen. Man wünscht sich, es möge nie vergehen. Die Geste, mit der man sich dem Schicksal ergibt. Das ist ein aufregendes Gefühl. Keine Zwänge mehr, keine Lügen mehr. Wissen wohin. Und es erreichen. Das Schicksal. Egal wie es aussieht.

Sie ging los – und es war das Schönste, was sie je getan hatte.

Sie sah die Pension Almayer näherkommen. Ihre Lichter. Sie verließ den Strand, erreichte die Schwelle, trat ein und schloß die Tür hinter sich, durch die sie irgendwann vorher zusammen mit den anderen noch ahnungslos hinausgelaufen war. Stille.

Auf den Dielen ein Schritt nach dem anderen. Sandkörnchen, die unter den Füßen knirschen. In einer Ecke auf dem Boden der Mantel, der Plasson, als er loslief, in der Eile heruntergefallen war. Auf den Kissen im Sessel der Abdruck von Madame Deveriàs Körper, als sei sie gerade erst aufgestanden. Und mitten im Zimmer reglos stehend Adams. Der sie anschaut.

Ein Schritt nach dem anderen, bis sie dicht vor ihm steht. Und zu ihm sagt:

»Du wirst mir nicht weh tun, nicht wahr?«

Er wird ihr nicht weh tun, nicht wahr?

»Nein.«

Nein.

Da
nahm
Elisewin
das Gesicht
dieses Mannes
in ihre Hände
und
küßte es.

Auf dem Besitz von Carewall würde man nie aufhören, sich diese Geschichte zu erzählen. Vorausgesetzt, man würde sie kennen. Man würde sie immerfort erzählen. Jeder auf seine Art, doch alle würden wieder und wieder von den beiden erzählen und von einer ganzen Nacht, damit verbracht, sich einander das Leben zurückzugeben, mit den Lippen und mit den Händen, ein Mädchen, das gar nichts gesehen hat, und ein Mann, der zuviel gesehen hat, einer im anderen – jedes Stück Haut eine Reise, eine Entdeckungsfahrt, eine Rückkehr – in Adams Mund kann man den Geschmack der Welt spüren, an Elisewins Brust ihn vergessen – im Schoß dieser aufgewühlten Nacht, schwarzes Unwetter, Schaumfunken in der Dunkelheit, Wellen wie einstürzende Berge, Getöse, heulende Sturmböen, heftig an Lärm und Geschwindigkeit, über den Spiegel des Meeres in die Nerven der Welt geschleudert, Ozeanmeer, triefender Koloß, aufgewühlt – Seufzer, Seufzer in Elisewins Kehle – fliegender Samt – Seufzer bei jedem neuen Schritt in jene Welt, mit dem sie nie gesehene Berge und Seen von undenklicher Gestalt passiert – auf Adams Bauch das weiße Gewicht dieses Mädchens, das sanft stumme Melodien wiegt – wer hätte je gedacht, daß man so weit sehen kann, wenn man die Augen eines Mannes küßt – daß man so schnell laufen und entfliehen kann, wenn man die Beine eines Mädchens streichelt – allem entfliehen – weit sehen – aus den beiden entgegengesetzten Extremen des Lebens kamen sie, es ist erstaunlich, wenn man bedenkt, daß sie sich niemals begegnet wären, wenn nicht von Kopf bis Fuß das Universum durchstreifend, und doch hatten sie sich nicht einmal suchen müssen, es ist unglaublich, die ganze Schwierigkeit hatte einzig darin bestanden, sich zu erkennen, sich zu erkennen, eine Sache von Sekunden, ein erster Blick, und schon wußten sie es, das ist das Wunderbare – das würde man wieder und wieder erzählen auf Carewall, immerfort, damit niemand vergißt, daß man nie so weit voneinander entfernt sein kann, um sich nicht zu finden, nie – so weit – um sich nicht zu finden – diese beiden waren es, weit voneinander entfernt, mehr als alle anderen Menschen auf der Welt, und nun – gellt Elisewins Stimme angesichts der Flut von Geschichten, die ihre Seele überströmt, und weint Adams, der spürt, wie sie wegfließen, diese Geschichten, am Ende, endlich, beendet – vielleicht ist die Welt eine Wunde, und jemand vernäht sie mit diesen beiden sich mischenden Körpern – doch es ist keineswegs Liebe, das ist das Verblüffende, sondern es ist Hände und Haut, Lippen, Staunen, Geschlecht, Geschmack – Traurigkeit vielleicht – sogar auch Traurigkeit – Verlangen – wenn sie das erzählen, werden sie das Wort Liebe nicht gebrauchen – tausend Wörter werden sie sagen, Liebe werden sie verschweigen – alles ringsum schweigt, als Elisewin plötzlich spürt, wie ihr Rücken zerspringt und ihr Denken verblaßt, sie preßt diesen Mann in sich, umklammert seine Hände und denkt: Ich sterbe. Sie spürt, wie ihr Rücken zerspringt und ihr Denken verblaßt, sie preßt diesen Mann in sich, umklammert seine Hände, und siehe da, sie stirbt nicht.

»Hör mal, Elisewin ...«

»Nein, sag nichts ...«

»Hör mir zu.«

»Nein.«

»Was hier geschehen wird, wird schrecklich sein und ...«

»Küß mich ... der Tag bricht an, sie werden zurückkommen ...«

»Hör mir zu ...«

»Sag nichts, bitte.«

»Elisewin ...«

Wie stellt man es an? Wie sagt man ihr, einer solchen Frau, was man ihr sagen muß? Mit ihren Händen auf dem Körper und ihrer Haut, der Haut, gerade mit ihr kann man über den Tod nicht reden, wie sagt man einem solchen Mädchen, was es längst weiß, was es aber trotzdem hören muß, diese Worte, eines nach dem anderen, die man sogar kennen kann, aber doch hören muß, früher oder später muß sie jemand sagen, und man muß sie hören, sie, ihr zuhören, diesem Mädchen, das sagt:

»Diese Augen habe ich noch nie an dir gesehen.«

Und dann:

»Wenn du nur wolltest, könntest du dich retten.«

Wie sagt man einer solchen Frau, daß man sich gern retten würde und daß man noch viel lieber sie und sich retten würde, und nichts weiter als sie retten und sich retten, ein ganzes Leben lang, aber man kann es nicht, jeder hat seine eigene Reise zu tun, und in den Armen einer Frau redet man schließlich verschrobenes Zeug, das man nicht einmal selbst so recht versteht, und im entscheidenden Augenblick kann man ihr nichts sagen, man hat nicht die richtigen Worte, Worte, die gut passen, dort, zwischen diesen Küssen und auf der Haut, die richtigen Worte, die hat man nicht, man kann sie lange suchen in dem, was man ist, und in dem, was man gefühlt hat, man findet sie doch nicht, sie haben immer einen falschen Klang, es ist die Musik, die ihnen fehlt, dort, zwischen diesen Küssen und auf der Haut, es ist eine Frage der Musik. Also redet man irgend etwas daher, aber es ist ein Jammer.

»Elisewin, ich werde nie mehr *gerettet* sein.«

Wie sagt man es ihm, einem solchen Mann, daß jetzt ich es bin, die ihn etwas lehren will, und daß ich ihm unter seinen Zärtlichkeiten zeigen will, daß das Schicksal keine Fessel ist, sondern ein Flug, und daß, wenn er nur wirklich das Leben noch wollte, er leben könnte, und wenn er nur wirklich mich wollte, er tausend Nächte wie diese haben könnte, statt jener einen, entsetzlichen, der er entgegengeht, nur weil sie auf ihn wartet, diese entsetzliche Nacht, und ihn seit Jahren ruft. Wie sagt man es ihm, einem solchen Mann, daß zum Mörder zu werden nichts nützen wird, und nichts nützen werden auch jenes Blut und jener Schmerz, es ist nur ein Weg, atemlos auf das Ende zuzulaufen, wenn die Zeit und die Welt, um nichts enden zu lassen, da sind und auf uns warten und uns rufen, wenn wir sie doch nur hören könnten, wenn er doch nur wirklich, wirklich *mich hören* könnte. Wie sagst du ihm, einem solchen Mann, daß er im Begriff ist, dich zu verlieren?

»Ich werde fortgehen…«

»…«

»Ich will nicht hier sein… ich gehe fort.«

»…«

»Ich will diesen Schrei nicht hören, ich will weit weg sein.«

»…«

»Ich will ihn nicht hören.«

Die Musik ist das Problem, das ist wohl wahr, den richtigen Ton zu finden, um es sich so nahe beieinander zu sagen, ist schwer, die Musik und die Gesten, um den Schmerz zu lindern, wenn wirklich nichts mehr zu tun bleibt, die richtige Musik, damit es ein Tanz wird, irgendwie, und kein Endspurt, dieses Weggehen, dieses Fortgleiten zum Leben hin und vom Leben weg, sonderbares Pendel der Seele, rettend und tödlich, könnte man es tanzen, täte es nicht so weh, und deshalb suchen alle Liebenden in jenem Augenblick in den Worten und auf dem Staub der Gesten jene Musik, und sie wissen, daß nur die Stille *Musik* sein könnte, vorausgesetzt, man hätte den Mut dazu, richtige Musik, ein weites Liebesschweigen, Lichtung des Abschieds und müder See, der am Ende in die Spanne einer kleinen, für immer erlernten Melodie fließt, die leise gesungen wird:

»Leb wohl, Elisewin.«

Eine winzige Melodie.

»Leb wohl, Thomas.«

Elisewin gleitet unter dem Mantel fort und steht auf. Mit ihrem mädchenhaften Körper, nackt, und mit der milden Wärme einer ganzen Nacht am Leib. Sie hebt das Kleid auf, sie geht zu den Fenstern. Die Außenwelt ist immer noch da. Man kann tun, was man will, aber man kann sicher sein, daß man sie an ihrem alten Fleck findet, immer. Es ist unglaublich, aber wahr.

Die nackten Füße eines Mädchens. Sie steigen die Stufen hinauf, betreten ein Zimmer, gehen ans Fenster, bleiben stehen.

Sie schlafen, die Hügel. Als hätten sie alles andere als ein Meer vor sich.

»Morgen reisen wir ab, Pater Pluche.«

»Wie?«

»Morgen. Wir reisen ab.«

»Ja, aber ...«

»Bitte.«

»Elisewin ... das kann man nicht so Knall und Fall entscheiden ... wir müssen nach Daschenbach schreiben ... schließlich haben sie dort noch etwas anderes zu tun, als den lieben langen Tag auf uns zu warten ...«

»Wir fahren nicht nach Daschenbach.«

»Was soll das heißen, wir fahren nicht nach Daschenbach?«

»Wir fahren nicht hin.«

»Elisewin, immer mit der Ruhe. Wir sind hergekommen, weil du gesund werden mußt, und um gesund zu werden, mußt du ins Meer gehen, und um ins Meer zu gehen, mußt du nach ...«

»Ich bin schon im Meer gewesen.«

»Wie bitte?«

»Ich habe nichts mehr, wovon man mich heilen müßte, Pater Pluche.«

»Aber ...«

»Ich lebe.«

»Allmächtiger ... was zum Teufel ist denn passiert?«

»Nichts ... du mußt mir nur vertrauen ... bitte, du mußt mir vertrauen ...«

»Ich ... ich vertraue dir, aber ...«

»Dann laß mich abreisen. Morgen.«

»Morgen ...«

Da stand er nun, Pater Pluche, und drehte sein Erstaunen in den Händen hin und her. Tausend Fragen im Kopf. Und er wußte nur zu gut, welche er stellen sollte. Ein paar Worte nur. Klipp und klar. Ein Kinderspiel: »Und was wird dein Vater dazu sagen?« Trotzdem geht sie unterwegs verloren. Unmöglich, sie wieder aufzulesen. Pater Pluche sucht sie immer noch, als er seine eigene Stimme fragen hört:

»Und wie ist es? ... Das Meer, wie ist es?«

Elisewin lächelt.

»Wunderschön.«

»Und weiter?«

Elisewin lächelt immer noch.

»Irgendwo – ist es zu Ende.«

Früh am Morgen reisten sie ab. Die Kutsche sauste auf der Küstenstraße davon. Pater Pluche ließ sich mit der gleichen fröhlichen Gottergebenheit auf seinem Sitz durchschütteln, mit der er gepackt, sich von allen verabschiedet, sich nochmals von allen verabschiedet und absichtlich einen Koffer in der Pension vergessen hatte, denn einen Vorwand, um zurückzukehren, muß man stets hinter sich aussäen, wenn man fortgeht. Man kann nie wissen. Er schwieg, bis die Straße einen Knick machte und das Meer in die Ferne rückte. Nicht einen Augenblick länger.

»Wäre es zuviel verlangt, mir zu sagen, wo wir hinfahren?«

Elisewin hielt ein Blatt Papier fest in ihrer Hand. Sie warf einen Blick darauf.

»Saint Parteny.«

»Und was ist das?«

»Ein Dorf«, sagte Elisewin und schloß die Hand wieder über dem Papier.

»Ein Dorf, wo?«

»Wir werden ungefähr zwanzig Tage brauchen. Es liegt in der Nähe der Hauptstadt.«

»Zwanzig Tage? Aber das ist ja Wahnsinn!«

»Sieh das Meer, Pater Pluche, es verschwindet.«

»Zwanzig Tage … Ich will hoffen, du hast einen triftigen Grund für so eine Reise …«

»Es verschwindet …«

»Elisewin, bitte, was wollen wir da?«

»Wir wollen jemanden suchen.«

»Eine Reise von zwanzig Tagen, um jemanden zu *suchen*?«

»Ja.«

»Teufel auch, das muß dann ja wenigstens ein Prinz sein, oder von mir aus auch der König höchstpersönlich, oder ein Heiliger...«

»So ungefähr...«

Pause.

»Es ist ein Admiral.«

Pause.

»Du lieber Gott...«

Über dem Archipel Tamal stieg allabendlich ein Nebel auf, der die Schiffe verschlang, um sie bei Tagesanbruch vollkommen mit Schnee bedeckt wieder herzugeben. In der Meerenge von Cadaoum zog sich bei Neumond immer das Wasser zurück und hinterließ eine riesige Sandbank, die mit sprechenden Mollusken und giftigen Algen bevölkert war. Vor der Küste Siziliens war eine Insel verschwunden, und nicht weit entfernt waren zwei andere, die auf den Landkarten nicht existierten, aufgetaucht. In den Gewässern von Draghar hatte man den Piraten van Dell gestellt, der es vorgezogen hatte, sich den Haien zum Fraß vorzuwerfen, statt in die Hände der königlichen Marine zu fallen. In seinem Palast schließlich katalogisierte Admiral Langlais mit erschöpfender Präzision noch immer die glaubhaften Absurditäten und die unwahrscheinlichen Wahrheiten, die von allen Meeren der Welt zu ihm drangen. Seine Feder notierte mit unerschütterlicher Geduld die phantastische Geographie einer rastlosen Welt. Sein Geist ruhte in der Exaktheit einer unveränderten Alltäglichkeit. Im Einklang mit sich selbst lief sein Leben dahin. Und fast schon zum Fürchten ungepflegt blieb sein Garten.

»Ich heiße Elisewin«, sagte das Mädchen, als es schließlich vor ihm stand.

Diese Stimme beeindruckte ihn tief. Samtig.

»Ich habe einen Mann gekannt, der sich Thomas nannte.«

Samtig.

»Als er hier bei Ihnen lebte, hieß er Adams.«

Admiral Langlais rührte sich nicht, während er unverwandt in die dunklen Augen dieses Mädchens schaute. Er sagte kein Wort. Er hatte gehofft, diesen Namen nie wieder zu hören. Er hatte ihn Tage und Monate verbannt. Ihm blieben nur wenige Augenblicke, um zu verhindern, daß er zurückkehrte und seine Seele und seine Erinnerungen verletzte. Er wollte aufstehen und dieses Mädchen bitten fortzugehen. Er würde ihr eine Kutsche geben. Geld. Alles mögliche. Er würde ihr befehlen zu gehen. Im Namen des Königs, gehen Sie.

Wie aus weiter Ferne drang die samtige Stimme an sein Ohr. Sie sagte:

»Behalten Sie mich hier.«

Dreiundfünfzig Tage und neun Stunden lang wußte Langlais nicht, was ihn in jenem Moment dazu getrieben hatte, zu antworten:

»Gut, wenn Sie wollen.«

Er begriff es erst eines Abends, als er neben Elisewin saß und hörte, wie diese samtige Stimme sprach:

»In Timbuktu ist dies die Stunde, in der die Frauen am liebsten singen und ihre Männer lieben. Sie nehmen sich die Schleier vom Gesicht, und von ihrer Schönheit überwältigt, weicht selbst die Sonne zurück.«

Langlais spürte eine große, süße Müdigkeit in sich aufsteigen. Als sei er jahrelang umhergeirrt und habe endlich den Heimweg gefunden. Er drehte sich nicht zu Elisewin. Doch er fragte leise:

»Woher haben Sie diese Geschichte?«

»Ich weiß nicht. Aber ich weiß, daß es Ihre ist. Diese, und all die anderen.«

Elisewin blieb fünf Jahre in Langlais' Palast. Pater Pluche fünf Tage. Am sechsten sagte er zu Elisewin, es sei unglaublich, doch er habe da einen Koffer vergessen, in der Pension Almayer, unglaublich, wirklich, aber es seien wichtige Dinge darin, in dem Koffer, eine Robe und vielleicht sogar das Buch mit den ganzen Gebeten.

»Was soll das heißen – *vielleicht*?«

»Vielleicht ... ich meine bestimmt, jetzt, wo ich darüber nachdenke, bestimmt, es ist in dem Koffer, du verstehst doch, daß ich es auf keinen Fall dort lassen kann ... nicht, daß sie sonstwas wären, diese Gebete, Gott behüte, aber, nun ja, sie ausgerechnet so zu verlieren ... wenn man bedenkt, daß es sich nur um einen kleinen Abstecher von etwa zwanzig Tagen handelt, schließlich ist das ja nicht weit, es ist nur eine Frage von ...«

»Pater Pluche ...«

»... aber selbstredend würde ich zurückkommen ... ich hole schnurstracks den Koffer, bleibe vielleicht noch ein paar Tage zur Erholung, und dann ...«

»Pater Pluche ...«

»... es ist nur eine Frage von ein paar Monaten, ich würde höchstens noch auf einen Sprung bei deinem Vater vorbeischauen, also, ich meine, nur mal angenommen, es wäre auch besser, wenn ich ...«

»Pater Pluche ... Gott, wirst du mir fehlen!«

Tags darauf reiste er ab. Er hatte schon in der Kutsche gesessen, als er wieder ausstieg, an Langlais herantrat und zu ihm sagte:

»Wissen Sie was: Ich hätte gedacht, daß Admirale auf dem Meer bleiben ...«

»Und ich hätte gedacht, daß Priester in der Kirche bleiben.«

»Oh, nun ja, wissen Sie, Gott ist überall ...«

»Das Meer auch, Pater. Das Meer auch.«

Er ging fort. Und diesmal ließ er keinen Koffer zurück.

Elisewin blieb fünf Jahre in Langlais' Palast. Die peinliche Ordnung dieser Zimmer und die Stille dieses Lebens erinnerten sie an die weißen Teppiche von Carewall, an die kreisrunden Wege und an den Hauch von Leben, den ihr Vater eines Tages für sie eingerichtet hatte. Doch das, was dort Medizin und Heilkur gewesen war, war hier heitere Sicherheit und frohe Genesung. Was sie als Nährboden einer Schwäche kennengelernt hatte, entdeckte sie hier als Form einer kristallklaren Kraft wieder. Sie lernte von Langlais, daß man sich bei all den möglichen Leben in einem verankern muß, um unbeschwert alle anderen betrachten zu können. Sie schenkte Langlais Stück für Stück die tausend Geschichten, die ein Mann und eine Nacht

Gott weiß wie, doch unauslöschlich und endgültig in sie gepflanzt hatten. Er hörte ihr zu, schweigend. Sie erzählte. Samtig.

Über Adams sprachen sie nie. Nur einmal sagte Langlais langsam, als er unvermittelt von seinen Büchern aufschaute:

»Ich habe ihn *geliebt*, diesen Mann. Falls Sie verstehen können, was das heißt, ich habe ihn *geliebt*.«

Langlais starb an einem Sommermorgen, zerfressen von einem abscheulichen Schmerz und begleitet von einer – samtigen – Stimme, die ihm den Duft eines Gartens beschrieb, des kleinsten und schönsten von Timbuktu.

Tags darauf reiste Elisewin ab. Sie wollte nach Carewall zurück. Sie würde einen Monat brauchen oder ein Leben, doch sie würde dorthin zurückkehren. Von dem, was sie erwartete, hatte sie kaum eine Vorstellung. Sie wußte nur, daß sie all die in ihr bewahrten Geschichten für sich behalten würde, und zwar für immer. Sie wußte, daß, egal welchen Mann sie auch liebte, sie den Geruch von Thomas in ihm suchen würde. Und sie wußte, daß kein Stück Land die *Spur* des Meeres in ihr verdecken konnte.

Alles übrige war noch Nichts. *Es zu erfinden* – wäre wunderbar.

2. Pater Pluche

Gebet für einen, der sich verirrt hat, also offen gestanden, Gebet für mich.

Lieber Gott,
Verzeihung,
ich bin's noch mal.

Also hier ist soweit
alles in Ordnung,
alles in allem
kommt man zurecht,
eigentlich
kommt man ja immer halbwegs,
halbwegs über die Runden,
Sie wissen schon,
das ist es nicht.
Das Problem liegt woanders,
falls Sie die Geduld haben, zu hören,
mir zuzuhören
zu.
Das Problem ist der Weg,
dieser schöne Weg,
der Weg, der sich windet
und wendet

und Segen spendet,
er verläuft nicht gerade,
so wie er's müßte,
und auch nicht krumm,
so wie er's wüßte,
nein.
Seltsamerweise
löst er sich auf.
Glauben Sie mir
(glauben Sie dieses eine Mal mir),
er löst sich auf.
Kurz und gut, mit einem Wort,
entflieht er mir,
mal hier
mal dort,
und folgt der Gier
nach Freiheit für
'nen andern Ort.
Was wissen wir.

Bei allem Respekt, aber ich muß Ihnen diese Sache jetzt mal erklären, denn es ist menschlich und nicht göttlich, wenn der Weg, den man vor sich hat, zerrinnt, sich auflöst, sich zersetzt, sich verdunkelt, ich weiß nicht, ob Sie das kennen, es ist ja leicht möglich, daß Sie das nicht kennen, es ist im allgemeinen Sache der Menschen, sich zu verirren. Aber Ihre Sache ist das nicht. Sie müssen Geduld haben und mich erklären lassen. Es dauert nur eine Minute. Vor allem dürfen Sie sich nicht durch die Tatsache beirren lassen, daß man ihn, technisch gesehen, nicht leugnen kann, den Weg unter den Rädern dieser Kutsche, der sich windet und wendet und Segen spendet, nein wirklich, da kann man sagen, was man will, er löst sich nicht ein bißchen auf. *Technisch* gesehen. Er führt geradeaus weiter, ohne daß da ein Zögern ist, nicht mal eine zaghafte Abzweigung, nichts. Schnurgerade. Das sehe ich selbst. Aber das Problem, lassen Sie sich das erklären, liegt woanders. Wir reden ja nicht von diesem Weg, der aus Erde und Staub und Steinen besteht. Der Weg, um den es geht, ist ein anderer. Und der verläuft nicht *draußen*, sondern *drinnen*. Hier drinnen. Ich weiß nicht, ob Sie ihn kennen: meinen Weg. Alle haben einen, das müßten Sie auch wissen, denn nebenbei bemerkt sind Sie nicht ganz unbeteiligt an dem Entwurf zu dieser Maschine, die wir alle zusammen sind, jeder auf seine Art. Einen inneren Weg haben alle, was die Pflicht unserer Reise meistens erleichtert und sie nur manchmal erschwert. Jetzt haben wir gerade einen von den Augenblicken, die sie erschweren. Kurz und gut, mit einem Wort, es ist *dieser* Weg, dieser innere, der sich auflöst, er hat sich aufgelöst, der verdammte Weg, er ist nicht mehr da. So was kommt vor. Glauben Sie mir. Und es ist nicht angenehm.

Nein.
Ich glaube,
es war,
lieber Gott,
es war,
glaube ich,
das Meer.
Das Meer
verwischt die Gischt,
die Begriffe,
die Schiffe,

der Sinn sinnt nicht mehr sinnig,
und die Wege
von gestern
sind nicht mehr stimmig.
Ich glaube
nach dem, was ich glaube,
daß Ihr Projekt,
das die Sintflut befahl,
war einfach perfekt,
das nenn' ich
genial.
Denn
auf der Suche
nach
einer Strafe
frage ich mich,
was listiger wär',
als einen armen
Christenmenschen
allein zu lassen
auf dem Meer.
Nicht mal ein Strand.
Nein, nichts.
Kein Fels.
Kein Boot in Not.
Nicht einmal das.
Kein Zeichen,
das einem hilft, zu verstehn,
wohin
man man sich wendet,
um sterben zu gehen.
Also ist

das Meer,
lieber Gott,
so etwas
wie eine Sintflut
im kleinen.
Im Wasserglas.
Wir stehen da,
wir gehen spazieren,
wir schauen umher,
wir atmen tief durch,
wir plaudern gelassen,
beobachten es,
vom Strand dort,
versteht sich, und jenes
indessen
nimmt uns fort
die Gedanken aus Stein,
die Weg
Gewißheit
Schicksal
waren,
und
gibt uns
Schleier
nur dafür,
die im Kopf umherwogen
wie der Tanz
einer Frau,
die uns
wahnsinnig macht.
Entschuldigen Sie den Vergleich.
Doch es ist nicht leicht zu begreifen,

wie es ist, wenn man keine Antwort mehr hat,
weil die Blicke zuviel übers Meer hinweg schweifen.

Das Problem ist jetzt, kurz und gut, mit einem Wort, daß ich viele Wege um mich herum, aber keinen in mir habe, das heißt konkret, keinen in mir und vier ringsumher. Vier. Erstens: Ich gehe zu Elisewin zurück und bleibe bei ihr, was ja ursprünglich auch der Grund meiner Reise war. Zweitens: Ich fahre einfach weiter bis zur Pension Almayer, die mit ihrer gefährlichen Nähe zum Meer kein ganz gesunder Ort ist, die aber auch ein unglaublicher Ort ist, so schön und still und leicht und verzehrend und endgültig. Drittens: Ich fahre geradeaus weiter, biege nicht zur Pension ab und kehre nach Carewall zum Baron zurück, der auf mich wartet, denn dort ist ja mein Zuhause, und dort ist mein Platz. Zumindest war er es. Viertens: Ich werfe alles hin, ziehe dieses traurige schwarze Gewand aus, schlage einen x-beliebigen anderen Weg ein, lerne einen Beruf, heirate eine humorvolle und nicht zu schöne Frau, mache ein paar Kinder, werde alt und sterbe mit Eurem Segen schließlich sorglos und müde wie ein beliebiger Christ. Sie sehen, es ist durchaus nicht so, daß ich keine klaren Vorstellungen hätte, sie sind sonnenklar, allerdings nur bis zu einem bestimmten Punkt. Ich weiß genau, wie die Frage lautet. Was mir fehlt, ist die Antwort. Sie rast und rast, diese Kutsche, und ich weiß nicht, wohin. Ich denke über die Antwort nach, und in meinem Kopf wird es dunkel.

So
nehme ich dieses
Dunkel
und lege es

in Ihre
Hände.
Und bitte,
lieber Gott,
halten Sie's fest
nur eine Stunde
in Ihrer Hand,
nur bis es gelingt,
sein Schwarz aufzulösen,
den Schmerz aufzulösen,
den im Kopf es macht –
dieses Dunkel,
und im Herzen –
dieses Schwarz.
Abgemacht?
Sie könnten
sich aber auch
nur herabbeugen,
es anschauen,
belächeln,
und öffnen,
einen Lichtstrahl
ihm stehlen
und es fallen lassen,
denn ohnehin
muß ich dann
sehen,
an welchem Ort
es zu finden ist.
Ein leichtes
für Sie,
für mich

ein Problem.
Hören Sie mich,
lieber Gott?
Es ist nicht zuviel,
Sie zu fragen, ob.
Es ist nicht zu dreist,
zu hoffen, daß Sie.
Es ist nicht absurd,
zu träumen, wie.
Es ist ja schließlich nur ein Gebet,
um den Duft
der Erwartung niederzuschreiben.
Schreiben nun Sie,
wohin Sie wollen,
den Weg
den ich verlor.
Ein Zeichen genügt,
irgendein kleines,
ein leichter
Kratzer
auf dem Glas
dieser Augen,
die blicklos
schauen,
ich werd' ihn erspähn.
Schreiben Sie
ein einziges Wort nur
in die Welt,
ein Wort nur für mich,
ich
werde es sehn.
Streifen Sie

einen Augenblick
dieses Schweigens,
ich werd' es verstehn.
Haben Sie keine Angst,
auch ich laß' sie vergehn.

Und fort soll es gleiten
dieses Gebet
mit der Kraft der Worte
aus dem Käfig der Welt
wer weiß wohin.
Amen.

Gebet für einen, der seinen Weg wiedergefunden hat, also offen gestanden, Gebet für mich.

Lieber Gott,
Verzeihung,
ich bin's noch mal.

Er stirbt langsam,
dieser Mann,
er stirbt langsam,
als wollte er
das alles genießen,
das Leben zerpflücken,
es ganz zerstücken,
zwischen den Fingern
zu guter Letzt.
Es sterben Barone
wie Menschen sterben,

das weiß man jetzt.
Ich bin hier,
und es ist klar schon,
hier war mein Platz
dicht neben ihm,
beim sterbenden Baron.
Er will Nachricht
von seiner Tochter,
die nicht da ist,
man weiß nicht,
wo.
Er will Nachricht,
daß sie am Leben, dort,
wo sie ist.
Sie ist im Meer nicht gestorben,
im Meer
wurde sie geheilt.
Ich gebe ihm Nachricht,
und er stirbt,
doch so zu sterben,
ist weniger sterben.
Ich spreche mit ihm
ganz nah
etwas leise
und es ist wahr,
mein Platz
war
hier.
Sie nahmen mich
von beliebigem Ort,
und in dieser Stunde,
da er mich brauchte,

zeigten Sie mir
geduldig den Weg.
Und ich,
der ich verloren war,
habe mich in dieser
Stunde
gefunden.
Es ist verrückt, wenn man bedenkt,
daß Sie neulich
mich hörten,
tatsächlich
hörten.
Mich.
Man betet,
um nicht allein zu sein,
man betet,
um die Erwartung zu täuschen,
man denkt nicht im Traum, daß
Gott,
daß Gott
es gefällt zu hören.
Ist das nicht verrückt?
Sie haben mich gehört.
Sie haben mich gerettet.

Also wirklich, mit Verlaub und in aller Bescheidenheit, ich glaube nicht, daß es unbedingt nötig war, die Straße nach Quartel einstürzen zu lassen, eine Geschichte, die übrigens auch für die dortigen Einwohner deprimierend war, etwas Harmloseres hätte wahrscheinlich auch ausgereicht, ein unauffälligeres Zeichen, was weiß ich, etwas Intimeres, das unter uns geblieben wäre. So etwas wie, wenn der Hinweis gestattet ist, die

Szene, als die Pferde wie angewurzelt auf der Straße stehenblieben, die mich zu Elisewin zurückbringen sollten, und gar nicht daran zu denken war, sie zum Weiterlaufen zu bewegen, das war technisch gesehen sehr gelungen, aber vielleicht doch etwas zu dick aufgetragen, meinen Sie nicht?, ich hätte auch mit viel weniger verstanden, es passiert Ihnen manchmal, daß Sie übers Ziel hinausschießen, habe ich recht?, na, wie dem auch sei, sie reden noch heute darüber, die Leute in jener Gegend, so ein Schauspiel vergißt man nicht. Ich glaube jedenfalls, daß dieser Traum mit dem Baron, der aus dem Bett stieg und »Pater Pluche! Pater Pluche!« schrie, genügt hätte, das war auf seine Art sehr gelungen, keine Frage, und am nächsten Morgen war ich ja auch prompt auf dem Weg nach Carewall, Sie sehen: im Grunde genügt nämlich eine Kleinigkeit. Ich sage Ihnen das nur, weil es Ihnen ja noch einmal passieren könnte, dann wissen Sie, wie Sie sich bremsen können. Ein Traum ist eine runde Sache. Wenn ich Ihnen einen guten Rat geben darf, das ist der richtige Weg. Um jemanden zu retten, im Fall der Fälle. Ein Traum.

So
werde ich
dieses schwarze Gewand,
dieses traurige Gewand,
behalten
und auch diese Hügel,
diese lieblichen Hügel
vor Augen
und bei mir.
In saecula saeculorum
ist mein Platz hier.

Alles ist
leichter
jetzt.
Jetzt
ist
alles
leicht.
Was noch zu tun bleibt,
kann ich allein.
Wenn Sie mich brauchen, wissen Sie,
wo Pluche,
der sein Leben Ihnen verdankt,
kann sein.

Und fort soll es gleiten
dieses Gebet
mit der Kraft der Worte
aus dem Käfig der Welt
wer weiß wohin.
Amen.

3. Ann Deverià

Lieber André, mein Geliebter von vor tausend Jahren,

das Mädchen, von dem Du diesen Brief bekommen hast, heißt Dira. Ich habe ihr gesagt, sie soll ihn Dir gleich bei Deiner Ankunft in der Pension und noch bevor sie Dich zu mir herauf läßt zu lesen geben. Bis zur letzten Zeile. Versuch nicht, sie zu belügen. Dieses Mädchen kann man nicht belügen.

Also setz Dich. Und hör mir zu.

Ich weiß nicht, wie Du es geschafft hast, mich zu finden. Dies ist ein Ort, der beinahe nicht existiert. Denn wenn Du nach der Pension Almayer fragst, sehen Dich die Leute erstaunt an und wissen von nichts. Wenn mein Mann einen unerreichbaren Winkel dieser Welt für meine Heilung gesucht hat, so hat er ihn gefunden. Weiß der Himmel, wie Du es geschafft hast, ihn auch zu finden.

Ich habe Deine Briefe bekommen, und es war nicht leicht, sie zu lesen. Schmerzvoll reißen die Wunden der Erinnerung wieder auf. Wenn ich Dich hier immer noch begehrt und erwartet hätte, wären diese Briefe ein berauschendes Glück gewesen. Aber dies ist ein merkwürdiger Ort. Die Wirklichkeit verfliegt, und alles wird Erinnerung. Sogar Du hast allmählich aufgehört, eine Sehnsucht zu sein, und bist eine Erinnerung geworden.

Deine Briefe erreichten mich wie Botschaften aus einer Welt, die es nicht mehr gibt.

Ich habe Dich geliebt, André, und ich wüßte nicht, wie man noch mehr lieben könnte. Ich hatte ein Leben, das mich glücklich machte, und nur um mit Dir zusammenzusein, habe ich zugelassen, daß es in die Brüche ging. Ich habe Dich nicht aus Langerweile geliebt oder aus Einsamkeit oder aus einer Laune heraus. Ich habe Dich geliebt, weil die Sehnsucht nach Dir stärker war als jedes Glück. Dabei wußte ich, daß das Leben letztendlich nicht groß genug ist, um all das zusammenzuhalten, was die Sehnsucht erdenken kann. Doch ich habe nicht versucht, mich zu bremsen, und auch nicht, Dich zu bremsen. Ich wußte, daß das Leben dies tun würde. Und es hat es getan. Es ist plötzlich zersprungen. Überall waren Scherben, und sie schnitten wie Messer.

Dann bin ich hierhergekommen. Und das ist nicht leicht zu erklären. Mein Mann dachte, es sei ein Ort, an dem man gesund wird. Aber gesund werden ist ein zu schwacher Begriff für das, was hier geschieht. Und ein sehr schlichter dazu. Hier nimmst Du Abschied von Dir selbst. Das, was Du bist, fällt nach und nach von Dir ab. Du läßt es Schritt für Schritt hinter Dir zurück an diesem Ufer, das keine Zeit kennt und nur einen Tag lebt, immer diesen einen. Die Gegenwart verschwindet, und Du wirst Erinnerung. Du schlüpfst aus allem heraus, Ängste, Gefühle, Sehnsüchte. Du bewahrst sie auf wie abgelegte Kleider im Schrank einer unbekannten Weisheit und eines unverhofften Friedens. Kannst Du mich verstehen? Kannst Du verstehen, wie – schön das alles ist?

Glaub mir, es ist nicht bloß eine leichtere Art zu sterben. Ich habe mich nie lebendiger gefühlt als jetzt. Aber es ist anders. Das, was ich bin, ist bereits geschehen. Und hier und jetzt lebt es in mir wie ein Schritt in einer Spur, wie ein Klang in einem Echo und wie ein Rätsel in seiner Antwort. Es stirbt nicht, das nicht. Es gleitet auf die andere Seite des Lebens. Mit einer Leichtheit, die wie ein Tanz anmutet.

Es ist ein Weg, alles zu verlieren, um alles zu finden.

Solltest Du all das verstehen können, wirst Du mir glauben, wenn ich Dir sage, daß es mir unmöglich ist, an die Zukunft zu denken. Die Zukunft ist eine Idee, die sich von mir gelöst hat. Sie ist nicht wichtig. Sie zählt nichts mehr. Ich habe keine Augen mehr, um sie zu sehen. Du sprichst in Deinen Briefen so oft von ihr. Es fällt mir schwer, mich zu erinnern, was sie bedeutet. Zukunft. Meine ist schon ganz hier, und jetzt. Meine wird die Ruhe einer reglosen Zeit sein, die Augenblicke sammeln wird, um sie einen auf den anderen zu setzen, als seien sie nur ein einziger. Von jetzt an bis zu meinem Tod wird es diesen einen Augenblick geben, und nichts weiter.

Ich werde nicht mit Dir gehen, André. Ich werde mir kein neues Leben aufbauen, denn ich habe soeben gelernt, das Zuhause dessen zu sein, was mein Leben war. Und das gefällt mir. Etwas anderes will ich nicht. Ich kann sie verstehen, Deine fernen Inseln, und ich verstehe Deine Träume, Deine Pläne. Doch es gibt keinen Weg mehr, der mich dorthin bringen kann. Und auf einem Stück Land, das es nicht gibt, kannst Du ihn nicht für mich erfinden. Verzeih, mein Geliebter, doch Deine Zukunft wird meine nicht sein.

In dieser Pension gibt es einen Mann, der einen komischen Namen hat und erforscht, wo das Meer zu Ende ist. In den letzten Tagen, als ich auf Dich wartete, habe ich ihm von uns erzählt und auch davon, wie sehr ich Deine Ankunft fürchtete und zugleich herbeisehnte. Er ist ein guter und geduldiger Mann. Er hörte mir ruhig zu. Und eines Tages sagte er: »Schreiben Sie ihm.« Er sagt, jemandem zu schreiben ist die einzige Möglichkeit, auf ihn zu warten, ohne sich zu quälen. So habe ich Dir geschrieben. Alles, was ich in mir habe, habe ich in diesen Brief gelegt. Er sagt auch, der Mann mit dem komischen Namen, daß Du verstehen wirst. Er sagt, Du wirst den Brief lesen, dann zum Strand hinausgehen und bei einem Spaziergang am Meer über alles nachdenken und verstehen. Es wird eine Stunde dauern oder einen Tag, einerlei. Doch schließlich wirst Du in die Pension zurückkommen. Er sagt, Du wirst die Treppe hinaufsteigen, meine Tür öffnen, mich ohne ein Wort zu sagen in die Arme nehmen und mich küssen.

Ich weiß, daß es albern klingt. Aber ich würde mich freuen, wenn es tatsächlich geschähe. Es ist eine schöne Art, sich zu verlieren, sich einer in den Armen des anderen zu verlieren.

Nichts wird mir die Erinnerung an die Zeit nehmen können, da ich mit Leib und Seele war

Deine Ann

4. Plasson

PROVISORISCHER KATALOG DER GEMÄLDE DES MALERS MICHEL PLASSON IN CHRONOLOGISCHER REIHENFOLGE VOM AUFENTHALT DESSELBEN IN DER PENSION ALMAYER (BEI QUARTEL) BIS ZU DESSEN TOD.

Für die Nachwelt zusammengestellt von Professor Ismael Adelante Ismael Bartleboom anhand seiner persönlichen Erfahrungen und anderer zuverlässiger Quellen.

Madame Ann Deverià gewidmet

1. *Ozeanmeer*, Öl auf Leinwand, 15 x 21,6 cm
Kollektion Bartleboom

Beschreibung:
Vollkommen weiß.

2. *Ozeanmeer*, Öl auf Leinwand, 80,4 x 110,5 cm
Koll. Bartleboom

Beschreibung:
Vollkommen weiß.

3. *Ozeanmeer*, Aquarell, 35 x 50,5 cm
Koll. Bartleboom

Beschreibung:
Weiß mit einem undeutlichen ockergelben Schatten in der oberen Hälfte.

4. *Ozeanmeer*, Öl auf Leinwand, 44,2 x 100,8 cm
Koll. Bartleboom

Beschreibung:
Vollkommen weiß. Die Signatur ist rot.

5. *Ozeanmeer*, Bleistiftzeichnung, 12 x 10 cm
Koll. Bartleboom

Beschreibung:
In der Mitte des Blattes sind zwei Punkte zu erkennen, die dicht nebeneinander liegen. Der Rest ist weiß. (Rechts am Rand ein Fleck: Fett?)

6. *Ozeanmeer*, Aquarell, 31,2 x 26 cm
Koll. Bartleboom. Zur Zeit und wirklich nur vorübergehend im Gewahrsam von Frau Maria Luigia Severina Hohenheith.

Beschreibung:
Vollkommen weiß.
Als der Künstler es mir gab, sagte er wörtlich: *»Es ist das Beste, was ich bisher gemacht habe.«* In seiner Stimme lag tiefe Befriedigung.

7. *Ozeanmeer*, Öl auf Leinwand, 120,4 x 80,5 cm
Koll. Bartleboom

Beschreibung:
Zu sehen sind zwei Farbtupfen: ein ockergelber im oberen Teil der Leinwand und ein schwarzer im unteren Teil. Der Rest weiß. (Auf der Rückseite eine handschriftliche Notiz: *Gewitter*. Und darunter: *Tatatum tatatum tatatum*).

8. *Ozeanmeer*, Pastell, 19 x 31,2 cm
Koll. Bartleboom

Beschreibung:
In der Mitte des Blattes leicht nach links versetzt ein kleines blaues Segel. Der Rest weiß.

9. *Ozeanmeer*, Öl auf Leinwand, 340,8 x 220,5 cm
Bezirksmuseum Quartel. Katalognummer: 87

Beschreibung:
Rechts ragt ein dunkles Felsenriff aus dem Wasser. Turmhohe Wellen, die sich an den Klippen brechen, schäumen eindrucksvoll. In dem Unwetter sind zwei Schiffe zu erkennen, die nicht gegen das Meer ankommen. Vier Schaluppen schweben auf dem Rand eines Strudels. In den Schaluppen drängen sich Schiffbrüchige aneinander. Einige von ihnen sind ins Wasser gefallen und im Begriff unterzugehen. Doch dieses Meer ist hoch, hinten am Horizont viel höher als hier vorn, und es versperrt aller Logik zum Trotz die Sicht auf den Horizont und scheint sich aufzubäumen, als

würde die ganze Welt sich aufbäumen und als müßten wir hier, wo wir sind, im Schoß der Erde versinken, während ein immer majestätischerer Deckel uns fortwährend zudecken will, und mit Schrecken bricht die Nacht über diesem Monstrum herein. (Zweifelhafte Zuordnung. Höchstwahrscheinlich falsch.)

10. *Ozeanmeer*, Aquarell, 20,8 x 16 cm
Koll. Bartleboom

Beschreibung:
Vollkommen weiß.

11. *Ozeanmeer*, Öl auf Leinwand, 66,7 x 81 cm
Koll. Bartleboom

Beschreibung:
Vollkommen weiß. (Stark beschädigt. Wahrscheinlich ins Wasser gefallen.)

12. *Porträt von Ismael Adelante Ismael Bartleboom*,
Bleistiftzeichnung, 41,5 x 41,5 cm

Beschreibung:
Vollkommen weiß. In der Mitte in Kursivschrift: *Bartleb.*

13. *Ozeanmeer*, Öl auf Leinwand, 46,2 x 51,9 cm
Koll. Bartleboom

Beschreibung:
Vollkommen weiß. Doch diesmal ist die Beschreibung

wörtlich zu nehmen: Die Leinwand ist vollständig mit dichten weißen Pinseltupfen bedeckt.

14. *In der Pension Almayer*, Öl auf Leinwand,
50 x 42 cm
Koll. Bartleboom

Beschreibung:
Bildnis eines Engels im präraffaelitischen Stil. Das Gesicht ohne Konturen. Die Flügel weisen eine vielsagende Farbenpracht auf. Hintergrund Gold.

15. *Ozeanmeer*, Aquarell, 118 x 80,6 cm
Koll. Bartleboom

Drei kleine blaue Farbtupfen oben links (Segel?). Der Rest weiß. Auf der Rückseite die handschriftliche Notiz: *Pyjama und Socken.*

16. *Ozeanmeer*, Bleistiftzeichnung, 28 x 31,7 cm
Koll. Bartleboom

Beschreibung:
Achtzehn Segel unterschiedlicher Größe, wahllos verstreut. In der Ecke unten links die kleine Skizze eines Dreimasters, offenbar von fremder und wahrscheinlich kindlicher Hand (Dol?).

17. *Porträt von Madame Ann Deverià*, Öl auf
Leinwand, 52,8 x 30 cm
Koll. Bartleboom

Beschreibung:
Eine sehr blasse Frauenhand, die Finger wunderbar schmal. Weißer Hintergrund.

18., 19., 20., 21. *Ozeanmeer*, Bleistiftzeichnung, 12 x 12 cm
Koll. Bartleboom

Beschreibung:
Serie von vier Skizzen, die absolut gleich aussehen. Eine einfache waagerechte Linie zieht sich etwa in halber Höhe von links nach rechts durch das Bild (aber auch von rechts nach links, wenn man so will). Plasson erklärte, daß es sich in Wahrheit um vier völlig verschiedene Bilder handelt. Er sagte wörtlich: *»Das sind vier völlig verschiedene Bilder.«* Mein ganz persönlicher Eindruck ist, daß sie ein und dieselbe Perspektive zu vier aufeinanderfolgenden Tageszeiten zeigen. Als ich dem Künstler meine Ansicht mitteilte, gab er mir wörtlich zur Antwort: *»Meinen Sie?«*

22. (ohne Titel), Bleistiftzeichnung, 20,8 x 13,5 cm
Koll. Bartleboom

Beschreibung:
Ein junger Mann geht am Strand auf das Meer zu, auf seinen Armen trägt er den leblosen Körper einer unbekleideten Frau. Mond am Himmel und Lichtreflexe auf dem Wasser.
Diese Skizze wurde auf den ausdrücklichen Wunsch des Malers hin lange unter Verschluß gehalten, doch in Anbetracht der Zeit, die seit den dramatischen Ereig-

nissen, auf die sie sich bezieht, vergangen ist, mache ich sie nun der Öffentlichkeit zugänglich.

23\. *Ozeanmeer*, Öl auf Leinwand, 71,6 x 38,4 cm
Koll. Bartleboom

Beschreibung:
Eine wuchtige dunkelrote Schramme zerschneidet die Leinwand von links nach rechts. Der Rest weiß.

24\. *Ozeanmeer*, Öl auf Leinwand, 127 x 108,6 cm
Koll. Bartleboom

Beschreibung:
Vollkommen weiß. Es ist das letzte Werk, das während des Aufenthaltes in der Pension Almayer bei Quartel entstand. Der Künstler schenkte es der Pension und äußerte den Wunsch, es solle an einer Wand gegenüber vom Meer ausgestellt werden. Später gelangte es auf Wegen, die nie zu ergründen waren, in meinen Besitz. Ich bewahre es auf und halte es für jeden zur Verfügung, der einen Anspruch darauf geltend machen kann.

25., 26., 27., 28., 29., 30., 31., 32. (Ohne Titel), Öl auf Leinwand, unterschiedliche Abmessungen.
Museum Saint Jacques de Grance

Beschreibung:
Acht Matrosenporträts, die stilistisch auf den frühen Plasson zurückgehen. Abbé Ferrand, der die Liebenswürdigkeit besaß, mir ihre Existenz nicht zu verschwei-

gen, berichtet, daß der Künstler sie unentgeltlich als Zeichen der Zuneigung zu einigen Personen anfertigte, zu denen er während seines Aufenthaltes in Saint Jacques innige freundschaftliche Beziehungen unterhielt. Dieser Abbé hat mir netterweise anvertraut, daß er den Maler darum gebeten hatte, von ihm porträtiert zu werden, jedoch eine höfliche und entschiedene Ablehnung erhielt. Der genaue Wortlaut der entsprechenden Antwort war offenbar: *»Leider sind Sie kein Matrose, und deshalb ist kein Meer auf Ihrem Gesicht. Sie müssen nämlich wissen, daß ich nur noch Meer malen kann.«*

33. *Ozeanmeer*, Öl auf Leinwand (Abmessungen nicht dokumentiert)
(Verschollen)

Beschreibung:
Vollkommen weiß. Auch hier erweisen sich die Aussagen von Abbé Ferrand als wertvoll. Er war so freimütig zuzugeben, daß das Bild, das man am Tag nach der Abreise des Malers in dessen Wohnung gefunden hatte, durch ein unerklärliches Mißverständnis für eine bloße Leinwand gehalten worden war und nicht für ein bereits abgeschlossenes Werk von beträchtlichem Wert. So wurde es von Unbekannten fortgeschafft und ist bis heute unauffindbar.

34., 35., 36. (ohne Titel), Öl auf Leinwand,
68,8 x 82 cm
Museum Gallen-Martendorf, Helleborg

Beschreibung:
Es handelt sich um drei genaue und nahezu identische Kopien des Gemäldes *Hafen von Skalen* von Hans van Dyke. Das Museum Gallen-Martendorf katalogisiert sie als Werke ebendieses van Dyke, womit es einen tadelnswerten Irrtum begeht. Wie ich dem Kurator des obengenannten Museums, Prof. Broderfons, mehrfach mitgeteilt habe, tragen die drei Bilder auf der Rückseite nicht nur den deutlichen Vermerk *»van Plasson«*, sondern weisen zudem eine Besonderheit auf, die Plassons Urheberschaft offensichtlich macht. Auf allen dreien hat der am Pier bei der Arbeit links unten abgebildete Maler eine Staffelei mit einer vollkommen weißen Leinwand vor sich. Auf dem Original von van Dyke ist die Leinwand in herkömmlicher Weise koloriert. Obgleich Professor Broderfons die Richtigkeit meiner Beobachtung einräumt, mißt er ihr keinerlei besondere Bedeutung bei. Professor Broderfons ist übrigens ein inkompetenter Wissenschaftler und ein absolut unerträglicher Mensch.

37. *Bodensee*, Aquarell, 27 x 31,9 cm
Koll. Bartleboom

Beschreibung:
Ein exzellent und äußerst elegant ausgeführtes Werk, das den berühmten Bodensee bei Sonnenuntergang darstellt. Die Farben sind warm und nuanciert. Menschen sind nicht abgebildet. Doch Wasser und Ufer sind mit viel Poesie und Ausdruckskraft wiedergegeben. Plasson schickte mir dieses Bild zusammen mit einem kurzen Brief, dessen Inhalt ich hier vollständig

zitiere: *»Das ist die Müdigkeit, mein Freund. Eine schöne Müdigkeit. Adieu.«*

38. *Ozeanmeer*, Bleistiftzeichnung, 26 x 13,4 cm
Koll. Bartleboom

Beschreibung:
Dies ist die sorgfältige und exakte Zeichnung von Plassons linker Hand. Welcher, wie ich anmerken muß, Linkshänder war.

39. *Ozeanmeer*, Bleistiftzeichnung, 26 x 13,4 cm
Koll. Bartleboom

Beschreibung:
Plassons linke Hand. Ohne Schraffur.

40. *Ozeanmeer*, Bleistiftzeichnung, 26 x 13,4 cm
Koll. Bartleboom

Beschreibung:
Plassons linke Hand. Wenige, kaum angedeutete Striche.

41. *Ozeanmeer*, Bleistiftzeichnung, 26 x 13,4 cm
Koll. Bartleboom

Beschreibung:
Plassons linke Hand. Drei Linien und eine leichte Schraffur.
Anmerkung: Diese Zeichnung und die drei vorhergehenden schenkte mir Doktor Monnier, der Arzt, der

sich während des kurzen und traurigen Verlaufs von Plassons tödlicher Krankheit (Lungenentzündung) um diesen gekümmert hatte. Nach seiner Aussage, an der zu zweifeln ich keinerlei Veranlassung habe, sind es die letzten vier Arbeiten, mit denen sich Plasson, der bereits ans Bett gefesselt war und von Tag zu Tag schwächer wurde, beschäftigte. Ebenfalls dieser Aussage zufolge starb Plasson in Frieden, in stiller Einsamkeit und Seelenruhe. Wenige Minuten, bevor er entschlief, sagte er folgenden Satz: »*Es ist keine Frage der Farben, es ist eine Frage der Musik, verstehen Sie? Ich habe viel Zeit dafür gebraucht, doch jetzt* (stop).«

Er war ein großzügiger Mann mit einem zweifellos enormen künstlerischen Talent. Er war mein Freund. Ich hatte ihn gern. Jetzt liegt er auf seinen ausdrücklichen Wunsch hin auf dem Friedhof von Quartel. Auf seinem Grab steht schlicht ein Naturstein. Vollkommen weiß.

5. Bartleboom

Also das war so. Er war im Thermalbad. Bartleboom. Im Thermalbad von Bad Hollen, einem gräßlichen Städtchen, wenn Sie verstehen, was ich meine. Er ging aufgrund gewisser Beschwerden, die ihn plagten, dorthin, Prostatageschichten, eine leidige Angelegenheit, eine Quälerei. Wenn es einen in dieser Zone erwischt, ist es wirklich eine Quälerei, immer, zwar kein Drama, aber man muß auf der Hut sein, man muß eine Menge lächerlicher und entwürdigender Dinge tun. Bartleboom, zum Beispiel, ging ins Thermalbad von Bad Hollen. Ein gräßliches Städtchen übrigens.

Aber egal.

Bartleboom war mit seiner Verlobten dort, einer gewissen Maria Luigia Severina Hohenheith, einer schönen Frau, ohne Zweifel, aber vom Typ Opernbühne, wenn Sie verstehen, was ich meine. Ein bißchen viel Trara. Man bekam Lust, sie umzudrehen, um nachzusehen, ob da noch etwas war, hinter der Schminke und den großartigen Reden und allem. Man tat es dann nicht, aber es juckte einem in den Fingern. Bartleboom hatte sich, offen gestanden, nicht gerade mit Begeisterung verlobt, im Gegenteil. Das muß gesagt werden. Eine seiner Tanten hatte das alles arrangiert, Tante Matilde. Man muß wissen, daß er von Tanten damals geradezu umzingelt war und daß er, um die Wahrheit zu sagen, von ihnen *abhängig war*, finanziell, meine ich, er selbst hatte keinen roten Heller. Die Tanten waren dafür zuständig, Geld auszugeben. Was die logische Konsequenz dieser leidenschaftlichen und rückhaltlosen Hingabe an die Wissenschaft war, die Bartlebooms Leben mit der anspruchsvollen Enzyklopädie der Grenzen et cetera verband, einem hervorragenden und verdienstvollen Werk, das ihn jedoch offensichtlich davon abhielt, seinen beruflichen Pflichten nachzukommen, denn es veranlaßte ihn, seinen Lehrstuhl und das entsprechende Gehalt Jahr für Jahr einer Aushilfskraft zu überlassen, die im vorliegenden Fall, das heißt die ganzen siebzehn Jahre lang, die dieser Schlendrian währte, meine Wenigkeit war. Von daher werden Sie meine Dankbarkeit ihm gegenüber und meine Bewunderung für sein Werk verstehen. Das ergibt sich von selbst. So etwas vergißt ein anständiger Mann nicht.

Aber egal.

Seine Tante Matilde hatte alles arrangiert, und Bartleboom hatte sich nicht sonderlich zur Wehr setzen können. Er hatte sich verlobt. Allerdings hatte er es nicht sehr gut verkraftet. Er hatte etwas von seinem Glanz eingebüßt ... seine Seele hatte sich getrübt, wenn Sie wissen, was ich meine. Es war, als hätte er etwas anderes erwartet, etwas ganz anderes. Auf diese Normalität war er nicht vorbereitet. Er wurstelte sich so durch, das war alles. Dann eines Tages ging er da unten in Bad Hollen mit seiner Verlobten und der Prostata zu einem Empfang, eine vornehme Geschichte, überall Champagner und beschwingte Melodien. Walzer. Dort begegnete er dieser Anna Ancher. Sie war eine außergewöhnliche Frau. Sie malte. Sogar gut, hieß es. Ein ganz anderer Typ als die Maria Luigia Severina, versteht sich. Sie war es, die ihn im Trubel des Festes anhielt.

»Entschuldigen Sie ... sind Sie nicht Professor Bartleboom?«

»Ja.«

»Ich bin eine Freundin von Michel Plasson.«

Es stellte sich heraus, daß der Maler ihr unzählige Male geschrieben und ihr von Bartleboom und vielen anderen Dingen erzählt hatte, besonders von dieser Enzyklopädie der Grenzen et cetera, einer Sache, die sie ihren eigenen Worten zufolge tief beeindruckt hatte.

»Ich wäre entzückt, wenn ich Ihr Werk eines Tages sehen könnte.«

Genau das sagte sie: *entzückt*. Sie sagte es, indem sie ihr Köpfchen leicht zur Seite neigte und sich eine Strähne rabenschwarzer Haare aus den Augen strich. Eine gekonnte Leistung. Bartleboom fühlte sich, als hätte man ihm diesen Satz direkt in den Blutkreislauf geimpft. Er wirkte sozusagen bis in seine Hosen hinein. Er brummelte etwas, und von nun an schwitzte er nur noch. Er schwitzte Blut und Wasser, wenn er schwitzte. Die Temperatur spielte da keine Rolle. Es geschah ganz von allein.

Vielleicht wäre diese Geschichte hier auch zu Ende gewesen, doch als Bartleboom am nächsten Tag allein spazierenging und sich diesen Satz und alles andere noch einmal durch den Kopf gehen ließ, sah er eine Kutsche vorbeifahren, eine von diesen schönen, mit Gepäck und Hutschachteln obenauf. Sie fuhr stadtauswärts. Und drinnen, er sah sie genau, saß Anna Ancher. Tatsächlich sie. Rabenschwarze Haare. Köpfchen. Alles da. Sogar das Echo in der Hose war das gleiche wie am Vortag. Bartleboom verstand. Was auch immer man sich über ihn erzählen mochte, er war ein Mann, der gegebenenfalls seine Entscheidungen zu treffen verstand, ganz im Ernst. Wenn es darauf ankam, drückte er sich nicht. Also kehrte er nach Hause zurück, packte seine Koffer und erschien gestiefelt und gespornt vor seiner Verlobten Maria Luigia Severina. Diese machte sich gerade mit Haarbürsten, Bändern und Halsketten zu schaffen.

»Maria Luigia ...«

»Bitte, Ismael, ich bin schon zu spät ...«

»Maria Luigia, ich möchte dir mitteilen, daß du nicht mehr verlobt bist.«

»Gut, Ismael, wir reden später darüber.«

»Und folglich bin auch ich nicht mehr verlobt.«

»Das liegt auf der Hand, Ismael.«

»Dann leb wohl.«

Erstaunlich an dieser Frau war die Langsamkeit ihrer Reaktionen. Darüber hatten wir mit Bartleboom mehr als einmal gesprochen, er war vollkommen fasziniert von diesem Phänomen, er hatte es gewissermaßen auch studiert und sich auf diesem Gebiet umfassende und beinahe wissenschaftliche Kenntnisse angeeignet. In diesem Fall wußte er also haargenau, daß die Zeit, die ihm zur Verfügung stand, um ungestraft aus dem Haus zu verschwinden, zwischen zweiundzwanzig und sechsundzwanzig Sekunden schwankte. Er hatte errechnet, daß ihm das genügen würde, um die Kutsche zu erreichen. Und in der Tat wurde die reine Morgenluft von Bad Hollen exakt in dem Augenblick, da er seinen Hintern in der Kutsche plazierte, von einem unmenschlichen Gebrüll aus den Angeln gehoben:

»BAAAAAAARTLEBOOM!«

Was für eine Stimme, diese Frau. Noch Jahre später erzählte man sich in Bad Hollen, daß es geklungen hatte, als ob jemand einen Konzertflügel vom Kirchturm aus direkt auf ein Lager mit Kristallüstern hätte fallen lassen.

Bartleboom hatte sich erkundigt. Die Anchers wohnten in Hollenberg, vierundfünfzig Kilometer nördlich von Bad Hollen. Er machte sich auf den Weg. Er hatte seinen Sonntagsanzug an. Und er trug seinen besten Hut. Er schwitzte, jawohl, aber im Rahmen des Vertretbaren. Die Kutsche fuhr reibungslos auf der Straße zwischen den Hügeln entlang. Alles schien bestens zu laufen.

Von den Worten, die er Anna Ancher sagen wollte, wenn er vor ihr stand, hatte Bartleboom eine klare Vorstellung:

»Ich habe auf Sie gewartet. Seit Jahren habe ich auf Sie gewartet.«

Und, schwupp, würde er ihr die Mahagonischatulle mit all den Briefen geben, Hunderten von Briefen, eine atemberaubende Sache, mit all dem Staunen und der Zärtlichkeit. Es war ein guter Plan, keine Frage. Bartleboom wälzte ihn die ganze Fahrt über im Kopf herum, und das gibt Anlaß zu einigen Betrachtungen über die Komplexität des Verstandes bestimmter Geistesgrößen und Wissenschaftler, zu denen Professor Bartleboom fraglos zählte und die die bemerkenswerte Fähigkeit, sich mit abnormer Intensität und Tiefgründigkeit auf einen Gedanken zu konzentrieren, zu dem zweifelhaften Ergebnis führt, im selben Augenblick und beispiellos gründlich sämtliche andere benachbarte, verwandte und ähnlich gelagerte Gedanken zu verdrängen. Komische Käuze also. Bartleboom verbrachte zum Beispiel die ganze Fahrt damit, die unanfechtbare Logik seines Plans zu überprüfen, erinnerte sich aber erst sieben Kilometer vor Hollenberg, und zwar zwischen den Dörfern Alzen und Balzen, daran, daß er diese Mahagonischatulle und damit all die Briefe, Hunderte von Briefen – daß er sie offen gestanden *nicht mehr hatte.*

Das sind Schicksalsschläge. Wenn Sie verstehen, was ich meine.

Bartleboom hatte die Schatulle mit den Briefen nämlich am Tag der Verlobung Maria Luigia Severina geschenkt. Nicht sonderlich überzeugt, doch er hatte ihr das Ganze mit einer gewissen Feierlichkeit und den Worten überreicht:

»Ich habe auf Sie gewartet. Seit Jahren habe ich auf Sie gewartet.«

Nach den zehn, zwölf Sekunden der üblichen Ladehemmung hatte Maria Luigia die Augen verdreht, den Hals gereckt und ungläubig zwei kleine simple Wörter herausgebracht:

»Auf mich?«

»Auf mich?« war nun nicht gerade die Antwort, die Bartleboom sich seit Jahr und Tag erträumt hatte, als er jene Briefe schrieb und sich allein durchschlug, so gut es eben ging. Daher ist es nur natürlich, daß er in diesem Augenblick etwas enttäuscht war, das kann man verstehen. Was auch erklärt, warum er später nie wieder auf die Sache mit den Briefen zurückkam und er sich darauf beschränkte, festzustellen, daß die Maha-

gonischatulle noch immer dort war, bei Maria Luigia, und Gott allein wußte, ob sie je geöffnet worden war. So was kommt vor. Du träumst ganz für dich allein heimliche Träume, aber dann kommt das Leben und spielt nicht mit, es macht sie dir kaputt, ein Augenblick, ein Satz, und alles löst sich in Luft auf. So was kommt vor. Schon allein deswegen ist Leben ein trostloses Geschäft. Man muß sich fügen. Es kennt keine *Dankbarkeit*, das Leben, wenn Sie verstehen, was ich meine.

Dankbarkeit.

Aber egal.

Das Problem war nun, daß die Schatulle gebraucht wurde, sie sich aber an einem denkbar ungünstigen Ort befand, nämlich irgendwo zu Hause bei Maria Luigia. Bartleboom verließ die Kutsche in Balzen, fünf Kilometer vor Hollenberg, übernachtete im Gasthaus und nahm am nächsten Morgen die Kutsche in entgegengesetzter Richtung, um nach Bad Hollen zurückzukehren. Seine Odyssee hatte begonnen. Eine wahre Odyssee, das können Sie mir glauben.

Bei Maria Luigia wandte er die übliche Technik an, da konnte man nichts falsch machen. Er trat, ohne sich anmelden zu lassen, in das Zimmer, wo sie im Bett dahinsiechte, um ihre Nerven zu kurieren, und sagte ohne Umschweife:

»Schatz, ich bin gekommen, um die Briefe zu holen.«

»Sie liegen auf dem Schreibtisch, Liebling«, antwortete sie mit einer gewissen Zärtlichkeit. Dann, nach genau sechsundzwanzig Sekunden, stieß sie einen erstickten Jammerlaut aus und fiel in Ohnmacht. Bartleboom, das versteht sich von selbst, war schon über alle Berge.

Er stieg wieder in die Kutsche, diesmal in Richtung Hollenberg, und am Abend des folgenden Tages sprach er im Haus Ancher vor. Man führte ihn in den Salon, und fast hätte ihn der Schlag getroffen, durch und durch. Sie saß am Klavier, die junge Dame, und musizierte, mit dem Köpfchen, den rabenschwarzen Haaren und dem ganzen Rest, sie musizierte wie ein Engel. Allein, sie, da, das Klavier und nichts weiter. Unglaublich. Bartleboom stand wie versteinert mit seiner Mahagonischatulle in der Hand auf der Schwelle des Salons. Vollkommen verzückt. Er konnte nicht einmal mehr schwitzen. Er war voller Bewunderung, nichts weiter.

Als die Musik verklungen war, schaute ihn die junge Dame an. Endgültig hingerissen, durchquerte er den Salon, bis er vor ihr stand, stellte die Mahagonischatulle auf das Klavier und sagte:

»Anna, ich habe auf Sie gewartet. Seit Jahren habe ich auf Sie gewartet.«

Auch diesmal war die Antwort einmalig.

»Ich bin nicht Anna.«

»Wie bitte?«

»Ich heiße Elisabetta. Anna ist meine Schwester.«

Zwillinge, wenn Sie verstehen, was ich meine.

Zwei zum Verwechseln ähnliche Wassertropfen.

»Meine Schwester ist in Bad Hollen, im Thermalbad. Etwa fünfzig Kilometer von hier.«

»Ja, ich kenne den Weg, danke.«

Das sind Schicksalsschläge. Keine Frage. Richtige Schicksalsschläge. Zum Glück hatte Bartleboom Reserven, unter seiner klapprigen Schale strotzte er vor seelischer Kraft. Er machte sich wieder auf den Weg, in Richtung Bad Hollen. Wenn Anna Ancher dort war, mußte er auch dorthin. Ganz einfach. Etwa nach der Hälfte der Strecke schien ihm das nicht mehr ganz so einfach zu sein. Ihm ging nämlich diese Musik nicht mehr aus dem Sinn. Dazu das Klavier, die Hände auf der Tastatur, das Köpfchen mit den rabenschwarzen Haaren, kurz, die ganze Erscheinung nicht. Eine Geschichte, bei der offenbar der Teufel seine Hand im Spiel hatte, so perfekt war sie. Oder das Schicksal, sagte sich Bartleboom. Er begann unter dieser Geschichte mit den Zwillingen zu leiden, der Professor. Hier die Malerin, da die Pianistin, er fand sich nicht mehr zurecht, das ist ja auch begreiflich. Je mehr Zeit verging, um so weniger verstand er. Mit jedem Kilometer seines Weges verstand er sozusagen einen Kilometer weniger. Zu guter Letzt entschied er, daß eine Bedenkzeit vonnöten war. Er stieg in Pozel ab, sechs Kilometer vor Bad Hollen. Dort verbrachte er die Nacht. Am nächsten Tag nahm er die Kutsche nach Hollenberg. Er hatte sich für die Pianistin entschieden. Charmanter, hatte er gedacht. Bei Kilometer zweiundzwanzig überlegte er es sich anders, in Bazel, um genau zu sein, wo er ausstieg und übernachtete. Er fuhr – in seinem tiefsten Innern bereits mit Anna Ancher, der Malerin verlobt – frühmorgens mit der Kutsche nach Bad Hollen zurück, um in Suzer haltzumachen, einem kleinen Dorf zwei Kilometer von Pozel entfernt, wo ihm endgültig klar wurde, daß er vom Charakter her eher zu Elisabetta, der Pianistin, paßte. In den folgenden Tagen führten ihn seine unsteten Ortswechsel erneut nach Alzen, dann nach

Tozer, von dort nach Balzen, danach zurück bis nach Fazel und von dort nacheinander nach Palzen, Rulzen, Alzen (zum dritten Mal) und Colzen. Die Leute in der Gegend gelangten allmählich zu der Überzeugung, daß er der Inspektor irgendeines Ministeriums sein müsse. Alle behandelten ihn sehr zuvorkommend. In Alzen stieß er bei seiner dritten Durchreise sogar auf ein Bürgerempfangskomitee. Er maß dem keine besondere Bedeutung bei. Er war kein förmlicher Mensch. Bartleboom war ein einfacher Mann, ein schlichter Erdenbürger. Und rechtschaffen. Weiß Gott.

Aber egal.

Die Geschichte konnte nicht bis in alle Ewigkeit so weitergehen. Obgleich die Bevölkerung sich freundlich zeigte. Früher oder später mußte es ein Ende haben. Das wußte Bartleboom. Nach zwölf Tagen leidenschaftlichen Pendelns zog er den passenden Anzug an und steuerte zielgerichtet auf Bad Hollen zu. Er hatte sich entschieden: Er würde mit einer Malerin zusammenleben. Er kam am Abend eines Feiertags an. Anna Ancher war nicht zu Hause. Sie würde bald zurück sein. Ich warte, sagte er und setzte sich in einen kleinen Salon. Dort schoß ihm plötzlich und grell ein elementares, unheilvolles Bild durch den Kopf: seine Mahagonischatulle, schön glänzend abgestellt auf dem Klavier im Hause Ancher. Er hatte sie dort vergessen. Das sind Dinge, die für normale Menschen schwer nachvollziehbar sind, für mich zum Beispiel, denn sie sind das Geheimnis der großen Geister, nur sie sind damit vertraut, geniale Räderwerke, fähig zu grandiosen Kunststücken und zu kolossalen Patzern. Er gehörte auch zu dieser Spezies. Bartleboom. Kolossale Patzer, manchmal. Immerhin, er verlor nicht die Fassung. Er stand auf, und nachdem er erklärt hatte, daß er später wiederkommen werde, floh er in einen kleinen Gasthof außerhalb des Städtchens. Am nächsten Tag nahm er die Kutsche nach Hollenberg. Allmählich bekam er eine gewisse Vertrautheit mit dieser Straße, er entwickelte sich sozusagen zu einem richtigen Experten. Hätte es je einen Lehrstuhl für die Erforschung dieser Straße gegeben, hätte garantiert er ihn innegehabt, mit Sicherheit.

In Hollenberg ging alles glatt. Die Schatulle war tatsächlich dort.

»Ich wollte sie Ihnen nachschicken, aber ich wußte ja nicht, wo Sie zu finden sind«, sagte Elisabetta Ancher mit einer Stimme, die selbst einen Tauben entzückt hätte. Bartleboom schwankte einen Augenblick, aber dann raffte er sich auf.

»Das macht nichts. So ist es wunderbar.«

Er küßte ihr die Hand und verabschiedete sich. Er tat die ganze Nacht kein Auge zu, doch am nächsten Morgen fand er sich pünktlich zur ersten Kutsche nach Bad Hollen ein. Eine angenehme Reise. Bei jedem Halt gab es ein großes Hallo und viel Wirbel um ihn. Die Leute schlossen ihn ins Herz, ja, so sind sie in dieser Gegend, ein geselliges Völkchen, es fragt nicht lange und empfängt einen mit offenen Armen. Nein, wirklich. Eine erschreckend häßliche Gegend, das muß man sagen, aber die Leute sind reizend, Leute aus einer anderen Zeit.

Aber egal.

Mit Gottes Hilfe kam Bartleboom samt seiner Mahagonischatulle, den Briefen und allem Drum und Dran in Bad Hollen an. Wieder ging er zum Haus von

Anna Ancher und ließ sich melden. Die Malerin arbeitete gerade an einem Stilleben, Äpfel Birnen Fasane, solche Sachen, tote Fasane natürlich, wirklich sehr still, dieses Leben. Sie hielt das Köpfchen leicht zur Seite geneigt. Die rabenschwarzen Haare rahmten ihr Gesicht, daß es eine Freude war. Hätte dort auch ein Klavier gestanden, wäre kein Zweifel daran geblieben, daß es die andere war, die aus Hollenberg. Dabei war sie es doch – die aus Bad Hollen. Zwei Wassertropfen, wie gesagt. Erstaunlich, was die Natur alles zustande bringt, wenn sie sich richtig ins Zeug legt. Unglaublich. Weiß Gott.

»Professor Bartleboom, was für eine Überraschung!« zwitscherte sie.

»Guten Tag, Fräulein Ancher«, antwortete er und fügte rasch hinzu: »*Anna* Ancher, nicht wahr?«

»Ja, warum?«

Er wollte sichergehen. Der Professor. Man kann nie wissen.

»Was führt Sie her und verschafft mir die Freude Ihres Besuches?«

»Das hier«, antwortete Bartleboom ernst, stellte die Mahagonischatulle vor sie hin und öffnete sie vor ihren Augen. »Ich habe auf Sie gewartet, Anna. Seit Jahren habe ich auf Sie gewartet.«

Die Malerin streckte die Hand aus und klappte die Schatulle wieder zu.

»Es ist wohl besser, wenn ich Ihnen etwas erkläre, bevor wir unser Gespräch fortsetzen, Professor Bartleboom.«

»Was immer Sie wollen, Verehrteste.«

»Ich bin verlobt.«

»Ach so?«

»Ich habe mich vor sechs Tagen mit Leutnant Gallega verlobt.«

»Eine ausgezeichnete Wahl.«

»Danke.«

Bartleboom versetzte sich in Gedanken sechs Tage zurück. Es war der Tag, an dem er aus Rulzen kommend in Colzen Rast gemacht hatte, um dann nach Alzen zurückzufahren. Mitten im schlimmsten Dilemma also. Sechs Tage. Sechs lumpige Tage. Dieser Gallega war übrigens ein richtiger Schmarotzer, wenn Sie wissen, was ich meine, eine belanglose und in gewisser Hinsicht sogar schädliche Gestalt. Eine Strafe. Im wahrsten Sinne des Wortes. Eine Strafe.

»Wollen Sie jetzt noch, daß wir weiterreden?«

»Ich glaube, das wird nicht mehr nötig sein«, erwiderte Bartleboom, während er die Mahagonischatulle wieder an sich nahm.

Auf der Straße, die ihn zu seinem Gasthof zurückführte, versuchte der Professor, die Situation nüchtern zu analysieren, und gelangte zu dem Schluß, daß es zwei Alternativen gab (ein Umstand, wie man bemerken wird, der mit einer gewissen Häufigkeit wiederkehrt, denn für gewöhnlich gibt es immer zwei Alternativen und nur selten drei): Entweder war dies nur ein unerfreuliches Hindernis, so daß er den obengenannten Leutnant Gallega zum Duell fordern und ihn sich vom Hals schaffen mußte, oder es war ein deutlicher Wink des Schicksals, eines großzügigen Schicksals, so daß er unverzüglich nach Hollenberg zurückkehren und Elisabetta Ancher, die unvergessene Pianistin, heiraten mußte.

Nebenbei bemerkt haßte Bartleboom Duelle. Er konnte sie auf den Tod nicht ausstehen.

»Tote Fasane ...«, dachte er mit einem gewissen Abscheu. Und er beschloß abzureisen. Auf seinem Platz in der ersten Morgenkutsche sitzend, machte er sich erneut auf den Weg nach Hollenberg. Er war gut aufgelegt und nahm freundschaftlich die fröhlichen Sympathiebekundungen entgegen, die ihm die Einwohner von Pozel, Colzen, Tozer, Rulzen, Palzen, Alzen, Balzen und Fazel nacheinander entgegenbrachten. Sympathische Leute, wie gesagt. Bei Einbruch der Dunkelheit erschien er im Sonntagsstaat und mit seiner Mahagonischatulle unter dem Arm im Hause Ancher.

»Zu Fräulein Elisabetta, bitte«, sagte er mit einer gewissen Feierlichkeit zu dem Diener, der ihm die Tür öffnete.

»Sie ist nicht da, mein Herr. Sie ist heute morgen nach Bad Hollen abgereist.«

Unglaublich.

Ein Mann mit einer anderen sittlichen und kulturellen Kinderstube hätte wahrscheinlich auf der Stelle kehrtgemacht und die erstbeste Kutsche nach Bad Hollen genommen. Ein Mann von einer schwächeren psychischen und nervlichen Verfassung hätte sich vielleicht zu den trivialsten Äußerungen einer endgültigen und unabwendbaren Traurigkeit hinreißen lassen. Doch Bartleboom war ein redlicher und rechtschaffener Mann, einer von denen, die einen gewissen Stil haben, wenn es darum geht, die Launen des Schicksals zu verkraften.

Bartleboom begann zu lachen.

Aber schallend, aus vollem Halse, so daß er sich vor

Lachen bog, kein Gedanke daran, ihn zu beruhigen, mit Tränen und allem Drum und Dran, ein aufsehenerregendes Schauspiel, ein babylonisches, ozeanisches, apokalyptisches Gelächter, ein Gelächter, das nicht mehr aufhörte. Die Diener im Haus Ancher wußten nicht ein noch aus, kein Gedanke daran, ihn zum Aufhören zu bewegen, weder im guten noch im bösen, er fuhr fort, sich vor Lachen auszuschütten, eine peinliche Geschichte und ansteckend noch dazu, wie man weiß – einer fängt an, und dann alle hinterdrein, das ist das Gesetz des Lachkrampfs, es ist wie eine Seuche, man versucht, ernst zu bleiben, aber man schafft es nicht, es ist unvermeidlich, nichts zu machen, sie fielen um, einer nach dem anderen, die Bediensteten, die doch gar nichts zu lachen hatten, sondern eigentlich allen Grund zur Sorge hätten haben müssen angesichts dieser peinlichen, um nicht zu sagen: dramatischen Situation, doch sie fielen nacheinander um und lachten wie verrückt, zum In-die-Hosen-machen, wenn Sie wissen, was ich meine, zum In-die-Hosen-machen, wenn man nicht aufpaßte. Schließlich legten sie ihn auf ein Bett. Er lachte aber auch in der Horizontalen weiter, und mit welcher Begeisterung, mit welchem Überschwang, ein außerordentlicher Mensch, weiß Gott, zwischen Schluchzern und Tränen und nach Luft ringend, aber außer Rand und Band, außergewöhnlich, weiß Gott. Anderthalb Stunden später lag er immer noch da und lachte. Und er hatte keinen Augenblick aufgehört. Die Diener waren inzwischen am Boden zerstört, sie liefen aus dem Haus, um dieses erheiternde und ansteckende Glucksen nicht länger zu hören, sie versuchten zu fliehen, während sich ihr Innerstes vor Schmerz zusammenzog bei diesem unbändigen Gelächter, sie versuchten, sich in Sicherheit zu bringen, das ist nur zu verständlich, es wurde allmählich eine Frage von Leben und Tod. Unglaublich. Dann plötzlich brach Bartleboom wie ein blockierter Motor ohne Vorankündigung ab, wurde unvermittelt ernst, schaute um sich, fixierte den Diener, der ihm am nächsten war, und sagte todernst zu ihm:

»Haben Sie eine Mahagonischatulle gesehen?«

Dieser konnte es kaum fassen, daß er dazu beitragen konnte, daß das ein Ende nahm.

»Hier ist sie.«

»Gut, ich schenke sie Ihnen«, sagte Bartleboom, und wieder lachte er los wie ein Verrückter, als hätte er Gott weiß welchen unwiderstehlichen Witz gerissen, den schönsten seines Lebens, den größten sozusagen, einen Riesenwitz. Jetzt hörte er überhaupt nicht mehr auf.

Er lachte die ganze Nacht hindurch. Abgesehen von den Bediensteten im Haus Ancher, die inzwischen mit Watte in den Ohren herumliefen, war es auch für das restliche Städtchen, das friedliche Hollenberg, eine unerfreuliche Geschichte, denn Bartlebooms Gelächter ging natürlich über die Grenzen des genannten Hauses hinaus und ergoß sich in jene nächtliche Stille, daß es eine Freude war. Von Schlafen konnte keine Rede sein. Es war schon viel, wenn es einem gelang, ernst zu bleiben. Und im ersten Moment gelang es einem tatsächlich, ernst zu bleiben, schon in Anbetracht des Ärgers über diesen störenden Lärm, aber dann war es ziemlich schnell vorbei mit dem gesunden Menschenverstand, und das Virus des Lachkrampfs breitete sich unaufhaltsam aus, um alle ohne Unterschied zu verschlingen, Männer wie Frauen, von den Kindern ganz zu schweigen, einfach alle. Wie eine Seuche. Es gab Häuser, in denen hatte man monatelang nicht gelacht, man erinnerte sich nicht einmal, wie das gemacht wurde. Leute, die auf dem Grund ihres eigenen Grolls gestrandet waren und im Elend. Nicht einmal der Luxus eines Lächelns, monatelang. Doch in jener Nacht unbändiges Gelächter bei allen, so daß man sich hätte ausschütten können, das hatte es noch nie gegeben, sie erkannten sich kaum wieder, abgefallen war die Maske ihrer ewigen Leichenbittermienen, und ein Lachen zog sich über ihr ganzes Gesicht. Eine Offenbarung. Man konnte die Lebensfreude wiederfinden, sehen, wie nacheinander die Lichter in diesem Städtchen wieder angingen, und hören, wie die Häuser vom Lachen erfaßt wurden, ohne daß es irgend etwas zu lachen gab, einfach so, wie durch ein Wunder, als sei in ebendieser Nacht das Faß der gemeinschaftlichen und einmütigen Geduld übergelaufen und die ganze Stadt zur Heilung jedweder Not von den heiligen Fluten des Lachens überschwemmt worden. Ein Konzert, das zu Herzen ging. Ein Wunder. Und Bartleboom dirigierte den Chor. Es war sozusagen seine große Stunde. Er dirigierte fabelhaft. Eine denkwürdige Nacht, glauben Sie mir. Fragen Sie ruhig nach. Es müßte mit dem Teufel zugehen, wenn man Ihnen nicht bestätigte, daß es eine denkwürdige Nacht war.

Aber egal.

Im ersten Licht des Morgengrauens beruhigte er sich. Bartleboom, meine ich. Daraufhin nach und nach auch das ganze Städtchen. Das Gelächter verklang zunächst zögernd, dann endgültig. Wie es gekommen war, so verschwand es auch wieder. Bartleboom verlangte etwas zu essen. Die Angelegenheit hatte ihn natürlich sehr hungrig gemacht, schließlich ist es keine Kleinigkeit, in einem fort zu lachen, und noch dazu mit dieser Begeisterung. Was allerdings seine Gesundheit anging, so machte er durchaus den Eindruck, als könne er Bäume ausreißen.

»Habe mich nie besser gefühlt«, versicherte er der Abordnung von Bürgern, die irgendwie dankbar und auf jeden Fall neugierig gekommen waren, um nach ihm zu sehen. Bartleboom hatte sich wirklich beliebt gemacht. In dieser Gegend war es einfach unausweichlich, daß man sich mit den Leuten anfreundete. Bei den Frauen hatte er den Anschluß verpaßt, zugegeben, aber was die Leute im allgemeinen betraf, so schien er für diese Gegend wie geschaffen zu sein. Weiß Gott. Trotzdem stand er auf, verabschiedete sich von allen und machte Anstalten, wieder auf Reisen zu gehen. Er hatte in dieser Hinsicht konkrete Pläne.

»Wie komme ich in die Hauptstadt?«

»Sie müssen zurück nach Bad Hollen und von dort aus ...«

»Kommt gar nicht in Frage«, und er machte sich in entgegengesetzter Richtung in der Kalesche seines Nachbarn auf den Weg, eines Mannes, der von Beruf Schmied war, ein Meister seines Fachs, ein wahrer Künstler. Er hatte sich die ganze Nacht halbtot gelacht. So stand er nun irgendwie in Bartlebooms Schuld. An diesem Tag schloß er die Werkstatt und brachte Bartleboom weg von diesem Ort und von diesen Erinnerungen und von allem anderen, weiß der Teufel wohin, er würde nie mehr zurückkommen, der Professor, und sie hatte ein Ende, diese Geschichte, mochte sie nun gut sein oder schlecht, sie hatte ein Ende, ein für allemal, Himmel, Sakrament. Ein Ende.

Einfach so.

Später hat Bartleboom es nicht noch einmal versucht. Zu heiraten. Er sagte, die Zeit sei vorbei und Schwamm drüber. Ich glaube, er litt ein wenig unter dieser Geschichte, doch er belastete niemanden damit, der Typ war er nicht, er behielt seinen Kummer für sich und verstand es, darüber hinwegzugehen. Er war einer, der das Leben trotz allem von der fröhlichen Seite nahm. Einer in Frieden, wenn Sie wissen, was ich meine. In den sieben Jahren, die er hier gewohnt hat, war es stets eine Freude, ihn bei uns und oft auch in unserem Haus zu haben, als wäre er ein Mitglied der Familie, und in gewisser Weise war er das auch. Er hätte übrigens in ganz anderen Vierteln wohnen können mit all dem Geld, das ihm in der letzten Zeit zufloß, Erbschaften, wohlgemerkt, die Tanten, die eine nach der anderen das Zeitliche segneten wie reife Äpfel, Gott hab' sie selig, eine ganze Prozession von Notaren, ein Testament nach dem anderen, und alle füllten wohl oder übel Bares in Bartlebooms Taschen. Kurz, wenn er gewollt hätte, hätte er ganz woanders leben können. Aber er blieb hier. Er sagte, er fühle sich wohl in diesem Viertel. Er wußte sozusagen, was gut ist. Auch daran erkennt man einen Menschen.

An seiner Enzyklopädie der Grenzen et cetera schrieb er bis ganz zum Schluß. Er hatte inzwischen begonnen, sie zu überarbeiten. Er sagte, die Wissenschaft mache gigantische Fortschritte, und man werde letztendlich nie aufhören können, zu ergänzen, zu präzisieren, zu korrigieren und auszufeilen. Der Gedanke, daß eine Enzyklopädie der Grenzen zu guter Letzt ein Buch wurde, das kein Ende hatte, faszinierte ihn. Ein unendliches Buch. Es war ein hübscher Widersinn, wenn man es recht bedachte, und das amüsierte ihn. Erstaunt und sogar fröhlich erläuterte er ihn mir wieder und wieder. Jeder andere hätte vielleicht darunter gelitten. Doch er war, wie gesagt, für bestimmte Leiden nicht geschaffen. Er war leicht, dieser Mann.

Natürlich war auch das Sterben eine Geschichte, die er auf seine Art regelte. Ohne viel Wesens, gedämpft. Er legte sich eines Tages ins Bett, fühlte sich nicht wohl, und eine Woche später war alles vorbei. Man wußte nicht einmal genau, ob er in dieser Zeit litt oder nicht, ich fragte ihn danach, aber ihm lag nur daran, daß wir wegen dieser nichtigen Angelegenheit nicht alle miteinander traurig wurden. Er haßte es, Umstände zu machen. Nur einmal fragte er mich, ob ich ihm wohl bitte eines dieser Bilder seines Malerfreundes, die genau gegenüber vom Bett an der Wand hingen, höher anbringen könnte. Das war auch so eine unglaubliche Geschichte, die von Plassons gesammelten Werken. Fast alle weiß, glauben Sie mir. Doch er hielt große Stücke auf sie. Auch auf das, das ich ihm damals höher hängte, es war wirklich weiß, vollkommen weiß, er wählte es unter allen anderen aus, und ich brachte es ihm so an, daß er es vom Bett aus besser sehen konnte. Es war weiß, ungelogen. Aber er schaute es an, schaute es immer wieder an, er drehte und wendete es förmlich mit den Augen hin und her.

»Das Meer ...«, sagte er leise.

Er starb an einem Morgen. Er schloß die Augen und öffnete sie nicht mehr. Einfach so.

Ich weiß nicht. Es gibt Leute, die sterben, aber bei allem Respekt, man verliert überhaupt nichts. Doch er war einer von denen, bei denen man spürt, wenn sie nicht mehr da sind. Als ob die ganze Welt von einem Tag auf den anderen ein bißchen schwerer würde. Es ist denkbar, daß sich dieser Planet mit allem Drum und Dran nur deswegen über Wasser hält, weil so viele Bartlebooms herumlaufen, die sich darum kümmern, daß er oben bleibt. Mit ihrer Leichtheit. Ohne den Helden zu spielen, während sie doch den ganzen Laden in Gang halten. Sie sind so. Und Bartleboom war auch so. Mit anderen Worten, er war einer, der fähig war, sich an einem x-beliebigen Tag irgendwo unterwegs bei dir unterzuhaken und dir ganz im Vertrauen zu erzählen:

»Ich habe einmal die Engel gesehen. Sie waren am Ufer des Meeres.«

Obgleich er nicht an Gott glaubte, er war Wissenschaftler, und für Kirchendinge hatte er nicht viel übrig, wenn Sie wissen, was ich meine. Aber er hatte die Engel gesehen. Und er erzählte es dir. Er hakte sich bei dir unter, an einem x-beliebigen Tag, irgendwo unterwegs, und mit staunenden Augen erzählte er es dir.

»Ich habe einmal die Engel gesehen.«

Ist es möglich, so einen nicht zu lieben?

6. Savigny

»Sie verlassen uns also, Doktor Savigny ...«

»Ja.«

»Und Sie haben sich entschlossen, nach Frankreich zurückzukehren?«

»Ja.«

»Es wird nicht einfach für Sie sein ... ich meine, die Neugier der Leute, die Zeitungen, die Politiker ... Ich fürchte, man hat eine regelrechte Treibjagd auf die Überlebenden dieses Floßes eröffnet ...«

»Ich weiß.«

»Es ist fast schon eine Staatsaffäre. Das kommt davon, wenn die Politik im Spiel ist ...«

»Sie werden sehen, früher oder später wird sich niemand mehr an diese Sache erinnern.«

»Das bezweifle ich nicht, lieber Savigny. Hier, das sind die Papiere für Ihre Einschiffung.«

»Ich bin Ihnen zu großem Dank verpflichtet, Kapitän.«

»Keine Ursache.«

»Und was Ihren Arzt betrifft, verdanke ich ihm vielleicht mein Leben ... Er hat wahre Wunder vollbracht.«

»Savigny, wenn wir anfangen wollen, alle Wunder in dieser Geschichte aufzuzählen, werden wir nie fertig. Gehen Sie. Und viel Glück!«

»Danke, Kapitän ... Ach, da ist noch etwas.«

»Ja, bitte?«

»Dieser ... dieser Steuermann ... Thomas ... ich habe gehört, er ist aus dem Hospital geflohen ...«

»Ja, das ist eine merkwürdige Geschichte. Hier wäre das sicher nicht passiert, aber Sie können sich gewiß vorstellen, daß in dem zivilen Krankenhaus dort unten ...«

»Hat man nichts mehr von ihm gehört?«

»Nein, im Augenblick nicht. Aber er kann nicht weit gekommen sein, in der Verfassung, in der er war. Am wahrscheinlichsten ist, daß er tot ist, irgendwo ...«

»Tot?«

»Nun ja, das ist doch das Nächstliegende, was man bei einem vermuten kann, der ... oh Verzeihung, war er vielleicht ein Freund von Ihnen?«

»Es wird nicht schwer sein, Savigny. Sie müssen nur wiederholen, was Sie in Ihren Memoiren aufgeschrieben haben. Apropos, Sie haben bestimmt ein hübsches Sümmchen damit verdient, was? Mit diesem kleinen Buch ... In den Salons liest man nichts anderes mehr ...«

»Ich habe Sie gefragt, ob es wirklich nötig ist, daß ich vor Gericht erscheine.«

»Ach so, nein, das wird nicht nötig sein. Es ist sowieso ein saublöder Prozeß, das ganze Land sieht uns auf die Finger, man kann gar nicht richtig arbeiten ... alles haarklein nach dem Buchstaben des Gesetzes, so ein Quatsch ...«

»Chaumareys wird auch da sein ...«

»Natürlich wird er da sein ... Er will sich persönlich verteidigen ... Aber er hat nicht die geringste Chance, beim besten Willen nicht, die Leute wollen seinen Kopf, und sie werden ihn bekommen.«

»Es war doch nicht nur seine Schuld.«

»Das spielt keine Rolle, Savigny. Er war der Kapitän. Er hat die *Alliance* in diesen Tümpel gelenkt, er hat beschlossen, sie aufzugeben, und zu guter Letzt war er es auch, der Sie auf dieser höllischen Mausefalle hat davontreiben lassen ...«

»Ja ja, schon gut! Wir sehen uns vor Gericht.«

»Da wäre noch etwas ...«

»Lassen Sie mich gehen, Parpeil.«

»*Anwalt* Parpeil, besten Dank.«

»Leben Sie wohl.«

»Nicht doch, Sie können nicht einfach gehen.«

»Was gibt es denn noch?«

»Ach, eine lästige Geschichte ... eine Lappalie, aber Sie wissen ja, Vorsicht ist besser ... kurz, es sind gewisse Gerüchte in Umlauf, offenbar hat jemand ein ... nennen wir es Tagebuch geschrieben, eine Art Tagebuch über jene Tage auf dem Floß ... Offenbar ein Matrose, und das sagt schon alles über die Glaubwürdigkeit dieser Geschichte ... Stellen Sie sich vor, ein Matrose, der *schreibt*, ein heilloser Blödsinn, ganz offensichtlich, aber trotzdem scheint einer der Überlebenden ...«

»Thomas. Thomas konnte schreiben.«

»Wie bitte?«

»Ach, nichts.«

»Nun kurz und gut, in diesem Tagebuch scheinen Dinge zu stehen ..., die sozusagen irgendwie ... peinlich sind ... Jedenfalls werden sie ein bißchen anders dargestellt, als Sie und die anderen sie erzählt haben ...«

»Und er hat gelesen. Bücher. Er konnte lesen und schreiben.«

»Herrgott noch mal, würden Sie mir endlich zuhören!«

»Ja bitte?«

»Verstehen Sie mich recht, ein Nichts genügt, um eine Verleumdung anzuzetteln, wie sie im Buche steht ... Das könnte Sie sogar Kopf und Kragen kosten ... Ich fragte mich also, ob Sie nicht unter Umständen bereit wären, eine gewisse Geldsumme bereitzustellen, Sie verstehen doch, es gibt keinen anderen Weg, um sich vor der Verleumdung zu schützen, und andererseits ist es besser, die Sache im Keim zu ersticken, bevor ... Savigny! Wo zum Teufel wollen Sie hin? Savigny! Bedenken Sie, daß das jetzt wirklich nicht der Zeitpunkt ist, um beleidigt zu sein, ich meinte es nur gut mit Ihnen, ich kenne mich da aus ...«

»Ihre Zeugenaussage war sehr wertvoll, Doktor Savigny. Das Gericht bedankt sich bei Ihnen und fordert Sie auf, sich zu setzen.«

»...«

»Doktor Savigny ...«

»Ja, entschuldigen Sie, ich wollte ...«

»Haben Sie noch etwas hinzuzufügen?«

»Nein ... oder besser gesagt ... nur eines noch ... Ich wollte sagen, daß ... das Meer, es ist anders ... Man kann nicht darüber richten, was darin geschieht ... Das Meer ist etwas anderes.«

»Doktor, dies ist ein Gerichtshof der Königlichen Marine. Er weiß bestens darüber Bescheid, was das Meer ist.«

»Meinen Sie?«

»Glauben Sie mir, die Lektüre Ihres reizenden Büchleins war sehr ergreifend ... sogar viel zu ergreifend für eine alte Dame wie mich ...«

»Marquise, was Sie da sagen ...«

»Nein wirklich, Doktor Savigny, dieses Buch ist so ... wie soll ich sagen ... realistisch, ja. Ich habe es gelesen, und mir war, als wäre ich selbst auf diesem Floß, mitten auf dem Meer, es war schauerlich ...«

»Sie schmeicheln mir, Marquise.«

»Nein, nein ... Dieses Buch ist wirklich ...«

»Guten Tag, Doktor Savigny!«

»Adele ...«

»Adele, liebes Kind, man läßt einen so vielbeschäftigten Mann wie den Doktor nicht so lange warten ...«

»Oh, ich bin sicher, Sie haben ihn mit tausend Fragen zu seinen Abenteuern gequält, habe ich recht, Savigny?«

»Es ist ein Vergnügen, mit Ihrer Mutter zu plaudern.«

»Noch ein bißchen länger, und der Tee wäre ganz abgekühlt.«

»Sie sehen bezaubernd aus, Adele.«

»Danke.«

»Noch eine Tasse, Doktor?«

»Er hatte dunkle Augen?«

»Ja.«

»Hochgewachsen, mit schwarzen glatten Haaren …«

»Hinten im Nacken zusammengebunden, Monsieur.«

»Ein Matrose?«

»So sah er aus. Aber er war … normal gekleidet, fast schon elegant.«

»Und er hat nicht gesagt, wie er heißt.«

»Nein. Er hat nur gesagt, daß er zurückkommen wird.«

»Daß er zurückkommen wird?«

»Wir haben ihn in einer Pension am Fluß aufgestöbert … Ein Zufall … Wir haben nach zwei Deserteuren gesucht und ihn gefunden … Er behauptet, Philippe zu heißen.«

»Und er hat nicht versucht zu fliehen?«

»Nein. Er hat protestiert und wollte wissen, warum wir ihn wegbringen … das übliche … hier bei uns, Savigny.«

»Und was haben Sie ihm gesagt?«

»Nichts. Heutzutage ist die Polizei nicht verpflichtet zu begründen, warum sie jemanden ins Gefängnis steckt. Natürlich können wir ihn nicht lange dort festhalten, wenn wir keinen triftigen Grund finden … Aber darum kümmern Sie sich ja wohl, oder?«

»Natürlich.«

»Na also, dann kommen Sie! Nein, beugen Sie sich

nicht zu weit vor! Da ist er, sehen Sie ihn? Der vorletzte in der Reihe.«

»Der an der Wand lehnt ...«

»Genau. Ist er es?«

»Ich fürchte nein.«

»Nicht?«

»Nein, es tut mir leid.«

»Aber das ist doch die Beschreibung. Genauso sieht er aus.«

»Er sieht so aus, aber er ist es nicht.«

»Savigny ... hören Sie ... Von mir aus können Sie ein Held des Königreichs sein, von mir aus können Sie auch mit sämtlichen Ministern dieser Welt befreundet sein, aber das da ist schon der vierte, der ...«

»Das spielt keine Rolle. Sie haben schon viel geleistet.«

»Nein, hören Sie! Wir werden ihn niemals finden, diesen Mann, und wissen Sie auch, warum nicht? Weil dieser Mann tot ist. Er ist in einem dreckigen Winkel Afrikas aus einem schäbigen Hospital ausgebrochen, hat ein paar Kilometer in irgendeiner höllischen Wüste zurückgelegt und ist dort von der Sonne geröstet worden, bis er krepiert ist. Schluß, aus. Dieser Mann ist jetzt im Jenseits, als Dünger für einen Sandhaufen.«

»Dieser Mann ist jetzt in dieser Stadt, und er ist mir dicht auf den Fersen. Sehen Sie her.«

»Ein Brief?«

»Vor zwei Tagen hat ihn jemand vor meine Tür gelegt. Lesen Sie, na lesen Sie schon ...«

»Nur ein Satz ...«

»Aber unmißverständlich, nicht wahr?«

»Thomas ...«

»Thomas. Sie haben recht, Pastor. Sie werden diesen Mann niemals finden. Aber nicht, weil er tot ist. Sondern weil er *lebt*. Er ist lebendiger als Sie und ich zusammen. Er ist so lebendig wie ein Tier auf der Jagd.«

»Savigny, ich versichere Ihnen, daß ...«

»Er ist am Leben. Und im Gegensatz zu mir hat er gute Gründe, es auch zu bleiben.«

»Aber das ist doch verrückt, Savigny! Ein so hervorragender Arzt wie Sie, eine Kapazität inzwischen ... gerade jetzt, wo die Akademie Ihnen ihre Pforten öffnet ... Sie wissen ja selbst, Ihre Studie über die Auswirkungen von Hunger und Durst ... also, obgleich ich sie für eher romanhaft als wissenschaftlich halte ...«

»Baron ...«

»... hat sie meine Kollegen doch sehr beeindruckt, und ich freue mich für Sie. Die Akademie verneigt sich vor Ihrem Charme und ... auch vor Ihren ... schmerzlichen Erfahrungen ... das leuchtet mir ein ... Doch was mir überhaupt nicht einleuchtet, ist, warum Sie es sich ausgerechnet jetzt in den Kopf gesetzt haben, sich in einem gottverlassenen Provinznest zu verkriechen, um, hört, hört!, den *Landarzt* zu spielen, habe ich das so richtig verstanden?«

»Ja, Baron.«

»Aha, gratuliere! ... Es gibt nicht einen Arzt in dieser Stadt, der nicht gern Ihren Namen und Ihre glänzende Zukunft hätte, ach, was sage ich! Der nicht davon *träumen* würde. Und Sie, was machen Sie? Sie wollen sich in einem kleinen Ort niederlassen ... was soll das denn für ein Ort sein?«

»Auf dem Land.«

»Das ist mir klar, aber wo?«

»Weit weg.«

»Darf ich daraus schließen, daß man nicht erfahren soll, wo er liegt?«

»Das wäre mir lieb, Baron.«

»So ein Unsinn! Sie sind bemitleidenswert, Savigny, Sie sind unter aller Würde, unvernünftig, tadelnswert. Ich finde keine stichhaltige Erklärung für Ihr unverzeihliches Benehmen und ... und ... das einzige, was ich denken kann, ist: Sie sind verrückt!«

»Im Gegenteil, Baron, ich will es nicht werden.«

»Da wären wir ... da ist Charbonne ... Sehen Sie?«

»Ja.«

»Es ist ein schönes Städtchen. Sie werden sich dort wohl fühlen.«

»Ja.«

»Ziehen Sie sich hoch, Doktor ... so! Halten Sie das einen Augenblick, so ja ... Sie haben die ganze Nacht im Fieber geredet, Sie müssen etwas unternehmen ...«

»Ich habe dir doch gesagt, daß du nicht hierzubleiben brauchst, Marie.«

»Was machen Sie denn? ... Sie wollen doch nicht etwa aufstehen ...«

»Und ob ich aufstehen will.«

»Aber Sie können doch nicht ...«

»Marie, der Doktor hier bin ich.«

»Ja, aber Sie haben sich heute nacht nicht gesehen ... Es ging Ihnen wirklich schlecht, Sie waren wie toll, Sie haben mit Gespenstern geredet und geschrien ...«

»Ich habe geschrien?«

»Sie waren wütend auf das Meer.«

»Ach, schon wieder?«

»Sie haben schlechte Erinnerungen, Doktor. Und schlechte Erinnerungen machen das Leben kaputt.«

»Es ist das schlechte Leben, das die Erinnerungen kaputtmacht, Marie.«

»Aber Sie sind doch nicht schlecht.«

»Ich habe allerhand getan, dort unten. Und es waren schreckliche Dinge.«

»Warum?«

»Sie waren schrecklich. Niemand könnte sie verzeihen. Niemand hat sie mir verziehen.«

»Sie dürfen nicht mehr daran denken ...«

»Und was noch schrecklicher ist: Ich weiß, daß ich heute, wenn ich dorthin zurückkehren müßte, dasselbe wieder tun würde.«

»Hören Sie auf, Doktor ...«

»Ich weiß, daß ich genau dasselbe wieder tun würde. Ist das nicht ungeheuerlich?«

»Doktor, bitte ...«

»Ist es nicht ungeheuerlich?«

»Die Nächte werden langsam wieder kühl ...«

»Ja.«

»Ich würde Sie gern nach Hause begleiten, Doktor, aber ich will meine Frau nicht allein lassen ...«

»Nicht doch, machen Sie sich keine Umstände.«

»Sie sollen aber wissen, daß es mir viel Vergnügen bereitet, mit Ihnen zu plaudern.«

»Mir ebenfalls.«

»Wissen Sie, als Sie vor einem Jahr herkamen, hielt man Sie für …«

»… einen dünkelhaften, arroganten Arzt aus der Hauptstadt …«

»Ja, so ungefähr. Die Leute hier sind mißtrauisch. Sie kommen manchmal auf merkwürdige Ideen.«

»Wissen Sie, was sie mir von Ihnen erzählt haben?«

»Daß ich reich bin.«

»Ja.«

»Und wortkarg.«

»Ja. Aber auch, daß Sie ein guter Mensch sind.«

»Ich habe es ja gesagt: Die Leute hier kommen auf merkwürdige Ideen.«

»Es ist schon sonderbar. Der Gedanke, hierzubleiben. Für einen wie mich … einen arroganten Arzt aus der Hauptstadt … Der Gedanke, hier alt zu werden.«

»Sie scheinen mir noch etwas zu jung, um schon darüber nachzudenken, wo Sie alt werden wollen, meinen Sie nicht auch?«

»Vielleicht haben Sie recht. Doch hier ist man so weit weg von allem … Ich frage mich, ob es je etwas geben wird, das mich von hier fortbringen kann.«

»Zerbrechen Sie sich darüber nicht den Kopf. Wenn es geschieht, wird es etwas Schönes sein. Und wenn nicht, wird sich dieses Städtchen freuen, Sie hierzubehalten.«

»Es ist mir eine Ehre, das vom Bürgermeister persönlich zu hören …«

»Ach, erinnern Sie mich bitte nicht daran …«

»Jetzt muß ich aber wirklich gehen.«

»Gut. Aber kommen Sie wieder, sobald Sie Lust haben. Es wird mir ein Vergnügen sein. Und auch meine Frau würde sich sehr freuen.«

»Darauf können Sie sich verlassen.«

»Also dann, gute Nacht, Doktor Savigny!«

»Gute Nacht, Monsieur Deverià!«

7. Adams

Er blieb noch stundenlang wach nach Sonnenuntergang. Die letzte Zeit der Unschuld eines ganzen Lebens.

Dann verließ er sein Zimmer, ging lautlos den Korridor entlang und blieb vor der letzten Tür stehen. Keine Schlüssel in der Pension Almayer.

Die eine Hand auf der Klinke, in der anderen einen kleinen Leuchter. Augenblicke wie Nadelstiche. Die Tür öffnete sich leise. Im Zimmer Stille und Dunkelheit.

Er trat ein, stellte den Leuchter auf den Schreibtisch, schloß die Tür hinter sich. Das Einschnappen des Schlosses zerschnitt die Nacht. Im Halbdunkel regte sich etwas unter den Decken.

Er ging zum Bett und sagte:

»Es ist vorbei, Savigny.«

Ein Satz wie ein Säbelhieb. Savigny setzte sich von einem Schauer des Entsetzens gepackt im Bett auf. Sein Blick stöberte im warmen Licht der spärlichen Kerzen umher, erkannte die glänzende Klinge eines Messers und, unbeweglich, das Gesicht eines Mannes, den er seit Jahren hatte vergessen wollen.

»Thomas ...«

Ann Deverià sah ihn verstört an. Sie stützte sich auf

einem Arm auf, warf einen Blick ins Zimmer, begriff nicht, suchte erneut das Gesicht ihres Geliebten und glitt an seine Seite.

»Was ist los, André?«

Er schaute noch immer entsetzt geradeaus.

»Thomas, bleib stehen, du bist verrückt...«

Doch er blieb nicht stehen. Er kam dicht an das Bett heran, hob das Messer und ließ es mit aller Wucht niedersausen, einmal, zweimal, dreimal. Die Decken färbten sich blutig.

Ann Deverià blieb nicht einmal Zeit zu schreien. Verwundert starrte sie auf die dunkle Flut, die sich auf ihr ergoß, und sie spürte, wie das Leben so rasch aus ihrem offenen Körper wich, daß sie keinen Gedanken mehr fassen konnte. Sie fiel nach hinten, mit weit aufgerissenen Augen, die nichts mehr sahen.

Savigny zitterte. Überall war Blut. Und ein sinnloses Schweigen. Sie schlief. Die Pension Almayer. Reglos.

»Steh auf, Savigny. Und heb sie hoch!«

Die Stimme von Thomas klang unerbittlich ruhig. Nein, es war noch nicht vorbei.

Savigny bewegte sich wie in Trance. Er erhob sich, nahm Ann Deveriàs Körper auf und trug ihn auf den Armen, während er sich aus dem Zimmer ziehen ließ. Er brachte kein Wort über die Lippen. Er sah nichts mehr und konnte nichts mehr denken. Er zitterte, das war alles.

Seltsames kleines Geleit. Der wunderschöne Körper einer Frau, in einem Prozessionszug getragen. Ein totes blutiges Bündel in den Armen eines Mannes, der sich zitternd vorwärtsschleppt, gefolgt von einem kaltblütigen Schatten, der ein Messer in der Faust hält. So gehen sie durch die Pension, bis sie auf den Strand hinauskommen. Ein Schritt nach dem anderen im Sand bis zum Ufer des Meeres. Hinter ihnen eine Blutspur. Auf ihnen ein bißchen Mond.

»Weiter, Savigny.«

Taumelnd stießen seine Füße ins Wasser. Er spürte das gegen seinen Rücken gepreßte Messer und in seinen Armen eine Last, die gewaltig wurde. Wie eine Marionette schleppte er sich ein paar Meter weit. Die Stimme brachte ihn zum Stehen.

»Hör dir das an, Savigny. Das ist das Rauschen des Meeres. Mögen dich dieses Rauschen und dieses Gewicht auf deinen Armen für den Rest deines Lebens verfolgen.«

Es sagte es langsam, emotionslos und mit einem Anflug von Müdigkeit. Dann ließ er das Messer ins Wasser fallen, drehte sich um und kehrte ans Ufer zurück. Er ging an den dunklen Flecken entlang, die im Sand geronnen waren. Er bewegte sich langsam, ohne noch einen Gedanken und ohne noch irgendein Aufhebens.

Zu keiner Bewegung fähig, stand Savigny wie angewurzelt an der Schwelle des Meeres, während die Wellen um seine Beine schäumten. Er zitterte. Und weinte. Eine Puppe, ein Kind, ein Wrack. Er weinte bittere Tränen: Wachs einer Kerze, die niemand mehr löschen würde.

Adams wurde am letzten Tag im April bei Sonnenaufgang auf dem Marktplatz von Saint Amand gehängt. Es regnete in Strömen, aber die Zahl derer, die aus dem

Haus gingen, um sich an dem Schauspiel zu ergötzen, war groß. Er wurde am selben Tag begraben. Niemand weiß, wo.

8. Das siebte Zimmer

Die Tür ging auf, und aus dem siebten Zimmer trat ein Mann. Er hielt einen Schritt hinter der Schwelle inne und schaute sich um. Sie lag wie ausgestorben. Die Pension. Kein Geräusch, keine Stimme, nichts. Durch die kleinen Flurfenster schien die Sonne herein, zerschnitt das Halbdunkel und warf kurze Spots eines klaren, lichten Morgens an die Wände.

Das ganze Zimmer war mit eifriger, aber oberflächlicher Sorgfalt aufgeräumt worden. Ein gepackter Koffer noch offen auf dem Bett. Stapel von Papieren auf dem Schreibtisch, Schreibfedern, Bücher, eine erloschene Lampe. Zwei Teller und ein Glas auf dem Fensterbrett. Schmutzig, aber ordentlich. Der Teppich auf dem Boden hatte ein großes Eselsohr, als hätte sich jemand ein Zeichen gemacht, um eines Tages darauf zurückzukommen. Auf dem Sessel lag eine große Decke, recht und schlecht zusammengelegt. An einer Wand hingen zwei Bilder. Vollkommen gleich.

Mit der offenen Tür im Rücken, ging der Mann den Korridor entlang, stieg mit einem nicht zu entschlüsselnden Lied auf den Lippen die Treppe hinunter und blieb an der Rezeption, wenn man sie so nennen will, stehen. Dira war nicht da. Das übliche große Buch war da, aufgeschlagen auf dem Pult. Der Mann begann zu lesen, während er sein Hemd ordentlich in die Hosen steckte. Komische Namen. Wieder schaute er sich um. Ohne Zweifel war dies die einsamste Pension in der Geschichte der einsamen Pensionen. Er betrat den großen Saal, schlenderte um die Tische herum, roch an einem Blumenstrauß, der in einer schauerlichen Kristallvase vor sich hin welkte, ging auf die Glastür zu und öffnete sie.

Diese Luft. Und das Licht.

Er mußte blinzeln, so grell war es, und sich fest in seine Jacke wickeln bei all dem Wind, Wind, der von Norden blies.

Vor ihm der ganze Strand. Er setzte seine Füße in den Sand. Er sah sie an, als seien sie gerade von einer langen Reise zurückgekehrt. Er schien ehrlich überrascht, daß sie wieder da waren. Als er aufschaute, lag auf seinem Gesicht der gleiche Ausdruck, wie ihn Menschen manchmal haben, wenn ihr Kopf ganz leer, entlastet, glücklich ist. Das sind seltsame Momente. Man ist imstande, jede Dummheit zu begehen, ohne zu wissen warum. Er beging eine sehr, sehr kleine. Er lief los, aber wie ein Verrückter, aus Leibeskräften, stolpernd und wieder aufstehend, ohne aufzuhören, er lief, was das Zeug hielt, als wäre der Teufel hinter ihm her, dabei war überhaupt niemand hinter ihm her, nein, da war er, der lief, und nichts weiter, er allein auf diesem einsamen Strand, mit weit aufgerissenen Augen und dem Herz in der Kehle, ein Anblick, bei dem man gesagt hätte: Er wird nie mehr aufhören.

Auf seinem angestammten Fensterbrett mit im Leeren baumelnden Beinen wandte Dood den Blick vom Meer, drehte sich zum Strand und entdeckte ihn.

Er lief wie ein junger Gott, das mußte man ihm lassen.

Dood lächelte.

»Er hat aufgehört.«

Er hatte Ditz neben sich, den Jungen, der Träume erfand und sie dann verschenkte.

»Entweder ist er verrückt geworden, oder er hat aufgehört.«

Am Nachmittag alle am Meer, flache Steinchen werfend, um sie springen zu lassen, und runde Steinchen werfend, um dann das Plumps zu hören. Alle da: Dood, der extra von seinem Fensterbrett gestiegen war, Ditz mit den Träumen, Dol, der so viele Schiffe für Plasson gesehen hatte. Dira war da. Und das wunderschöne Mädchen war da, das in Ann Deverias Bett schlief und Gott weiß wie hieß. Alle da, um Steine ins Wasser zu werfen und jenem Mann zuzuhören, der aus dem siebten Zimmer gekommen war. Er sprach langsam, sehr langsam.

»Stellt euch zwei Menschen vor, die sich lieben ... die sich lieben. Und er muß fort. Er ist Matrose. Er sticht in See, zu einer langen Reise. Da bestickt sie ein seidenes Taschentuch für ihn ... sie stickt ihren Namen hinein.«

»June.«

»June. Sie bestickt es mit rotem Garn. Und sie denkt: Er wird es immer bei sich tragen, und das wird ihn vor Gefahren schützen, vor Unwettern, Krankheiten ...«

»Vor großen Fischen.«

»... vor großen Fischen ...«

»Vor Bananenfischen.«

»... vor allem. Davon ist sie überzeugt. Aber sie gibt

es ihm noch nicht, nein. Zunächst bringt sie es zur Kirche in ihrem Dorf und sagt zum Priester: Sie müssen es für mich segnen. Es soll meinen Liebsten beschützen, darum müssen Sie es segnen. Da legt der Priester es vor sich hin, beugt sich etwas vor und macht mit dem Finger ein Kreuz darauf. Er sagt einen Satz in einer fremden Sprache und macht mit dem Finger ein Kreuz darauf. Könnt ihr euch das vorstellen? Eine winzige Geste. Das Taschentuch, der Finger, der Satz des Priesters, ihre lächelnden Augen. Habt ihr das in Gedanken deutlich vor euch?«

»Ja.«

»Dann stellt euch jetzt folgendes vor: Ein Schiff. Ein großes. Kurz vor dem Auslaufen.«

»Das Schiff von dem Matrosen vorhin?«

»Nein. Ein anderes Schiff. Aber auch das sticht bald in See. Sie haben es von oben bis unten gründlich geschrubbt. Es schaukelt auf dem Wasser im Hafen. Und vor sich hat es viele Kilometer auf dem Meer, das es erwartet, das Meer mit seiner gewaltigen Kraft, das Meer, das verrückt ist, vielleicht ist es gut zu ihm, aber vielleicht zermalmt es dieses Schiff auch mit seinen Pranken und frißt es dann auf, wer weiß. Niemand spricht darüber, doch alle wissen es – wie stark das Meer ist. Da kommt ein schwarzgekleidetes Männchen an Bord. Alle Seemänner sind mit ihren Familien an Deck, Frauen, Kinder, Mütter, alle da, sie stehen, sie schweigen. Das Männchen geht über das Schiff, wobei es halblaut vor sich hin murmelt. Es geht bis zum Bug, macht dann kehrt und bewegt sich langsam zwischen den Tauen, den gerefften Segeln, den Fässern und den Netzen vorwärts. Noch immer murmelt es sonderbare

Dinge vor sich hin, und es gibt keinen Winkel des Schiffes, den es ausläßt. Schließlich bleibt der Mann stehen, mitten auf der Brücke. Und er kniet nieder. Er senkt den Kopf und murmelt weiter in dieser fremden Sprache, es sieht aus, als spräche er mit dem Schiff, als sagte er ihm etwas. Dann plötzlich verstummt er und macht mit einer Hand auf diese Holzplanken langsam das Zeichen des Kreuzes. Das Zeichen des Kreuzes. Da drehen sich alle zum Meer, und sie haben den Blick von Siegern, denn sie wissen, daß dieses Schiff zurückkehren wird, es ist ein gesegnetes Schiff, es wird dem Meer trotzen, und es wird durchkommen, nichts kann ihm nun noch etwas anhaben. Es ist ein gesegnetes Schiff.«

Sie hatten sogar aufgehört, Steine ins Wasser zu werfen. Sie saßen jetzt reglos und hörten zu. Im Sand. Alle fünf. Und ringsumher, kilometerweit, niemand.

»Habt ihr das richtig verstanden?«

»Ja.«

»Habt ihr das alles wirklich vor Augen?«

»Ja.«

»Dann paßt gut auf. Denn jetzt wird es schwierig. Ein alter Mann. Schneeweiße Haut, magere Hände, er bewegt sich langsam und mit Mühe vorwärts. Er geht durch die Hauptstraße eines Dorfes. Hinter ihm Hunderte und Aberhunderte Menschen, alle Leute aus der Gegend, sie ziehen vorbei und singen, sie tragen ihre Sonntagskleider, und niemand fehlt. Der Alte geht immer weiter, und es sieht aus, als sei er allein, vollkommen allein. Er erreicht die letzten Häuser des Dorfes, doch er bleibt nicht stehen. Er ist so alt, daß seine Hände zittern und auch sein Kopf ein wenig. Trotzdem schaut er ruhig geradeaus und hält auch nicht inne, als der Strand beginnt. Mit seinem wackligen Gang bahnt er sich zwischen den Booten, die auf dem Trockenen liegen, seinen Weg, so daß man meinen könnte, er werde jeden Augenblick fallen, aber er fällt nicht. Hinter ihm all die anderen, einige Meter hinter ihm, aber immer noch da. Hunderte und Aberhunderte Menschen. Der Alte geht durch den Sand, und das ist noch schwerer, aber es spielt keine Rolle, er will nicht anhalten, und weil er nicht anhält, steht er schließlich vor dem Meer. Dem Meer. Die Leute hören auf zu singen und bleiben einige Schritte vor dem Wasser stehen. Jetzt scheint er noch einsamer zu sein, der alte Mann, während er einen Fuß vor den anderen setzt, ganz langsam, und ins Meer hineingeht, er allein, ins Meer hinein. Ein paar Schritte, bis ihm das Wasser bis zu den Knien reicht. Sein nasses Gewand klebt ihm an den spindeldürren Beinen. Haut und Knochen. Die Welle gleitet vor und zurück, und er ist so dünn, daß man denken könnte, sie reißt ihn mit sich fort. Aber nein, er bleibt da, wie ins Wasser gepflanzt, den Blick starr geradeaus gerichtet. Auge in Auge mit dem Meer. Schweigen. Nichts ringsumher bewegt sich mehr. Die Leute halten den Atem an. Ein Zauber.

Da
senkt
der Alte
den Blick,
taucht
eine Hand
ins Wasser,
und
macht

langsam
das Zeichen
des Kreuzes.
Langsam. *Er segnet das Meer.*

Und das ist etwas Großartiges, das müßt ihr euch vorstellen, ein schwacher alter Mann, eine winzige Geste, und plötzlich geht eine Erschütterung durch das weite Meer, durch das ganze Meer bis hin zum letzten Horizont, es erbebt, erzittert, löst sich, in seinen Adern rinnt der Honig eines Segens, der jede Welle verzaubert, und auch sämtliche Schiffe der Welt, die Stürme, die tiefsten Abgründe, die schwärzesten Wasser, die Menschen und die Tiere, diejenigen, die gerade darin sterben, diejenigen, die Angst haben, diejenigen, die es anschauen, verhext, entsetzt, gerührt, glücklich, gezeichnet, als es für einen Augenblick unvermittelt den Kopf senkt, das weite Meer, und nicht mehr Rätsel ist, nicht mehr Feind ist, nicht mehr Schweigen ist, sondern Bruder und sanfter Schoß und Schauspiel für gerettete Menschen. Die Hand eines alten Mannes. Ein Zeichen im Wasser. Man schaut auf das Meer, und es macht nicht mehr angst. Ende.«

Schweigen.

Was für eine Geschichte…, dachte Dood. Dira drehte sich um und schaute auf das Meer. Was für eine Geschichte. Das wunderschöne Mädchen schniefte. Aber ist sie auch wahr? überlegte Ditz.

Der Mann blieb im Sand sitzen und schwieg. Dol sah ihm in die Augen.

»Ist diese Geschichte auch wahr?«

»Sie war es.«

»Und sie ist es nicht mehr?«

»Nein.«

»Warum nicht?«

»Es gelingt nicht mehr, das Meer zu segnen.«

»Aber dieser alte Mann hat es geschafft.«

»Dieser alte Mann war alt, und er hatte etwas in sich, das es heute nicht mehr gibt.«

»Eine Zauberkraft?«

»So ungefähr. Eine schöne Zauberkraft.«

»Und wo ist sie hin?«

»Verschwunden.«

Sie konnten nicht glauben, daß sie sich tatsächlich in Nichts aufgelöst haben sollte.

»Ehrenwort?«

»Ehrenwort.«

Sie war wirklich verschwunden.

Der Mann stand auf. Von weitem war die Pension Almayer zu sehen, nahezu durchsichtig in diesem vom Nordwind gewaschenen Licht. Die Sonne hatte anscheinend an der strahlendsten Himmelsmitte haltgemacht. Da sagte Dira:

»Du bist gekommen, um das Meer zu segnen, nicht wahr?«

Der Mann sah sie an, machte ein paar Schritte vor, kam nahe an sie heran, beugte sich hinunter und lächelte ihr zu.

»Nein.«

»Was hast du denn sonst in diesem Zimmer gemacht?«

»Wenn man das Meer schon nicht mehr segnen kann, so kann man es ja vielleicht noch *erzählen*.

Das Meer erzählen. Das Meer erzählen. *Das Meer erzählen*. Damit nicht alles, was in der Geste dieses alten Mannes lag, verlorengeht. Weil vielleicht ein Stück von jenem Zauber noch durch die Zeit geistert und irgend etwas es finden und aufhalten könnte, bevor es für immer verschwindet. Das Meer erzählen. Denn das ist es, was uns bleibt. Denn Auge in Auge mit ihm müssen wir, die wir ohne Kreuze, ohne alte Männer und ohne Zauberkraft sind, doch eine Waffe haben, irgend etwas, um nicht in Stillschweigen zu sterben, nichts weiter.

»Das Meer *erzählen*?«

»Ja.«

»Du warst also die ganze Zeit über da drin, um das Meer zu erzählen?«

»Ja.«

»Wem denn?«

»Wem, ist nicht wichtig. Wichtig ist, daß man versucht, es zu erzählen. Irgend jemand wird es schon hören.«

Sie hatten es ja vermutet, daß er ein bißchen merkwürdig war. Aber doch nicht so. Auf eine einfachere Art.

»Und man braucht all diese Seiten, um es zu erzählen?«

Dood hatte sich, die Treppe hinunter, ganz allein die dicke Tasche voller Papier aufgeladen. Diese Geschichte ließ ihn nicht los.

»Aber nein. Wenn jemand wirklich dazu fähig wäre, käme er mit wenigen Worten aus ... Vielleicht würde er mit vielen Seiten beginnen, aber dann, nach und nach, würde er die richtigen Worte finden, die, die mit einem Mal auch alle anderen ausdrücken, und von tausend Seiten würde er auf hundert kommen und dann auf zehn, und dann würde er sie liegenlassen und warten, bis die überflüssigen Wörter von den Blättern fortgleiten, so daß nur noch die restlichen aufgelesen und in wenige Wörter gepreßt werden müßten, in zehn, in fünf, in so wenig, daß du, wenn du sie aus der Nähe betrachtest und sie hörst, schließlich nur noch eins in der Hand hältst, ein einziges. Und wenn du das erzählst, erzählst du das Meer.

»Nur ein einziges?«

»Ja.«

»Und welches?«

»Wer weiß schon.«

»Irgendein Wort?«

»Ein Wort.«

»Auch so eins wie *Kartoffel*?«

»Ja. Oder *Hilfe!*, oder *et cetera*, man kann es nicht wissen, bevor man es nicht gefunden hat.«

Während er sprach, schaute er im Sand umher. Der Mann aus dem siebten Zimmer. Er suchte einen Stein.

»Aber entschuldige ...«, sagte Dood.

»Hm.«

»Kann man denn nicht *Meer* nehmen?«

»Nein, *Meer* kann man nicht nehmen.«

Er war aufgestanden. Er hatte ihn gefunden, den Stein.

»Dann ist es ja unmöglich. Es ist etwas Unmögliches.«

»Wer weiß schon, was unmöglich ist.«

Er ging zum Meer und warf ihn weit ins Wasser. Es war ein runder Stein.

»Plumps«, sagte Dol, der sich da auskannte.

Doch der Stein begann auf dem Wasser zu springen, einmal, zweimal, dreimal, er hielt nicht mehr an, er sprang, daß es eine Freude war, immer weiter fort, er sprang aufs offene Meer hinaus, als hätte man ihn befreit. Es sah aus, als wollte er nie mehr aufhören. Und er hörte nie mehr auf.

Der Mann verließ die Pension am nächsten Morgen. Der Himmel war sonderbar, einer von denen, die schnell vorüberziehen, sie haben es eilig, nach Hause zu kommen. Der Wind blies von Norden, stark, aber ohne ein Geräusch. Dem Mann gefiel es, zu Fuß zu gehen. Er nahm seinen Koffer und seine Tasche voller Papier und schlug den Weg ein, der sich am Meer entlang in der Ferne verlor. Er ging schnell, ohne sich ein einziges Mal umzudrehen. So sah er nicht, wie die Pension Almayer sich vom Boden löste und sacht in tausend Stücke zerfiel, die wie Segel aussahen und in die Luft stiegen, sie hoben und senkten sich, sie *flogen*, und sie nahmen alles mit sich fort, weit fort, auch das Stück Land und das Meer, die Worte und die Geschichten, alles, irgendwohin, wohin, weiß niemand, vielleicht wird eines Tages jemand so müde sein und es entdecken.

Ende

Alessandro Baricco

Seide

Roman. Aus dem Italienischen von Karin Krieger. 132 Seiten. SP 2822

»Der Roman Alessandro Baricco ist gewebt, wie der Stoff, um den es geht: elegant und nahezu gewichtslos. Die Geschichte ist komponiert wie ein Musikstück, jedes Wort scheint mit Bedacht gewählt, jede Ausschmückung, jedes überflüssige Wort ist fortgelassen. Das schmale Buch bekommt durch diese Reduktion seine außergewöhnliche Dichte, seine kühle, in manchen Passagen spöttische, zugleich seltsam melancholische Stimmung.«
Sabine Schmidt, BücherPick

Land aus Glas

Roman. Aus dem Italienischen von Karin Krieger. 270 Seiten. SP 2930

Ein Buch über die Welt der Sehnsucht und die Welt der Liebe, voller Poesie, Witz und Weisheit. Ein Buch über Zeit und Geschwindigkeit, über Musik und Gefühle, über Genies, Spinner und Erfinder.

Novecento

Die Legende vom Ozeanpianisten. Aus dem Italienischen von Erika Cristiani. 83 Seiten. SP 3085

Auf dem luxuriösen Ozeandampfer Virginian, der zu Beginn des Jahrhunderts zwischen der Alten und Neuen Welt hin- und herpendelt, wird ein ausgesetztes Baby gefunden, dem die Matrosen den Namen seines Geburtsjahres geben: Novecento – 1900. Ein seltsames Schicksal wird diesem Findelkind beschieden sein: Novecento wird zeit seines Lebens nicht mehr von Bord gehen. Als der sagenhafte Ozeanpianist wird er zur Legende. Er kennt nur seine Musik, die eine magische Anziehung auf alle ausübt, die sie hören. Bariccos poetische Sprache in »Seide« und seine Phantasie in »Land aus Glas« verbinden sich hier zu einer wundervollen Geschichte um Musik, Leidenschaft und die Macht der Freundschaft.

SERIE PIPER

Alessandro Baricco

Novecento

Die Legende vom Ozeanpianisten. Aus dem Italienischen von Karin Krieger. 80 Seiten. SP 3522

Auf dem luxuriösen Ozeandampfer Virginian, der zu Beginn des Jahrhunderts zwischen der Alten und Neuen Welt hin- und herpendelt, wird ein ausgesetztes Baby gefunden, dem die Matrosen den Namen seines Geburtsjahres geben: Novecento – 1900. Ein seltsames Schicksal wird diesem Findelkind beschieden sein: Novecento wird zeit seines Lebens nicht mehr von Bord gehen. Als der sagenhafte Ozeanpianist wird er zur Legende. Er kennt nur seine Musik, die eine magische Anziehung auf alle ausübt, die sie hören. Bariccos poetische Sprache in »Seide« und seine Phantasie in »Land aus Glas« verbinden sich hier zu einer wundervollen Geschichte um Musik, Leidenschaft und die Macht der Freundschaft.

Oceano Mare

Das Märchen vom Wesen des Meeres. Aus dem Italienischen von Karin Krieger. 277 Seiten. SP 3521

Ein einsamer Maler, der mit Meerwasser das Meer täglich neu zu malen beginnt. Ein skurriler Wissenschaftler, der für eine Enzyklopädie die Grenzen des Ozeans festlegen will. Ein junges Mädchen, das zu zart ist, um zu leben, und zu lebendig, um zu sterben. Eine schöne Frau, die in der Abgeschiedenheit des Strandes von der Liebe genesen will. Sie gehören zu der illustren Gästeschar, die Alessandro Baricco in der Pension Almayer irgendwo am Meer, außerhalb jeder Zeit, versammelt hat. Die philosophisch anregenden Gespräche der hier Gestrandeten und die geheimnisvolle Atmosphäre dieses symbolträchtigen Mikrokosmos üben auf den Leser eine einmalige magische Anziehungskraft aus. »Oceano Mare« ist ein Buch voll Poesie und Weisheit. Ein Buch über die Sehnsucht nach Erkenntnis und Wahrheit, Erfüllung und Vollkommenheit. Ein Buch über Genies, Träumer und Sinnsucher.

Alessandro Baricco

Oceano Mare

Das Märchen vom Wesen des Meeres. Aus dem Italienischen von Erika Cristiani. 279 Seiten. SP 3322

Ein einsamer Maler, der mit Meerwasser das Meer täglich neu zu malen beginnt. Ein skurriler Wissenschaftler, der für eine Enzyklopädie die Grenzen des Ozeans festlegen will. Ein junges Mädchen, das zu zart ist, um zu leben, und zu lebendig, um zu sterben. Eine schöne Frau, die in der Abgeschiedenheit des Strandes von der Liebe genesen will. Sie gehören zu der illustren Gästeschar, die Alessandro Baricco in der Pension Almayer irgendwo am Meer, außerhalb jeder Zeit, versammelt hat. Die philosophisch anregenden Gespräche der hier Gestrandeten und die geheimnisvolle Atmosphäre dieses symbolträchtigen Mikrokosmos üben auf den Leser eine einmalige magische Anziehungskraft aus. »Oceano Mare« ist ein Buch voll Poesie und Weisheit. Ein Buch über die Sehnsucht nach Erkenntnis und Wahrheit, Erfüllung und Vollkommenheit.

Andrea Camilleri

Die sizilianische Oper

Roman. Aus dem Italienischen von Monika Lustig. 271 Seiten. SP 3440

Ein Roman, so deftig, schwungvoll und stimmungsreich wie eine italienische Oper zu Zeiten, als Italien noch ein Königreich war: Im sizilianischen Städtchen Vigàta soll das neue Theater eingeweiht werden. Gegen allen Protest hat der frischgebackene Präfekt, der zu allem Übel aus der fernen Toskana stammt, die entsetzlich schlechte Oper eines drittklassigen Komponisten gewählt, »Der Bierbrauer von Preston«. Doch er hat nicht mit der Gewitztheit der Vigàteser gerechnet. Sie schaffen es, nicht nur die Obrigkeit, sondern auch alle, die mit ihr an einem Strang ziehen, lächerlich zu machen. Ein Reigen von äußerst lebendigen, komischen und tragischen Vorfällen setzt ein. Köstliche Charaktere, pralle Erotik, viel Lokalkolorit und ein rasantes Erzähltempo – all dies macht »Die sizilianische Oper« zu einem der besten Romane Camilleris.

SERIE PIPER

Isabella Bossi Fedrigotti

Zwei Schwestern aus gutem Hause

Roman. Aus dem Italienischen von Sigrid Vagt. 240 Seiten. Serie Piper

Liebe, Haß und Eifersucht sind die Gefühle, die die beiden Schwestern Clara und Virginia ein Leben lang verbinden. Gemeinsam in einem großbürgerlichen Südtiroler Landhaus aufgewachsen, könnten sie verschiedener nicht sein: Clara, die jüngere, dunkelhaarig, melancholisch, verschlossen; Virginia dagegen eine blonde Schönheit, lebenshungrig und rebellisch gegen die längst überholte Lebensweise ihres Elternhauses. Doch ist Clara wirklich die Edle, Tugendhafte, die von ihrer leichtlebigen Schwester um das Lebensglück gebracht wurde? Ein raffinierter Frauenroman, ausgezeichnet mit dem Premio Campiello.

05/1141/01/L

Rosetta Loy

Via Flaminia 21

Meine Kindheit im faschistischen Italien. Aus dem Italienischen von Maja Pflug. 176 Seiten. Serie Piper

Was das kleine Mädchen von Juden weiß, ist wenig genug: Sie werden beschnitten, sie tragen gelbe Sterne, und dann sind sie plötzlich weg. So wie der kleine Giorgio Levi, mit dem Rosettas Bruder immer Fußball spielte, oder die feine Signora Della Seta aus dem ersten Stock. Rosetta Loy erinnert sich an ihre Kindheit in Rom und verschweigt nicht die zweifelhafte Haltung, die die italienische Bevölkerung – und vor allem die katholische Kirche – zur Judenverfolgung eingenommen hat.

»Die akribische Recherche veredelt Rosetta Loys Buch zu einem lesenswerten Stück Zeitgeschichte.«
Stern

05/1379/01/R

Rosetta Loy

Die Pforte des Wassers

Roman. Aus dem Italienischen von Maja Pflug. 119 Seiten. Serie Piper

Die Geschichte einer großen, unbedingten Liebe, wie nur Kinder sie empfinden können – und der schmerzvollen Leere, wenn sie nicht erwidert wird. Rosetta Loys eindrucksvolle Erinnerung an ihre großbürgerliche römische Kindheit in den späten dreißiger Jahren ist überschattet von einer vagen, unerfüllten Sehnsucht … Poetisch-melancholische Impressionen vom Ende eines Kindheitstraumes, erzählt aus der Sicht einer einsamen, aber hellwachen kleinen Beobachterin vor dem Hintergrund des Faschismus in Rom.

»Eine hochpoetische Sprache, die manchmal auch an Proust erinnert.«

Frankfurter Allgemeine Zeitung

05/1414/01/L

Elsa Morante

La Storia

Roman. Aus dem Italienischen von Hannelise Hinderberger. 631 Seiten. Serie Piper

Während und nach dem Zweiten Weltkrieg ereignet sich das Schicksal der Lehrerin Ida und ihrer beiden Söhne. Elsa Morante entwirft ein figurenreiches Fresko der Stadt Rom mit den flüchtenden Sippen aus dem Süden, dem Ghetto am Tiber, den Kleinbürgern, Partisanen und Anarchisten. Der Roman war neben Tomasi di Lampedusas »Der Leopard« und Ecos »Der Name der Rose« der größte italienische Bestseller der letzten Jahrzehnte.

»Diese Geschichte ist der … nein, gewiß nicht ›schönste‹, aber der aufwühlendste, humanste und vielleicht wirklich der größte italienische Roman unserer Zeit.«

Nino Erné in der Welt

05/1123/01/R

SERIE PIPER

Carlo Lucarelli

Autostrada

Geschichten im Schrittempo. Aus dem Italienischen von Barbara Krohn, 116 Seiten. Serie Piper

»Wir stecken schon wer weiß wie lange auf der Autobahn fest, zuerst im Schrittempo in der prallen Sonne, dann im Tunnel im Stau. Sie fährt auf der Überholspur, links von mir, und jedesmal, wenn es weitergeht, überholen wir uns abwechselnd. Aber sobald wir dann wieder auf gleicher Höhe sind, dreht sie den Kopf zur Seite und sieht mich an.« Menschen in ihren Autos – hintergründig und amüsant erzählt Carlo Lucarelli vom ganz alltäglichen Inferno.

»Wenn Sie das nächste Mal auf einen Zweireiher aus warnroten Bremslichtern zusteuern und Ihr Copilot über Schlangeweile jammert, dann könnte es hilfreich sein, Lucarellis ›Autostrada‹ im Handschuhfach zu haben!«

Westdeutsche Allgemeine Zeitung

05/1509/01/L

Antonio Tabucchi

Piazza d'Italia

Eine Geschichte aus dem Volk in drei Akten, mit einem Epilog und einem Anhang. Aus dem Italienischen von Karin Fleischanderl. 188 Seiten. Serie Piper

Eine phantastische und hintergründige Familienchronik über drei Generationen aus dem Dorf Borgo – erzählt von Antonio Tabucchi. In einem bunten Kaleidoskop erscheinen die Lebensläufe der kleinen Helden, Anarchisten und Deserteure und ganz nebenbei die große Geschichte Italiens von den Tagen Garibaldis bis zur Zeit nach dem Zweiten Weltkrieg: wie die jungen Rebellen mit Garibaldi für die Einigung Italiens in den Krieg ziehen, wie sie von Jagdaufsehern des Königs erschossen und wie siebzig Jahre später die Anarchisten von den Faschisten erpreßt werden. Dieser erste Roman Tabucchis, geschrieben vor einem Vierteljahrhundert, zeugt bereits von der karnevalesken Lust seines Autors am Umkehren der Zeitläufe, am Vermischen der Bilder und von der Intensität seiner poetischen Sprache.

05/1122/01/R

Maria Venturi

Das Labyrinth der Liebe

Roman. Aus dem Italienischen von Monika Cagliesi-Zenkteler. 230 Seiten. Serie Piper

Die attraktive Linda Parodi ist achtunddreißig, alleinerziehende Mutter einer aufmüpfigen Dreizehnjährigen und eines vierjährigen Pflegesohns. Mit viel Temperament und Humor meistert sie mehr oder weniger erfolgreich das tagtägliche Chaos. Nur auf ihre beste Freundin, die Psychologin Sara, ist Verlaß – auch wenn Sara mit gutgemeinter Kritik nicht gerade hinter dem Busch hält. Als Linda auch noch ihren Job zu verlieren droht, ist das Maß übervoll. Da tritt Matteo in ihr Leben: gutaussehend, sensibel und acht Jahre jünger als Linda. Die beiden verbringen gegen viele Widerstände eine intensive und leidenschaftliche Zeit miteinander, doch Linda hat schon zu viel erlebt, um noch an die ganz große Liebe zu glauben. Aber sie unterschätzt Matteo …

05/1138/01/L

Maria Venturi

Amore heißt Liebe

Roman. Aus dem Italienischen von Monika Cagliesi-Zenkteler. 237 Seiten. Serie Piper

Laura ist, nach der enttäuschenden Beziehung mit Sergio, an einem echten Tiefpunkt angelangt. Als er sie auch noch zu einer Abtreibung drängt, zieht sie endgültig die Konsequenz und trennt sich von ihm. In ihrer Niedergeschlagenheit entschließt sich Laura zu einer Reise, um auf andere Gedanken zu kommen. Ausgerechnet in Deutschland läuft ihr Marco über den Weg. Aus dem anfänglichen Strohfeuer wird schnell viel mehr, und schon bald heiraten die beiden. Ihr Glück scheint vollkommen, doch dann wird Laura eröffnet, daß sie nie wieder Kinder haben wird. Verbittert und von Selbstvorwürfen gequält, läßt sie sich immer öfter zu Streitereien mit Marco hinreißen. Da kreuzt Marcos Exfreundin auf und glaubt, leichtes Spiel zu haben …

05/1139/01/R

SERIE PIPER

SERIE PIPER

Dacia Maraini

Stimmen

Roman. Aus dem Italienischen von Eva-Maria Wagner und Viktoria von Schirach. 407 Seiten. Serie Piper

Ein raffinierter Psychothriller, in dem die subtile und konkrete Gewalt zwischen Menschen, die einander nahestehen, eskaliert und die Fassade ihrer heilen Welt zum Einsturz bringt. Die Journalistin Michela Canova gerät durch den gewaltsamen Tod ihrer Nachbarin Angela in den Sog eines mysteriösen Mordfalls, dessen Aufklärung für sie zu einer fixen Idee wird. Als sie endlich hinter das furchtbare Geheimnis kommt, wird sie beinahe von ihren eigenen Kindheitstraumata eingeholt.

»Dieser Roman ist ein Musterbeispiel sensibler Suche in den Abgründen verletzter Seelen.«
Der Spiegel

05/1608/01/L

Margherita Giacobino

Marina, Marina, Marina

Roman. Aus dem Italienischen von Maja Pflug. 319 Seiten. Serie Piper

Wenn die Liebe eine Krankheit ist, müßte man sie doch früher oder später kurieren können – oder wenigstens die Symptome in den Griff kriegen! Marina bemerkt erschreckt einen neuen Krankheitsbefall. Und das mit Mitte Vierzig, wo das Leben endlich in geordneteren Bahnen läuft, die Tochter aus dem Haus und Marina in ihrem Beruf als Fotografin erfolgreich ist. Der Liebesbrief eines Unbekannten läßt sie trotz aller Warnschilder einem fragwürdigen Abenteuer entgegenstolpern. Mit großem Witz und sicherem Gespür für Komik erzählt Margherita Giacobino die Geschichte der Frauen, die keinesfalls so leben wollten wie ihre eigenen Mütter und doch instinktsicher in die alten Liebesfallen laufen. Und verwundert feststellen, daß die Liebe ein unheilbares Übel ist – wenn auch das angenehmste der Welt.

05/1351/01/R